VENUS EROTICA

Si ses œuvres sont rédigées en américain, le français et l'espagnol ont été les premières langues parlées et écrites par Anaïs Nin, femme de lettres cosmopolite (et citoyenne américaine), née en 1903 dans la banlieue de Paris, à Neuilly — où son père Joaquin Nin, pianiste et compositeur espagnol, s'était fixé après son mariage à Cuba avec Rosa Culmell, franco-danoise, fille du consul de Danemark à La Havane. Anaïs a neuf ans quand ses parents se séparent, onze quand sa mère l'emmène aux Etats-Unis avec ses frères cadets. A seize ans, elle se fait modèle puis danseuse espagnole pour échapper à la monotonie de la maison meublée tenue par sa mère et elle achève seule son instruction par la lecture.
Mariée à vingt ans avec le banquier américain Hugh Guiler (qui se fera un nom — Ian Hugo — comme graveur et cinéaste), elle vit jusqu'à la seconde guerre mondiale en Europe où elle écrit ses premiers livres et fréquente les artistes et écrivains étrangers. En 1940 elle retourne aux Etats-Unis, doit publier à ses frais ses ouvrages illustrés par son mari, mais conquiert peu à peu une place dans les lettres américaines. Son œuvre la plus importante — son Journal *tenu depuis l'âge de onze ans — n'a pu paraître que condensée, étant donné le nombre de volumes qu'elle comporte.*
Anaïs Nin est décédée en janvier 1977.

Les lecteurs du célèbre *Journal* d'Anaïs Nin savent qu'en 1940, sur l'instigation d'un mystérieux collectionneur, Henry Miller et Anaïs Nin écrivirent des « érotiques ». L'exigeant collectionneur demandait que l'on insiste sur le sexe, au détriment de toute poésie, ce qui choquait profondément les convictions d'Anaïs Nin.
Longtemps, ces textes furent mis en sommeil.
« En les relisant, bien des années plus tard, je m'aperçois que ma propre voix n'a pas été complètement étouffée. Dans de nombreux passages, de façon intuitive, j'ai utilisé le langage d'une femme, décrivant les rapports sexuels comme les vit une femme. J'ai finalement décidé de publier ces textes érotiques, parce qu'ils représentent les premiers efforts d'une femme pour parler d'un domaine qui avait été jusqu'alors réservé aux hommes. »

Paru dans Le Livre de Poche :

JOURNAL, tome I   (1931-1934).
JOURNAL, tome II   (1934-1939).
JOURNAL, tome III (1939-1944).
JOURNAL, tome IV (1944-1947).
JOURNAL, tome V   (1947-1955).
JOURNAL, tome VI (1955-1966).
LES PETITS OISEAUX.

ANAÏS NIN

Vénus
Érotica

TRADUIT DE L'AMÉRICAIN
PAR BÉATRICE COMMENGÉ

STOCK

Titre original :

DELTA OF VENUS
EROTICA

Harcourt Brace Jovanovich New York. 1977.

PRÉFACE *

Avril 1940

Un collectionneur privé a offert à Henry Miller cent dollars par mois pour écrire des histoires érotiques. Cela parut un châtiment dantesque de condamner Henry à écrire de l'érotisme à un dollar la page. Il se révolta parce que son humeur du moment n'était rien moins que rabelaisienne, parce que écrire sur commande était une castration, parce que écrire avec un voyeur collé au trou de la serrure, cela enlevait à ses aventures fantaisistes tout plaisir et spontanéité.

Décembre 1940

Henry m'a parlé du collectionneur de livres. Ils déjeunent parfois ensemble. Il a acheté un manuscrit à Henry, puis il a suggéré qu'il écrive quelque chose pour l'un de ses clients fortunés. Il n'avait pas grand-chose à dire de son client, sinon qu'il s'intéressait aux écrits érotiques.

Henry se mit au travail allégrement, avec entrain. Il inventait des histoires abracadabrantes dont nous

* Adapté du *Journal* d'Anaïs Nin, tome III (trad. Marie-Claire Van den Elst.)

nous divertissions tous deux. Henry s'y mit à titre d'expérience, et cela semblait facile au début. Mais au bout de quelque temps, ce lui fut une contrainte. Il ne voulait pas toucher au matériel dont il projetait de se servir dans son œuvre réelle; il était donc condamné à forcer ses inventions et son humeur.

Il ne recevait jamais le moindre accusé de réception de cet étrange mécène. Cela pouvait être naturel qu'il ne veuille pas révéler son identité. Mais Henry se mit à cuisiner le collectionneur. Le mécène existait-il vraiment? Ces pages étaient-elles pour le collectionneur lui-même, pour mettre un peu de piment dans une vie mélancolique? Etaient-ils une seule et même personne? Nous en discutâmes longuement, Henry et moi, intrigués et amusés.

Le collectionneur, alors, annonça que son client venait à New York et qu'Henry allait faire sa connaissance. Mais la rencontre, en fait, n'eut jamais lieu. Le collectionneur décrivait en long, en large et en travers comment il envoyait les manuscrits par avion, combien cela coûtait, menus détails destinés à donner du réalisme à ses affirmations concernant l'existence de son client.

Un jour, il voulut un exemplaire de *Printemps noir* avec une dédicace.

Henry lui dit : « Tiens, je croyais qu'il avait déjà tous mes livres dédicacés?

– Il a perdu son exemplaire de *Printemps noir*.

– A quel nom? lui demanda Henry innocemment.

– Mettez simplement " à un bon ami " et signez. »

A quelques semaines de là, Henry eut besoin d'un

exemplaire de *Printemps noir* et n'en avait pas sous la main. Il décida d'emprunter l'exemplaire du collectionneur. Il se rendit à son bureau. La secrétaire lui dit d'attendre. Henry se mit à examiner les livres dans la bibliothèque. Il aperçut un exemplaire de *Printemps noir*. Il le sortit : c'était celui qu'il avait dédicacé « à un bon ami ».

Lorsque le collectionneur entra, Henry lui en parla en riant. Le collectionneur lui expliqua sur le même ton : « Eh bien oui, le vieux était si impatient que je lui ai envoyé mon exemplaire personnel alors que j'attendais d'avoir l'exemplaire signé par vous, avec l'intention de faire l'échange plus tard, quand il reviendra à New York.

Henry me dit quand je le revis : « J'y suis de moins en moins. »

Lorsque Henry s'enquit de la réaction du mécène à ce qu'il écrivait, le collectionneur répondit : « Oh! il aime tout. Tout est merveilleux. Mais ce qu'il préfère, ce sont les récits, rien que le récit, sans analyse ni philosophie. »

Henry ayant besoin d'argent pour couvrir ses frais de voyage suggéra que j'écrive dans l'intérim. Je n'étais pas d'humeur à donner quelque chose d'authentique et je décidai de créer un mélange d'histoires que j'avais entendues et d'inventions, en prétendant que c'étaient des extraits d'un journal tenu par une femme. Jamais je ne rencontrai le collectionneur. Il devait lire mes pages et me faire savoir ce qu'il en pensait. J'ai reçu un coup de téléphone : « C'est très bien. Mais laissez tomber la poésie et les descriptions autres que celles du sexe. Concentrez-vous sur le sexe. »

Je me mis donc à lui en donner pour son argent, à devenir exotique, inventive, et tellement exagérée que je pensais qu'il s'apercevrait que je caricaturais la sexualité. Mais il ne protesta pas. Je passai des jours à la bibliothèque à étudier le *Kama-sutra*, j'écoutais les aventures les plus extravagantes de mes amis.

« Moins de poésie, dit la voix au téléphone. Soyez précise. »

Qui a jamais éprouvé du plaisir à la lecture d'une description clinique? Le vieux ignore-t-il combien les mots communiquent à la chair les couleurs et les sons?

Chaque matin, après le petit déjeuner, je me mettais en devoir d'écrire ma tranche de littérature érotique. Un matin, j'ai tapé : « Il était une fois un aventurier hongrois... » Je le parai de toutes sortes d'avantages : élégance, beauté, charme, grâce, talents d'acteur, connaissance de plusieurs langues, génie de l'intrigue, génie de se tirer d'affaire, génie d'éviter la permanence et la responsabilité.

Coup de téléphone : « Le vieux est content. Insistez sur le sexe. Laissez tomber la poésie. »

Cela provoqua une épidémie de « journaux érotiques ». Tout le monde décrivait ses expériences sexuelles. Inventées, entendues, lues dans Krafft-Ebing, dans les livres médicaux. Nous avions des conversations comiques. Nous racontions une histoire, et les autres devaient deviner si elle était vraie ou fausse. Ou plausible. Etait-ce plausible? Robert Duncan proposait de mettre à l'épreuve nos inventions, de les expérimenter, pour confirmer ou bien nier nos inventions. Nous avions tous besoin d'argent; nous avons donc mis nos histoires en commun.

J'étais sûre que le vieux ignorait tout des félicités, des extases béates, des résonances éblouissantes des rencontres sexuelles. Supprimez la poésie, voilà son message. Le sexe clinique, dépourvu de toute chaleur amoureuse, de l'orchestration de tous les sens : le toucher, l'ouïe, la vue, le goût, tous les accompagnements euphorisants, fond sonore de musique, humeurs, atmosphère, variations, le contraignant à avoir recours à des aphrodisiaques littéraires.

Nous aurions pu lui distiller de meilleurs secrets, mais il ne voulait pas entendre pareils secrets. Un jour, lorsqu'il sera arrivé à saturation, je lui raconterai comment il faillit nous faire perdre tout intérêt à la passion, avec son obsession de gestes vidés de leurs émotions, et comment nous le traînions dans la boue parce qu'il s'en était fallu de peu pour que nous ne prononcions des vœux de chasteté car tout ce qu'il voulait nous voir éliminer, c'était notre propre aphrodisiaque, la poésie.

J'ai reçu cent dollars pour mes écrits érotiques. Gonzalo avait besoin d'argent pour le dentiste, Helba, d'une glace pour sa danse, et Henry de subsides pour son voyage. Gonzalo m'a raconté l'histoire du Basque et de Bijou et je l'ai consignée par écrit pour le collectionneur.

Février 1941

La note du téléphone n'était pas payée. Le filet des difficultés économiques se resserrait autour de moi. Tout le monde semblait irresponsable, inconscient du naufrage. J'ai rédigé trente pages de littérature érotique.

J'ai téléphoné au collectionneur. Avait-il reçu des nouvelles de son riche client au sujet de mon dernier envoi? Non, mais il accepterait le manuscrit que je venais de terminer et me le paierait. Il fallait qu'Henry aille consulter un médecin. Gonzalo avait besoin de lunettes. Robert était passé avec B... et m'avait demandé de l'argent pour aller au cinéma. La suie qui venait du vasistas tombait sur mon papier à machine à écrire et sur mon travail. Robert avait emporté ma provision de papier.

Le vieux n'était-il pas fatigué de pornographie? Un miracle n'allait-il pas se produire? Je commençais à l'imaginer disant : « Donnez-moi tout ce qu'elle écrit. Je veux tout. J'aime tout. Je vais lui envoyer un beau cadeau, un gros chèque pour tout ce qu'elle a écrit. »

J'avais dans l'idée que la boîte de Pandore contenait les mystères de la sexualité de la femme, si différente de celle de l'homme et pour laquelle le langage masculin était inadéquat. Le langage du sexe reste d'ailleurs à inventer. Le langage des sens demeure encore inexploré. D.H. Lawrence avait commencé à donner un langage à l'instinct, il essayait d'échapper au clinique, au scientifique qui ne saisit pas ce que le corps ressent.

Octobre 1941
Lorsque Henry arriva, il fit plusieurs déclarations

contradictoires. Qu'il pouvait vivre de rien, qu'il se sentait en si bonne forme qu'il pourrait même prendre une situation, que son intégrité l'empêchait d'écrire des scénarios à Hollywood. A la fin, je lui dis : « Et mon intégrité alors, moi qui écris des histoires érotiques pour de l'argent? »

Henry se mit à rire, reconnut le paradoxe et laissa tomber le sujet.

La France avait une tradition de littérature érotique en style élégant, écrite par les meilleurs auteurs. Lorsque je me mis à écrire pour le collectionneur, je pensais qu'il y avait en Amérique une tradition semblable, mais n'en trouvai aucune. Tout ce que je voyais était mal écrit, bâclé, et par des auteurs de seconde classe. Aucun bon écrivain, semblait-il, n'avait jamais tenté sa chance dans cette direction.

J'ai raconté à George Barker l'histoire de nos écrits érotiques. Comment Caresse Crosby, Robert, Virginia Admiral et d'autres écrivaient. Cela a excité son sens de l'humour. L'idée que j'étais la patronne de cette maison de prostitution littéraire snob, d'où la vulgarité était bannie.

Je lui dis en riant : « Je fournis le papier et le carbone, je livre le manuscrit anonymement, je protège l'anonymat de chacun. »

George Barker trouvait cela plus humoristique et inspirant que de mendier, emprunter ou extorquer des repas aux amis.

J'ai réuni des poètes autour de moi et nous avons écrit de belles histoires érotiques. Comme nous devions supprimer la poésie, les envolées lyriques, et étions condamnés à nous concentrer seulement sur la sensualité, nous avions de violentes explosions de poésie. Ecrire de l'érotisme devenait un chemin vers la sainteté plutôt que vers la débauche.

Harvey Breit, Robert Duncan, George Barker, Caresse Crosby, nous tous concentrions notre talent dans un tour de force, fournissant au vieux une telle quantité de félicités perverses qu'il en redemandait.

Les homosexuels écrivaient comme s'ils étaient des femmes, satisfaisant leur désir d'être des femmes. Les timides décrivaient des orgies. Les frigides des ivresses effrénées. Les plus poétiques tombaient dans la bestialité pure, et les plus purs dans la perversion. Nous étions hantés par les histoires merveilleuses que nous ne pouvions raconter. Nous imaginions ce vieux, en disant combien nous le détestions parce qu'il ne voulait pas nous permettre de fusionner sentiment et sexualité, émotion et sensualité.

Décembre 1941

George Barker était affreusement pauvre. Il voulait continuer à écrire des histoires érotiques. Il en écrivit quatre-vingt-cinq pages. Le collectionneur les a trouvées trop surréalistes. Je les trouvais fort belles. Les scènes d'amour étaient échevelées, fantastiques. L'amour entre des trapèzes.

Il but le premier argent, et je ne pouvais rien lui prêter d'autre que du papier et des carbones. George Barker, l'excellent poète anglais, écrivant des histoires érotiques pour boire, tout comme Utrillo peignait des tableaux en échange d'une bouteille de vin. Je me mis à penser au vieux que nous détestions tous. Je décidai de lui écrire, de m'adresser à lui directement, de lui dire notre sentiment :

« Cher Collectionneur. Nous vous détestons. Le sexe perd tout son pouvoir et toute sa magie lorsqu'il devient explicite, abusif, lorsqu'il devient mécaniquement obsessionnel. C'est parfaitement ennuyeux. Je ne connais personne qui nous ait aussi bien enseigné combien c'est une erreur de ne pas y mêler l'émotion, la faim, le désir, la luxure, des caprices, des lubies, des liens personnels, des relations plus profondes qui en changent la couleur, le parfum, les rythmes, l'intensité.

« Vous ne savez pas ce que vous manquez avec votre examen microscopique de l'activité sexuelle à l'exclusion des autres qui sont le combustible qui l'allume. Intellectuel, imaginatif, romantique, émotionnel. Voilà ce qui donne au sexe ses textures surprenantes, ses transformations subtiles, ses éléments aphrodisiaques. Vous rétrécissez votre monde de sensations. Vous le desséchez, l'affamez, le videz de son sang.

« Si vous nourrissiez votre vie sexuelle de toutes les aventures et excitations que l'amour injecte à la sensualité, vous seriez l'homme le plus puissant du monde. La source du pouvoir sexuel est la curiosité, la passion. Vous observez sa petite flamme qui meurt d'asphyxie. Le sexe ne saurait prospérer sur la monotonie. Sans inventions, humeurs, sentiment, pas de surprise au lit. Le sexe doit être mêlé de larmes, de rire, de paroles, de promesses, de scènes,

15

de jalousie, d'envie, de toutes les épices de la peur, de voyages à l'étranger, de nouveaux visages, de musique, de danse, d'opium, de vin.

« Combien perdez-vous avec ce périscope au bout de votre sexe, alors que vous pourriez jouir d'un harem de merveilles distinctes et jamais répétées? Il n'y a pas deux chevelures pareilles, mais vous ne voulez pas que nous gaspillions des mots à décrire une chevelure; il n'y a pas deux odeurs pareilles, mais si nous nous attardons, vous vous écriez : " Supprimez la poésie. " Il n'y a pas deux peaux qui aient la même texture, et jamais la même lumière, la même température, les mêmes ombres, jamais les mêmes gestes; car un amant, lorsqu'il est animé par l'amour véritable, peut parcourir la gamme entière des siècles de science amoureuse. Quels changements d'époque, quelles variations d'innocence et de maturité, d'art et de perversité...

« Nous avons discuté à perdre haleine pour savoir comment vous êtes. Si vous avez fermé vos sens à la soie, à la lumière, à la couleur, à l'odeur, au caractère, au tempérament, vous devez être à l'heure qu'il est tout à fait racorni. Il y a tant de sens mineurs qui se jettent tous comme des affluents dans le fleuve du sexe. Seul le battement à l'unisson du sexe et du cœur peut créer l'extase. »

POST-SCRIPTUM

A L'ÉPOQUE OÙ nous écrivions tous des histoires érotiques pour un dollar la page, je m'aperçus que, pendant des siècles, nous n'avions eu qu'un seul modèle pour ce genre littéraire – celui des hommes. J'étais déjà consciente que les conceptions masculines et féminines de l'expérience sexuelle étaient différentes. Je savais qu'un large fossé séparait la crudité des propos d'Henry Miller de mes ambiguïtés – sa vision rabelaisienne et humoristique du sexe et mes descriptions poétiques des rapports sexuels dont je parlais dans les fragments non publiés du *Journal*. Comme je l'écris dans le troisième volume du *Journal*, j'avais l'impression que la boîte de Pandore contenait les mystères de la sensualité féminine, si différente de celle de l'homme, et pour laquelle le langage masculin était inadéquat.

Les femmes, pensais-je, étaient plus aptes à mêler la sexualité à l'émotion, à l'amour; elles préféraient un seul homme à la promiscuité. Cela me parut assez évident lorsque j'écrivais mes romans et mon *Journal*, et devint encore plus clair à l'occasion de mes contacts avec les étudiants. Mais, malgré la différence fondamentale entre l'attitude de la femme et celle de l'homme sur ces questions, nous ne possédions pas encore de langage pour l'exprimer.

Dans les éroticas, j'ai écrit avant tout pour divertir, poussée par un client qui désirait que je « laisse de côté la poésie ». Je croyais que mon style était plus ou moins emprunté aux ouvrages écrits par des hommes sur ce sujet. Pour cette raison, j'ai longtemps cru que j'avais compromis ma véritable féminité dans ces textes. Et je les ai mis de côté. En les relisant, bien des années plus tard, je m'aperçois que ma propre voix n'a pas été complètement étouffée. Dans de nombreux passages, de façon intuitive, j'ai utilisé le langage d'une femme, décrivant les rapports sexuels comme les vit une femme. J'ai finalement décidé de publier ces textes érotiques, parce qu'ils représentent les efforts premiers d'une femme pour parler d'un domaine qui avait été jusqu'alors réservé aux hommes.

Si la version non expurgée de mon *Journal* est publiée un jour, ce point de vue féminin sera exprimé encore plus clairement. Cela montrera que les femmes (et moi-même, dans le *Journal*) n'ont jamais séparé l'acte sexuel du sentiment, et de l'amour de l'homme tout entier.

Anaïs Nin
Los Angeles, septembre 1976.

L'AVENTURIER HONGROIS

Il était une fois un aventurier hongrois d'une beauté étonnante – charme infaillible, grâce, talents d'acteur éprouvé, cultivé, parlant plusieurs langues, manières aristocratiques. En plus, le génie de l'intrigue, l'art de se sortir des situations les plus difficiles, de passer en douce d'un pays dans un autre.

Il voyageait grandiosement, avec deux grands chiens danois, quinze malles pleines d'habits époustouflants. Ses grands airs lui avaient valu le surnom de Baron. On voyait le Baron dans les hôtels les plus luxueux, dans les stations thermales et aux courses, dans les croisières autour du monde, les excursions en Egypte, les randonnées dans le désert, au cœur de l'Afrique.

Partout, il devenait le centre d'attraction des femmes. Comme le plus doué des acteurs, il changeait constamment de rôle, afin de plaire à chacune. Il était le plus élégant des danseurs, le plus spirituel des convives, et, en tête à tête, le plus romantique des charmeurs. Il savait naviguer, monter à cheval, conduire une voiture. Il connaissait toutes les villes comme s'il y avait passé sa vie entière. Tout le monde, dans la haute société, le connaissait. Bref, il s'était rendu indispensable.

Lorsqu'il avait besoin d'argent, il épousait une riche héritière qu'il ruinait jusqu'au dernier sou puis changeait de pays. La plupart du temps, ses femmes ne se révoltaient pas et ne prévenaient pas la police. Les quelques semaines ou quelques mois d'idylle les avaient frappées bien davantage que la perte de leur fortune. Elles avaient le sentiment d'avoir connu la grande vie, celle qui vaut d'être vécue, fût-ce pour un moment.

Il les transportait si haut, d'enchantement en enchantement, que son départ ressemblait à un envol, paraissait presque naturel, aucune partenaire n'aurait pu le suivre dans ses grandes envolées.

Cet aventurier libre, insaisissable, qui bondissait ainsi d'une branche dorée sur l'autre, se fit presque prendre au piège, le piège de l'amour, quand, par une belle nuit, il rencontra la danseuse brésilienne Anita au Théâtre péruvien. Ses yeux en amande ne se fermaient pas comme ceux des autres femmes, mais comme ceux des tigres, des pumas et des léopards, les deux paupières se rejoignant avec une paresseuse lenteur, semblant presque cousues ensemble au niveau du nez, ce qui lui donnait un regard oblique et lascif, tel celui d'une femme qui ne voudrait rien savoir de ce que l'on fait avec son corps. Elle avait l'expression d'une femme à qui l'on est en train de faire l'amour, ce qui excita au plus haut point le Baron dès leur première rencontre.

Lorsqu'il se rendit dans les coulisses pour la voir, elle était en train de se préparer pour la scène au milieu d'une profusion de fleurs; et, pour le délice de ses admirateurs assis autour d'elle, elle était, à ce moment précis, occupée à passer du rouge à lèvres sur son sexe, ne permettant évidemment à personne d'esquisser le moindre geste d'approche.

Quand le Baron entra, elle leva à peine la tête et lui sourit. Elle avait posé un pied sur une petite table, relevé sa robe à volants, et recommençait à passer du rouge sur ses lèvres en riant de l'excitation des hommes qui l'entouraient.

Son sexe ressemblait à une fleur de serre géante, plus grand que tous ceux qu'avait vus le Baron, avec une toison abondante et bouclée, d'un noir brillant. Elle passait du rouge sur ces lèvres avec autant de soin qu'elle l'aurait fait sur sa bouche, si bien qu'elles finirent par ressembler à des camélias rouge sang, que l'on aurait forcés à s'ouvrir, pour laisser apparaître le bouton intérieur encore fermé tel le cœur plus pâle, à la peau plus fine, de la fleur.

Le Baron ne put la persuader d'accepter de souper avec lui. Son apparition sur la scène n'était que le prélude à son véritable numéro. Maintenant commençait le spectacle qui l'avait rendue célèbre dans toute l'Amérique du Sud, lorsque les sombres loges capitonnées se remplissaient d'hommes de la haute société venus du monde entier. Les femmes n'étaient pas admises à ces variétés hautement burlesques.

Elle avait de nouveau revêtu la robe à plusieurs jupons qu'elle portait pour chanter ses chansons brésiliennes, mais cette fois, sans châle. Sa robe était sans bretelle et sa poitrine généreuse, comprimée dans son corselet très serré, s'offrait presque tout entière aux regards.

Dans cette tenue, tandis que le spectacle continuait, elle faisait le tour des loges. Si on le lui demandait, elle s'agenouillait devant un homme, déboutonnait son pantalon, sortait délicatement son pénis de ses mains couvertes de bijoux, et avec une précision dans le geste, une habileté, une subtilité rares, le suçait jusqu'à la satisfaction. Ses deux mains étaient aussi actives que sa bouche.

Ses caresses faisaient perdre aux hommes tous leurs sens; la souplesse agile de ses mains; les changements de rythme; tantôt caressant le membre tout entier, tantôt en touchant légèrement l'extrémité, le massant avec fermeté ou bien s'amusant doucement avec les poils – gestes accomplis par une femme voluptueuse d'une exceptionnelle beauté, tandis que le public continuait de regarder le spectacle qui se déroulait sur scène. Voir leur membre pénétrer dans cette bouche exquise aux dents éclatantes, en même temps que se soulevait sa poitrine, donnait aux hommes un plaisir qu'ils payaient généreusement.

Sa présence sur scène les préparait à son apparition dans les loges. Elle les provoquait de sa bouche, de ses yeux, de ses seins. Et atteindre l'orgasme tandis que continuaient la musique et les chansons sur la scène éclairée, dans une loge sombre aux rideaux lourds, au-dessus des spectateurs, ajoutait un piment exceptionnel à la jouissance.

Le Baron tomba presque amoureux d'Anita et vécut avec elle plus longtemps qu'avec toute autre femme. Elle s'éprit de lui et lui donna deux enfants.

Mais, après quelques années, il s'envola à nouveau. L'habitude était trop forte; l'habitude du changement et de la liberté.

Il partit pour Rome et prit une suite au *Grand Hôtel*. Elle se trouvait contiguë à celle de l'ambassadeur d'Espagne, de passage à Rome avec sa femme et ses deux petites filles. Le Baron les séduisit aussi. La femme de l'ambassadeur l'admirait. Ils devinrent tellement amis, et il se montra si charmant avec les enfants qui s'ennuyaient beaucoup à l'hôtel, que les petites prirent l'habitude d'aller réveiller le Baron tous les matins avec des rires et des plaisanteries que ne leur permettaient pas leurs solennels parents.

L'une des filles avait dix ans, l'autre douze. Elles étaient toutes deux très belles avec de grands yeux noirs de velours, de longs cheveux soyeux et une peau dorée. Elles portaient des robes blanches très courtes avec des socquettes blanches. Les deux fillettes se précipitaient en criant dans la chambre du Baron et sautaient en s'amusant sur son grand lit. Lui les cajolait, les chatouillait.

Mais le Baron, comme beaucoup d'hommes, s'éveillait toujours dans un état d'extrême excitation sexuelle. Il était, en fait, on ne peut plus vulnérable. Il n'avait pas le temps de se lever pour se calmer aux toilettes que les fillettes avaient déjà traversé la pièce et s'étaient jetées sur lui, et sur son pénis en érection, à peine dissimulé sous un gros édredon bleu pâle.

Les petites filles laissaient leurs jupes se soulever sans la moindre gêne et leurs longues et fines jambes de danseuses s'emmêler en tombant sur son membre dressé sous l'édredon. En riant, elles se tournaient vers lui, s'asseyaient sur lui, à califourchon comme sur un cheval, puis le poussaient de chaque côté, en lui demandant de remuer pour faire balancer le lit. De plus, elles l'embrassaient, lui tiraient les cheveux, sans arrêter leurs conversations enfantines. L'enchantement du Baron atteignait un paroxysme de douloureux suspense.

L'une des fillettes était sur son ventre et il n'avait qu'à bouger légèrement pour prendre son plaisir. Il en fit donc un jeu, comme s'il avait eu l'intention de la faire tomber du lit, en lui disant :

« Je suis sûr que tu vas tomber si je continue à remuer de cette manière.

— Je ne tomberai pas », répondait-elle, s'agrippant à lui à travers les couvertures tandis qu'il continuait à bouger comme pour la faire tomber sur le côté. En riant, il soulevait son petit corps, mais elle s'accrochait à lui : ses petites jambes, ses petites culottes, tout son corps se frottait contre lui pour ne pas glisser.

Puis la seconde voulut aussi avoir sa chance et s'assit à califourchon sur lui, juste devant sa sœur; alors il se mit à remuer encore plus violemment, supportant maintenant le poids des deux sur son ventre. Son pénis, caché sous l'épais édredon, se dressa à nouveau entre les frêles cuisses des fillettes, et c'est dans cette position que le surprit la jouissance, avec une force qu'il avait rarement connue, perdant une bataille d'une manière dont les enfants ne se sont jamais doutées.

Un autre jour où elles étaient venues jouer avec

24

lui, il mit ses mains sous l'édredon qu'il souleva avec l'un de ses doigts en leur demandant d'essayer de l'attraper. Alors commença avec grand intérêt la chasse au doigt, qui tour à tour disparaissait et réapparaissait en divers points du lit et dont elles s'emparaient avec fermeté. Au bout d'un moment, ce n'est plus un des doigts qu'elles se mirent à serrer, mais son pénis qu'elles tentaient de découvrir en s'y agrippant plus fort que jamais, pour son plus grand plaisir. De temps en temps le Baron disparaissait entièrement sous la couette, et là, tenant sa verge à la main, leur demandait de l'attraper.

Il faisait semblant d'être un animal, les poursuivait et parfois même tentait de les mordre, aux endroits qui lui plaisaient le plus, et elles y prenaient grand plaisir. Elles jouaient aussi à cache-cache avec l'« animal ». Le jeu consistait pour l' « animal » à surgir de quelque cachette et à bondir sur elles. Il se cacha un jour dans le placard où il s'allongea sur le sol et se recouvrit de vêtements. L'une des fillettes ouvrit la porte. Il pouvait voir sous sa robe; il l'attrapa et lui mordilla gentiment les cuisses.

Leur échauffement était tel, la confusion de leurs batailles si grande, et l'abandon des fillettes si total, que, très souvent, sa main se promenait là où le désir la guidait.

Le Baron partit à nouveau, mais ses grands bonds de trapéziste qui l'avaient fait sauter de fortune en fortune commençaient à devenir moins efficaces à mesure que sa quête sexuelle prenait le pas sur celle de l'argent et du pouvoir. Il ne semblait plus être en mesure de contrôler son désir sexuel. Il se débarrassait de ses femmes avec de plus en plus d'impatience, de façon à pouvoir poursuivre sa quête de sensations.

Il apprit un jour que la danseuse brésilienne qu'il avait aimée venait de mourir, ayant absorbé une dose trop forte d'opium. Leurs deux filles avaient maintenant quinze et seize ans et voulaient que leur père s'occupe d'elles. Il les fit venir. Il vivait alors à New York avec une femme dont il avait un fils. Cette dernière acceptait mal cette arrivée. Elle était inquiète pour son fils qui n'avait que quatorze ans. Après tous ses vagabondages, le Baron désirait maintenant un foyer et du repos. Il avait une femme qu'il aimait bien, et trois enfants. L'idée de revoir ses filles le comblait de joie. Il les accueillit avec de grandes démonstrations d'affection. L'une était très belle, l'autre moins, mais piquante. Elevées aux côtés de leur mère, elles n'étaient ni timides ni prudes.

La beauté de leur père les impressionna. Lui, de son côté, se rappelait ses jeux avec les deux fillettes de Rome, mais ses filles étaient un peu plus âgées, ce qui ne faisait qu'accroître son intérêt.

On leur donna un grand lit pour elles toutes seules, et, un peu plus tard, alors qu'elles en étaient encore à échanger leurs impressions sur le voyage et sur leur père, celui-ci entra pour leur souhaiter bonne nuit. Il s'allongea à leur côté et les embrassa. Elles lui rendirent ses baisers. Mais tout en les embrassant, il promenait sa main sur leur corps qu'il pouvait sentir à travers la chemise de nuit.

Elles furent sensibles à ses caresses. Il leur dit :

« Comme vous êtes belles, toutes les deux. Je suis si fier de vous. Je ne peux pas vous laisser dormir seules. Cela fait si longtemps que je ne vous ai vues! »

Elles avaient appuyé leur tête sur sa poitrine et il les caressa doucement, comme un bon père, jusqu'à ce qu'elles s'endorment. Leurs corps jeunes, avec leurs seins à peine formés, l'excitaient tellement qu'il ne pouvait dormir. Il cajolait l'une, puis l'autre, avec des mouvements de chat, pour ne pas les déranger, mais au bout d'un moment son désir se fit si violent qu'il en réveilla une et voulut la pénétrer de force. L'autre ne put y échapper non plus. Elles pleurèrent un peu, mais elles avaient déjà vu tant de choses dans leur vie avec leur mère qu'elles n'opposèrent guère de résistance.

Cet inceste allait prendre des proportions redoutables, car la fureur sexuelle du Baron grandit jusqu'à en devenir obsessionnelle. La simple jouissance ne le libérait plus, ne le calmait plus. Elle l'excitait davantage. Et, de ses filles, il passait à sa femme qu'il prenait avec fougue.

Le Baron eut peur que ses filles ne l'abandonnent, ne s'enfuient, aussi se mit-il à les espionner et à les tenir pratiquement prisonnières.

Sa femme découvrit son manège et lui fit des scènes terribles. Mais le Baron était maintenant comme fou. Il n'attachait même plus d'importance à sa toilette, à son élégance, à ses aventures, à sa fortune. Il ne quittait pas la maison et ne songeait qu'à l'instant où il pourrait de nouveau faire l'amour à ses deux filles ensemble. Il leur avait enseigné toutes les caresses imaginables. Elles avaient appris à s'embrasser en sa présence jusqu'à ce qu'il fût assez excité pour les posséder.

Une nuit, après avoir quitté ses filles, il se promenait dans l'appartement, encore en proie au désir, obsédé de fantaisies érotiques. Il avait aimé ses filles jusqu'à l'épuisement. Maintenant elles étaient endormies. Son désir continuait de le tourmenter. Il en était aveuglé. Il ouvrit la porte de la chambre de son fils. Celui-ci dormait tranquillement, couché sur le dos, la bouche légèrement entrouverte. Le Baron l'observait, fasciné. Son sexe dressé ne le laissait pas en repos. Il prit une chaise qu'il plaça au bord du lit. Il s'agenouilla dessus et introduisit son sexe dans la bouche de son fils. Le fils s'éveilla sous la poussée et répondit par des coups. Les jeunes filles aussi se réveillèrent.

La révolte contre la folie de leur père ne fit que grandir, et bientôt, elles abandonnèrent le Baron à sa frénétique vieillesse.

MATHILDE

MATHILDE était chapelière à Paris et avait à peine vingt ans lorsque le Baron la séduisit. Bien que leur idylle ne durât pas plus de deux semaines, elle eut le temps de s'imprégner de la philosophie du Baron et de sa manière adroite de résoudre les problèmes de la vie. Elle restait intriguée par une chose que le Baron lui avait confiée par hasard un soir : que les Parisiennes étaient très appréciées en Amérique du Sud pour leur savoir-faire en amour, leur vivacité et leur imagination, que l'on rencontrait rarement chez les Sud-Américaines, toujours attachées aux traditions de soumission et d'obéissance, ce qui leur ôtait toute personnalité et était probablement dû au refus des hommes de faire de leurs épouses leurs maîtresses.

A l'exemple du Baron, Mathilde vivait sa vie comme une comédie, en changeant constamment de rôle – et se disait chaque matin en brossant ses cheveux blonds : « Aujourd'hui, je jouerai ce personnage-ci ou celui-là », qu'elle incarnait aussitôt pour la journée.

Un jour, elle décida de se faire passer pour un mannequin représentant d'un couturier parisien réputé et partit pour le Pérou. Son seul travail était de bien jouer son rôle. Aussi s'habilla-t-elle avec soin, et alla se présenter avec une assurance extraordinaire chez un couturier qui l'engagea aussitôt et lui donna son billet pour Lima.

A bord du paquebot, elle jouait à la perfection son rôle d'ambassadrice de l'élégance. Son talent inné pour reconnaître les bons vins, les bons parfums, la bonne coupe des vêtements, lui permit de passer pour une femme des plus raffinées.

Mathilde avait un charme piquant qui ne faisait que rehausser son rôle. Elle gardait toujours le sourire, quelles que fussent les circonstances. Si on lui égarait une valise, elle en riait. Si on lui marchait sur les pieds, elle répondait par un sourire.

C'est par ce sourire que fut attiré le responsable des Lignes espagnoles, Daveldo, qui l'invita à s'asseoir à la table du capitaine.

Il était plein de charme dans son costume de soirée, avait toutes les manières d'un capitaine et beaucoup d'anecdotes à raconter. Le soir suivant, il l'emmena au bal. Il savait que le voyage durait trop peu de temps pour pouvoir prétendre lui faire une cour de gentleman. Aussi commença-t-il directement à courtiser le charmant grain de beauté que Mathilde avait au menton. A minuit, il lui demanda si elle aimait les figues de Barbarie. Elle n'en avait jamais goûté. Il lui dit en avoir quelques-unes dans sa cabine.

Mais Mathilde tenait à se faire davantage apprécier en résistant le plus longtemps possible, aussi était-elle sur ses gardes en entrant dans la cabine. Elle avait toujours facilement repoussé les mains audacieuses des hommes qu'elle côtoyait dans son travail, les gestes trop familiers des maris de ses clientes, et les caresses indiscrètes de ses amis au cinéma. Rien de cela ne l'inspirait. Elle avait une idée vague mais tenace de ce qui pouvait l'exciter. Elle désirait qu'on lui fît la cour avec mystère. En souvenir de sa première aventure à l'âge de seize ans.

Un écrivain, très connu à Paris, était entré un jour dans son magasin. Il ne voulait pas un chapeau. Il lui demanda si elle vendait des fleurs lumineuses dont il avait entendu parler, des fleurs qui luisaient dans la nuit. Il les désirait, lui dit-il, pour une jeune femme qui scintillait dans le noir. Il était prêt à jurer que dans la sombre loge du théâtre où elle était assise dans sa robe du soir, sa peau était aussi lumineuse que le plus fin des coquillages, avec un reflet rose pâle. Et il aurait voulu qu'elle portât ces fleurs dans les cheveux.

Mathilde n'en avait pas. Mais à peine l'homme eut-il quitté le magasin qu'elle se précipita à son miroir. Voilà le sentiment qu'elle aurait aimé pouvoir inspirer. En était-elle capable? Son rayonnement n'était pas de même nature. Elle était feu plutôt que lumière. Ses yeux étaient ardents, couleur violette. Ses cheveux étaient teints en blond, avec une nuance cuivrée. Sa peau était également cuivrée, ferme, et n'avait rien de transparent. Son corps était serré dans ses robes qu'elle remplissait avec opulence. Elle ne portait pas de corset, mais sa silhouette était celle des femmes qui en portent.

Elle se cambrait de manière à avoir la poitrine en avant et la croupe haute.

L'homme était revenu. Mais cette fois, il ne désirait rien acheter. Il restait là debout à la regarder, un sourire sur les lèvres de son long visage émacié, allumant une cigarette d'un geste élégant, comme une sorte de rituel, et lui dit :

« Cette fois-ci, je ne suis venu que pour vous voir. »

Le cœur de Mathilde battait si vite qu'elle sentit qu'arrivait enfin l'instant qu'elle attendait depuis des années. Elle se mit presque sur la pointe des pieds pour entendre le reste de sa conversation. Elle avait l'impression d'être cette femme lumineuse assise au fond de la loge sombre et à qui l'on offrait ces fleurs extraordinaires. Mais la seule chose que dit l'écrivain grisonnant si raffiné fut :

« Dès que je vous ai vue, je me suis mis à bander. »

La crudité de ses propos fut pour elle une insulte. Elle rougit et le gifla.

Cette scène se renouvela à plusieurs reprises. Mathilde avait remarqué que dès qu'elle apparaissait, les hommes restaient en général sans voix, et sans le moindre désir de lui faire une cour romantique. C'étaient toujours des mots aussi crus qui leur échappaient en la voyant. Son effet était si direct que tout ce qu'ils pouvaient exprimer était leur trouble physique. Au lieu de l'accepter comme un honneur, elle s'en vexait.

Voilà qu'elle se trouvait maintenant dans la cabine de l'Espagnol enjôleur Dalvedo. Dalvedo était en train de lui peler quelques figues de Barbarie tout en bavardant. Mathilde retrouvait confiance en elle. Elle s'assit sur le bras d'un fauteuil, dans sa robe du soir de velours rouge.

Soudain Dalvedo s'arrêta de peler les fruits. Il se leva et dit :

« Vous avez au menton le plus séduisant des grains de beauté. »

Elle se dit qu'il allait essayer de l'embrasser. Mais il n'en fut rien. Il déboutonna son pantalon rapidement, sortit sa verge et, avec le geste d'un apache à une femme des rues, lui ordonna :

« A genoux. »

Choquée une fois de plus, Mathilde se dirigea vers la porte.

« Ne partez pas, pria-t-il, vous me rendez fou. Regardez dans quel état vous me mettez. Depuis que j'ai commencé à danser avec vous. Cela a duré toute la soirée. Vous ne pouvez pas me laisser maintenant. »

Il essaya de l'enlacer. Et tandis qu'elle se débattait pour lui échapper, il jouit sur sa robe. Elle dut se couvrir de sa cape de soirée pour regagner sa cabine.

Cependant Mathilde, à son arrivée à Lima, finit par vivre son rêve. Les hommes l'abordaient avec un langage fleuri, dissimulant leur but sous beaucoup de charme et de compliments. Ce prélude à l'acte sexuel la satisfaisait. Elle aimait l'encens. A Lima, on lui en offrait beaucoup; cela faisait partie du rituel. On savait l'élever jusqu'aux sommets de la poésie, si bien que son consentement final semblait tenir du miracle. Elle vendait beaucoup plus de ses nuits que de chapeaux.

A cette époque, la vie à Lima était très influencée par sa nombreuse population chinoise. On fumait partout l'opium. Des jeunes hommes fortunés faisaient la tournée des bordels, ou bien passaient leurs nuits dans les fumeries d'opium, où ils trouvaient en même temps des prostituées, ou bien encore ils louaient des chambres absolument vides dans le quartier des prostituées, et là, se réunissaient à plusieurs pour se droguer et faire venir des filles de joie.

Ces jeunes hommes aimaient rendre visite à Mathilde. Elle transformait son magasin en boudoir, rempli de confortables chaises longues, dentelles et satins, oreillers et rideaux. Martinez, un aristocrate péruvien, l'initia à l'opium. Il amena des amis chez elle pour fumer. Ils passaient parfois deux ou trois jours en dehors du monde, loin de leurs familles. On laissait les rideaux tirés. L'atmosphère était sombre, engourdie. Ils se partageaient Mathilde. L'opium les rendait plus langoureux que sensuels. Ils pouvaient passer des heures à lui caresser les jambes. L'un s'occupait de ses seins, un autre recherchait la chair tendre de son cou pour y déposer de doux baisers du bout des lèvres, car l'opium décuplait les sensations. Un simple baiser faisait frémir le corps tout entier.

Mathilde s'allongeait sur le sol, nue. Tous ses mouvements étaient lents. Les trois ou quatre jeunes hommes étaient étendus derrière elle, parmi les oreillers. Paresseusement, un doigt se glissait vers son sexe, y pénétrait et s'immobilisait, juste entre les lèvres. Puis une autre main le chassait et préférait simplement caresser le sexe en mouvement circulaire sur la toison, puis s'arrêter sur un autre orifice.

Un troisième offrait son pénis à sa bouche. Elle le suçait tout doucement, chaque pression étant amplifiée sous l'effet de la drogue.

Ils pouvaient rester ainsi des heures allongés à rêver.

Alors de nouvelles images érotiques naissaient. Martinez voyait le corps d'une femme, distendu, sans tête : elle avait la poitrine des Balinaises, le ventre d'une Africaine et les fesses hautes d'une négresse; toutes les parties du corps se confondaient en une chair vibrante, qui semblait élastique. Les seins fermes se gonflaient vers sa bouche et il tendait les mains pour les attraper, mais alors d'autres parties du corps s'étiraient, s'enflaient jusqu'à le recouvrir tout entier. Les jambes s'écartaient d'une manière impossible, inhumaine, comme si elles se séparaient du corps, pour offrir un sexe sans défense, telle une tulipe que l'on aurait ouverte complètement de force.

Ce sexe n'était pas immobile, il remuait comme du caoutchouc, comme si des mains invisibles l'étiraient, des mains étranges qui semblaient vouloir écarteler le corps afin de pénétrer à l'intérieur. Puis les fesses s'offraient soudain seules à sa vue, avant de perdre leur forme, comme si on les avait séparées. Chaque mouvement semblait viser à ouvrir le corps complètement jusqu'à ce qu'il se déchire. Alors la colère s'emparait de Martinez car des mains étrangères voulaient toucher ce corps. Il s'asseyait à demi et cherchait les seins de Mathilde, avec l'impression qu'une main était en train de les caresser, une bouche de les sucer; il cherchait son ventre, qui semblait être à l'image de celui de ses rêves d'opium, puis se laissait tomber sur le corps de Mathilde, et l'embrassait entre les cuisses.

Le plaisir de Mathilde à caresser les hommes et à se laisser caresser, cajoler sans répit par eux, était si immense qu'elle atteignait rarement l'orgasme. Elle ne s'en rendait compte qu'après leur départ. Elle s'éveillait alors de ses rêves d'opium, insatisfaite.

Elle passait des heures allongée à se limer les ongles, à les vernir, procédant à une toilette raffinée en vue des occasions futures, brossant ses cheveux blonds. Assise au soleil, avec du coton imbibé d'eau oxygénée, elle teignait sa toison pour l'assortir à ses cheveux.

Seule dans sa chambre, elle était obsédée par le souvenir de toutes ces mains d'hommes sur son corps. Elle en sentait une sous son bras, qui descendait doucement jusqu'à la taille. Elle se rappelait Martinez, sa façon d'écarter les lèvres de son sexe comme on ouvre une fleur, sa langue rapide dont elle sentait la pression descendre de sa toison pubienne jusqu'aux fesses pour s'arrêter dans la petite fossette qu'elle avait au creux des reins. Comme il aimait ce petit creux qui amenait sa bouche et ses doigts à suivre la courbe de ses fesses et à disparaître en elles.

En pensant à Martinez, Mathilde sentait sa passion s'éveiller. Elle n'avait pas la patience d'attendre son retour. Elle regardait ses jambes. A force de ne pas sortir, elles avaient pris une couleur blanche, très séduisante, rappelant la blancheur de peau des Chinoises, cette pâleur morbide que les hommes, et tout particulièrement les Péruviens au teint basané, adoraient. Elle regardait son ventre, un ventre parfait, sans un pli. Les poils de son pubis avaient pris maintenant une couleur or-rouge au soleil.

« Comment me voit-il, lui? » se demandait-elle. Elle se leva et alla chercher un grand miroir qu'elle posa face à la fenêtre, par terre, en l'appuyant contre une chaise. Puis elle s'assit sur un tapis, en se regardant, et écarta doucement les jambes. Le spectacle était un enchantement. La peau était sans défaut, et les lèvres roses et pleines. Cela lui fit penser à la feuille d'un caoutchouc dont il sort un lait secret lorsqu'on la presse avec les doigts, une sécrétion à l'odeur particulière, comme celle des coquillages. Ainsi, de la mer, était née Vénus, portant en elle ce petit noyau de miel salé, que seules les caresses pouvaient extraire des profondeurs cachées du corps.

Mathilde se demanda si elle pourrait le faire sortir de son mystérieux noyau. Elle ouvrit, de ses doigts, les petites lèvres et se mit à les caresser avec une douceur de chat. D'avant en arrière, elle se caressait comme le faisait Martinez avec ses doigts sombres et plus nerveux. Elle se rappelait la couleur mate de ses doigts qui contrastait tellement avec sa peau, ainsi que leur grosseur, qui semblait les destiner à irriter la peau plutôt qu'à éveiller le plaisir. Mais avec quelle délicatesse il la touchait, pensait-elle, frottant les petites lèvres entre ses doigts, comme du velours. Maintenant elle les massait comme lui, entre le pouce et l'index, tandis que de sa main libre elle continuait les caresses. Elle éprouva la même impression de dissolution que sous les doigts de Martinez. De quelque part se mit à couler un liquide salé, couvrant la toison de part et d'autre de l'orifice qui maintenant luisait.

Puis Mathilde voulut savoir à quoi elle ressemblait quand Martinez lui disait de se retourner. Elle s'allongea sur le côté gauche et présenta ses fesses au miroir. Elle pouvait ainsi voir son sexe parderrière. Elle remua, comme elle le faisait pour Martinez. Elle vit sa propre main apparaître audessus de la petite colline que formaient ses fesses qu'elle commença à caresser. Son autre main glissait entre ses jambes et elle la voyait par-derrière dans le miroir. De cette main, elle se caressait le sexe d'avant en arrière. Son majeur pénétra en elle et elle le fit aller et venir. Elle eut soudain envie d'être prise des deux côtés à la fois et fit glisser son autre majeur entre ses fesses. En remuant d'avant en arrière, elle sentait tour à tour les deux doigts, comme cela lui arrivait parfois lorsque Martinez et un ami la caressaient en même temps. L'approche de l'orgasme l'excita, elle se mit à faire des gestes convulsifs, comme pour attraper le dernier fruit d'une branche, tirant, tirant sur la branche pour faire éclater le tout en un orgasme sauvage, qui l'envahit alors qu'elle se regardait dans la glace, et voyait ses mains actives, et le miel briller, mouillant tout son sexe et ses fesses, entre les jambes.

Après s'être vue dans le miroir, elle comprit mieux l'histoire que lui avait racontée un jour un marin – celle des marins de son bateau qui avaient fabriqué une femme en caoutchouc pour satisfaire leurs désirs sexuels pendant les six ou sept mois où ils restaient en mer. La femme avait été faite avec grand soin et leur donnait une illusion parfaite. Les marins l'aimaient. Ils dormaient avec elle. Chacun de ses orifices avait été étudié pour les satisfaire pleinement. Elle possédait cette qualité qu'un vieil Indien avait autrefois attribuée à sa jeune épouse : peu de temps après leur mariage, cette dernière était déjà la maîtresse de tous les hommes de l'hacienda. Le maître fit appeler le vieil Indien pour l'informer de la conduite scandaleuse de sa jeune femme et lui conseilla à l'avenir de mieux la surveiller. L'Indien hocha la tête d'un air sceptique et répondit : « Eh bien, je ne vois pas pourquoi je devrais m'inquiéter. Ma femme n'est pas une savonnette, elle ne va pas s'user. »

Il en était de même avec la femme de caoutchouc. Les marins la trouvaient inlassable et généreuse – une compagne vraiment merveilleuse. Pas de jalousie, pas de disputes, pas de possessivité. Ils l'aimaient beaucoup. Mais, malgré son innocence, sa nature docile, sa générosité, son silence, sa fidélité aux marins, elle leur donna à tous la syphilis.

Mathilde sourit en repensant au jeune marin péruvien qui avait raconté cette histoire, lui décrivant la manière dont il se couchait sur elle comme sur un matelas d'air, et la façon dont il rebondissait sur elle à cause de son extrême élasticité. Mathilde se sentait devenir cette femme en caoutchouc lorsqu'elle fumait de l'opium. Comme elle aimait cette impression de total abandon! Sa seule activité était de compter l'argent que ses amis lui laissaient.

L'un d'eux, Antonio, ne semblait pas trouver son appartement assez luxueux. Il la priait toujours de lui rendre visite. C'était un joueur et il savait faire travailler les femmes pour lui. Il possédait à la fois l'élégance nécessaire pour rendre les femmes fières de lui, la disponibilité d'un homme de loisir, et des manières douces dont on sentait, néanmoins, qu'elles pouvaient se faire violentes quand il le fallait. Ses yeux ressemblaient à ceux d'un chat que l'on a envie de caresser mais qui n'aime personne et ne se sent jamais dans l'obligation de répondre aux élans qu'il fait naître.

Il avait une maîtresse qui lui correspondait tout à fait, l'égalait en force et en résistance, capable de supporter les coups avec ardeur; une femme qui était fière d'être femme et qui ne demandait aucune pitié des hommes; une vraie femme qui savait qu'un combat vigoureux était un merveilleux stimulant pour le sang (c'est la pitié qui dilue le sang) et que la plus sincère des réconciliations ne pouvait survenir qu'après la bataille. Elle savait que lorsque Antonio n'était pas avec elle, il se trouvait chez la Française à fumer de l'opium, mais elle préférait cela à ne pas savoir du tout où il était.

Ce jour-là il venait juste de peigner sa moustache avec contentement et se préparait à une orgie d'opium. Pour exciter sa maîtresse, il commença par lui pincer et lui peloter les fesses. C'était une femme d'une beauté peu commune, qui avait du sang noir. Ses seins étaient plus hauts que ceux de toutes les femmes qu'il avait connues, presque à la hauteur de la ligne des épaules, ronds et gros. C'est cette poitrine qui l'avait d'abord attiré. Son implantation si provocante, si près de la bouche, pointant vers le haut, avait tout de suite éveillé sa sensualité.

40

On aurait dit que son sexe avait une affinité particulière avec cette poitrine, et dès qu'elle la dévoila dans le bordel où il l'avait rencontrée, son sexe sembla vouloir lui rendre hommage en rivalisant de fermeté.

Chaque fois qu'il était retourné au bordel, l'effet avait été le même. Si bien qu'il finit par faire sortir cette femme pour vivre avec elle. Au début il ne pouvait faire l'amour qu'à ses seins. Ils le hantaient, l'obsédaient. Lorsqu'il glissait son pénis dans sa bouche, ils semblaient se dresser avec avidité vers lui, alors il se calait entre eux, en s'aidant de sa main. L'aréole était grande et les bouts durcissaient sous sa bouche, comme le noyau d'un fruit.

Eveillée par ses caresses, le reste de son corps était cependant complètement délaissé. Ses jambes tremblaient, son sexe s'ouvrait, mais il n'y prêtait aucune attention. Il embrassait goulûment ses seins et les caressait de son sexe; il aimait les arroser de son sperme. Le reste du corps se tordait dans l'espace, les jambes et le sexe tournoyant comme une feuille sous chaque caresse, se soulevant en l'air, si bien qu'elle finissait par y poser ses mains et se masturber.

Ce matin-là, alors qu'il était sur le point de partir, il renouvela ses caresses. Il la prit entre les seins. Elle lui offrit son sexe mais il le refusa. Il la fit s'agenouiller devant lui en lui demandant de prendre son sexe dans sa bouche. Elle frottait ses seins contre lui. Parfois cela la faisait jouir. Puis il sortit pour se rendre chez Mathilde. Il trouva la porte entrouverte. Il entra à pas feutrés, sans faire de bruit en marchant sur le tapis. Il trouva Mathilde par terre, face au miroir. Elle était à quatre pattes et se regardait entre les jambes dans le miroir.

Il dit :

« Ne bouge pas, Mathilde. C'est une position que j'aime. »

Il se pencha sur elle comme un chat géant et la pénétra. Il donna à Mathilde ce qu'il ne voulait pas donner à sa maîtresse. Son poids finit par la faire tomber et s'affaler sur le tapis. Il souleva ses fesses et la prit de nouveau, sans s'arrêter. Son pénis semblait fait d'acier. Il était long et mince et il le remuait dans toutes les directions avec une agilité qu'elle n'avait jamais connue. Il accéléra ses mouvements et lui dit d'une voix rauque : « Viens maintenant, jouis, je te dis. Donne tout ce que tu peux. Donne-le-moi. Comme jamais. Donne-toi maintenant. » A ces mots, elle commença à se coller plus fort contre lui et l'orgasme éclata comme un éclair, les frappant tous deux ensemble.

Les autres les trouvèrent encore enlacés par terre. Ils rirent à la vue du miroir, témoin de leurs ébats. Ils commencèrent à préparer les pipes d'opium. Mathilde était langoureuse. Martinez se mit à rêver de femmes écartelées, au sexe largement ouvert. Antonio retint son érection et demanda à Mathilde de venir s'asseoir sur lui, ce qu'elle fit.

Quand la fête fut finie et tous les invités partis, sauf Antonio, il la pria à nouveau de l'accompagner à sa garçonnière spéciale. Le ventre de Mathilde était encore en feu après la violence de l'action, et elle céda car elle avait de nouveau envie de son sexe en elle.

Ils marchaient en silence dans les ruelles du quartier chinois. Des femmes, venues du monde entier, leur souriaient de leurs fenêtres ouvertes, ou sur le pas de leurs portes les invitaient à entrer. Parfois, on pouvait voir de la rue l'intérieur de certaines chambres. Un simple rideau cachait le lit. On pouvait apercevoir des couples enlacés. Il y avait des Syriennes dans leur costume national, des Arabes dont les bijoux couvraient les corps à moitié nus, des Japonaises et des Chinoises qui vous faisaient signe en cachette, des Africaines imposantes assises en cercle et bavardant. L'une des maisons était pleine de prostituées françaises, vêtues de courtes combinaisons roses, qui tricotaient et cousaient comme à la maison. Elles arrêtaient tous les passants en leur promettant des spécialités.

Les bordels étaient petits, mal éclairés, poussiéreux, enfumés, remplis de voix caverneuses, de murmures d'ivrognes et d'amoureux. Les Chinois en avaient fait la décoration, rendant l'atmosphère encore plus trouble en multipliant les écrans et les rideaux, les lanternes, les bouddhas dorés, en faisant brûler de l'encens. C'était un véritable dédale de bijoux, de fleurs en papier, de soieries et de tapis suspendus avec des femmes aussi diverses que les formes et les couleurs, qui invitaient les hommes à coucher avec elles.

La chambre d'Antonio se trouvait dans ce quartier. Il fit monter Mathilde dans une cage d'escalier délabrée, ouvrit une porte abîmée et la poussa à l'intérieur. Il n'y avait aucun meuble. Simplement par terre une natte chinoise sur laquelle était allongé un homme en haillons, un homme si décharné, qui avait l'air si malade, que Mathilde fit un pas en arrière.

« Oh! vous êtes là, dit Antonio, plutôt irrité.

— Je ne savais pas où aller.

— Vous ne pouvez pas rester ici, vous savez. La police vous recherche.

— Oui, je sais.

— Je suppose que vous êtes celui qui a volé de la cocaïne l'autre jour? Je savais que ça devait être vous.

— Oui », dit l'homme en bâillant, indifférent.

Puis Mathilde vit que son corps était couvert d'égratignures et de légères blessures. L'homme fit un effort pour s'asseoir. Il tenait une ampoule d'une main et de l'autre un stylo et un canif.

Elle le regarda avec horreur.

Il brisa le bout de l'ampoule avec ses doigts, secouant les débris cassés pour qu'ils tombent; puis au lieu d'y plonger une seringue, il y introduisit son stylo à encre et pompa le liquide. Avec son canif, il se fit une entaille dans le bras déjà couvert d'anciennes blessures ainsi que de plus récentes, et y glissa la plume de son stylo afin de faire pénétrer la cocaïne dans sa chair.

« Il est trop pauvre pour s'acheter une seringue, dit Antonio. Et je ne lui ai pas donné d'argent, pensant que cela lui éviterait d'en voler. Mais voilà ce qu'il a trouvé à faire. »

Mathilde voulait partir. Mais Antonio l'en empêcha. Il voulait qu'elle prenne de la cocaïne avec lui. L'homme était de nouveau étendu, les yeux fermés. Antonio sortit une aiguille et piqua Mathilde.

Ils étaient couchés par terre et Mathilde se sentit

envahie par un engourdissement puissant. Antonio lui dit :

« Tu as l'impression d'être morte, n'est-ce pas? »

Il lui semblait qu'on l'avait endormie à l'éther. La voix d'Antonio lui parvenait de très loin. Elle lui murmura qu'elle avait l'impression de s'évanouir. Il dit :

« Ça va passer. »

Alors elle se mit à faire un horrible rêve. Il y avait au loin la silhouette de l'homme prostré, couché sur la natte, puis la silhouette d'Antonio, immense et sombre. Antonio saisit le canif et se pencha sur elle. Mathilde sentit son pénis en elle, c'était agréable et doux; elle se souleva comme une vague, dans un mouvement lent, détendu. Le pénis sortit de son ventre. Elle le sentit se glisser dans la moiteur tiède entre ses jambes, mais elle n'était pas satisfaite et fit un geste pour le rattraper. Puis, dans son cauchemar, Antonio tenait le canif ouvert et se penchait sur ses jambes écartées, la touchant doucement avec la pointe qu'il poussait peu à peu à l'intérieur. Mathilde n'éprouvait aucune douleur, elle n'avait pas la force de bouger, elle était hypnotisée par la lame de ce couteau. Puis elle se rendit soudain compte avec terreur de ce qui se passait – ce n'était pas un cauchemar. Antonio observait la pointe du canif contre l'orifice de son sexe à elle. Elle cria. La porte s'ouvrit. C'était la police qui venait chercher le voleur de cocaïne.

Mathilde fut sauvée de l'homme qui avait si souvent entaillé le sexe des prostituées et qui, pour cette raison, ne pénétrait jamais le ventre de sa maîtresse. Elle seule avait pu le rendre inoffensif, grâce à sa poitrine provocante qui lui faisait oublier son sexe, et le détournait de cette attirance morbide pour ce qu'il appelait la « petite blessure de la femme », qu'il était si fortement tenté d'agrandir.

L'INTERNAT

CETTE histoire se situe au Brésil, il y a de nombreuses années, dans une campagne retirée où le catholicisme régnait encore dans toute sa rigueur. On envoyait les filles et les garçons dans des internats tenus par des Jésuites qui avaient conservé les coutumes du Moyen Age. Les garçons dormaient dans des lits en bois, se levaient à l'aube, assistaient à la messe avant le petit déjeuner, se confessaient tous les jours, étaient sans cesse observés et espionnés. L'atmosphère était austère et frustrante. Les prêtres prenaient leurs repas à part, désirant créer autour d'eux comme une aura de sainteté. Leurs gestes et leurs discours étaient conformes à cette image.

Parmi eux, il y avait un jésuite métissé d'Indien, à la peau basanée, au visage de satyre avec de grandes oreilles plaquées contre son crâne, des yeux perçants, des lèvres tombantes et baveuses, une épaisse chevelure et une odeur animale. Sous sa longue robe marron, les enfants avaient souvent remarqué une bosse à laquelle les petits ne trouvaient pas d'explication mais dont les grands se moquaient dès qu'il avait le dos tourné. Cette bosse faisait son apparition à n'importe quelle heure – pendant que la classe lisait *Don Quichotte* ou Rabelais, ou bien simplement en regardant les adolescents, et tout particulièrement l'un d'eux, à la chevelure rousse, aux yeux et à la peau de fille.

Il aimait amener cet enfant dans sa chambre pour lui montrer des livres de sa bibliothèque privée. Ceux-ci contenaient des reproductions de poteries incas où étaient peints des hommes debout les uns contre les autres. Le jeune garçon posait des questions auxquelles le prêtre répondait de façon évasive. Parfois les peintures étaient très explicites : un membre long et raide se dressait au milieu du corps de l'un des personnages et pénétrait un autre homme par-derrière.

Lors de la confession, ce prêtre harcelait les garçons de questions. Plus ces derniers avaient l'air innocents, plus il les pressait de questions dans l'obscurité de son minuscule confessionnal. Les enfants, à genoux, ne pouvaient pas voir le prêtre assis à l'intérieur. Sa voix basse arrivait à travers une petite grille, et demandait : « Avez-vous eu des pensées érotiques ? Pensez-vous aux femmes ? Avez-vous essayé d'imaginer une femme nue ? Comment vous conduisez-vous le soir au lit ? Vous êtes-vous touché ? Vous êtes-vous caressé ? Que faites-vous le matin en vous levant ? Avez-vous une érection ? Regardez-vous les autres garçons s'habiller ? Ou dans leur bain ? »

Le garçon innocent savait très vite ce que l'on attendait de lui et ces questions lui étaient une torture. Mais les plus malins prenaient plaisir à confesser en détail leurs impressions et leurs rêves. L'un d'eux rêvait toutes les nuits. Il ne savait pas à quoi ressemblait une femme, comment elle était faite. Mais il avait vu les Indiens faire l'amour à une vigogne, qui ressemblait à un cerf délicat. Et il rêvait qu'il faisait l'amour aux vigognes et se réveillait trempé le matin. Le vieux prêtre encourageait ses confessions. Il les écoutait avec une patience sans limites. Il lui imposait d'étranges punitions. Il demandait à un garçon qui n'arrêtait pas de se masturber de l'accompagner à la chapelle et de tremper son pénis dans l'eau bénite pour le purifier. Cette cérémonie avait lieu la nuit, dans le plus grand secret.

Il y avait un jeune garçon sauvage, qui ressemblait à un prince maure, au visage sombre, aux traits nobles et au port royal, avec un corps splendide, si lisse qu'aucun os ne faisait saillie, le corps poli et parfait d'une statue. Ce garçon se refusait à porter une chemise de nuit. Il était habitué à dormir nu et la chemise le gênait, l'étouffait. Alors, chaque soir il la mettait comme tous les autres mais l'enlevait secrètement sous les couvertures et s'endormait nu.

Tous les soirs, le vieux jésuite faisait sa ronde pour vérifier s'il n'y avait pas deux garçons dans le même lit et si personne ne se masturbait ou bavardait dans le noir. Lorsqu'il passait devant le lit de l'élève indiscipliné, il soulevait les couvertures doucement et regardait le corps nu du garçon. Si ce dernier se réveillait, il le grondait : « Je suis venu voir si vous dormiez encore sans chemise de nuit! » Mais si l'adolescent restait endormi, il attardait longuement son regard sur ce jeune corps.

Un jour, pendant le cours d'anatomie, debout sur l'estrade du professeur, alors que le jeune garçon roux efféminé le regardait, la bosse devint si proéminente sous la robe qu'elle n'échappa à personne.

Il demanda au jeune homme :

« Combien d'os y a-t-il dans le corps humain? »

Ce dernier répondit :

« Deux cent huit. »

Une voix, à l'arrière de la classe, se fit alors entendre :

« Mais le père Dodo en a deux cent neuf. »

Peu après cet incident, on emmena les élèves en excursion botanique. Dix d'entre eux se perdirent. Et parmi eux le jeune éphèbe roux. Ils se trouvaient dans la forêt, loin des professeurs et des autres élèves. Ils s'assirent pour se reposer et décider du plan à suivre. Ils se mirent à manger des baies sauvages. Comment cela commença-t-il, personne ne pourrait le dire, mais un moment plus tard, le jeune garçon se retrouva sur l'herbe, tout nu, sur le ventre, et tous les autres se succédèrent sur lui, le pénétrant comme une prostituée, avec brutalité. Les plus expérimentés satisfaisaient leur désir dans l'anus, les autres se contentaient de se frotter entre les jambes du jeune homme dont la peau était aussi douce que celle d'une femme. Ils crachaient dans leurs mains et enduisaient leur verge de salive. L'adolescent roux criait, se débattait en pleurant, mais les autres ne le lâchèrent pas avant d'être allés jusqu'au bout de leurs possibilités.

L'ANNEAU

Les Indiens du Pérou ont coutume d'échanger des anneaux pour leurs fiançailles, anneaux qui ont été en leur possession depuis longtemps. Ces anneaux ont souvent la forme d'une chaîne.

Un Indien très beau s'éprit d'une Péruvienne de descendance espagnole, ce qui fut très mal accueilli dans la famille de la jeune fille. On disait que les Indiens étaient paresseux et dégénérés et qu'ils donnaient des enfants fragiles, surtout lorsqu'ils étaient coupés de sang espagnol.

Malgré l'opposition de la famille, les jeunes gens fêtèrent leurs fiançailles entre amis. Le père de la jeune fille fit son apparition pendant la fête et jura que si jamais il rencontrait le jeune Indien avec l'anneau de sa fiancée, il le lui arracherait du doigt de la plus cruelle manière et n'hésiterait pas, s'il le fallait, à lui couper le doigt. La fête fut gâchée par cet incident. Chacun rentra chez soi et les jeunes fiancés se séparèrent en se promettant de se rencontrer en cachette.

Un soir, ayant surmonté de nombreuses difficultés, ils réussirent à se voir et s'embrassèrent avec ardeur. La jeune fille était excitée par ces baisers. Elle était prête à se donner, sentant que c'était peut-être leur dernière heure ensemble, car la colère du père ne faisait que croître de jour en jour. Mais l'Indien était décidé à l'épouser, décidé à ne pas la posséder en cachette. Elle nota qu'il ne portait pas son anneau. Elle l'interrogea du regard. Il lui dit à l'oreille :

« Je le porte là où personne ne peut le voir, mais il m'empêchera de vous prendre, et de prendre toute autre femme avant notre mariage.

– Je ne comprends pas, dit la femme. Où est l'anneau ? »

Alors, il prit la main de la jeune fille et la plaça entre ses jambes, à un endroit précis. Les doigts de la jeune femme sentirent d'abord son pénis, puis il les guida jusqu'à ce qu'ils rencontrent l'anneau qu'il avait enfilé sur son sexe. Au contact de ces doigts, le membre se raidit et le jeune homme cria parce que l'anneau le serrait trop fort.

La jeune fille s'évanouit presque d'horreur. C'était comme s'il avait voulu tuer, mutiler le désir. Mais, en même temps, la pensée de sa verge enchaînée par l'anneau éveilla sa sensualité; son corps devint plus chaud, prêt à répondre à toute fantaisie érotique. Elle ne cessait pas de l'embrasser, mais il lui demanda d'arrêter car chaque baiser ne faisait qu'augmenter sa douleur.

Quelques jours plus tard, l'Indien se trouva de nouveau à l'agonie, mais il ne réussit pas à enlever l'anneau. Il fallut appeler le médecin, et limer l'anneau.

La jeune fille vint lui proposer de s'enfuir avec

lui. Il accepta. Ils partirent à cheval, galopant toute la nuit jusqu'à la ville la plus proche. Là, il la cacha dans une chambre et partit chercher du travail dans une hacienda. Elle ne quitta pas la chambre jusqu'à ce que son père se fût fatigué de la chercher. Le garde de nuit de la ville était seul à connaître sa présence. C'était un homme jeune qui l'avait aidée à trouver une cachette. De sa fenêtre, elle pouvait le voir faire les cent pas, tenant en main toutes les clés de la ville et criant : « La nuit est claire, tout est calme en ville. »

Lorsque quelqu'un rentrait tard chez lui, il devait appeler le garde en frappant dans ses mains. Ce dernier lui ouvrait la porte. Pendant que l'Indien était au travail, le garde et la jeune femme bavardaient innocemment.

Il lui parla d'un crime qui avait été commis récemment au village : les Indiens qui quittaient les montagnes et leur travail dans les haciendas pour aller dans la forêt vierge devenaient comme des bêtes sauvages. Même leurs visages changeaient, leurs traits s'épaississaient, perdaient leur noblesse et leur finesse.

Une telle transformation venait juste de se produire chez un Indien qui avait été autrefois le plus bel homme du village, un homme plein de grâce, réservé, à l'humour étrange, à la sensualité délicate. Il était parti dans la forêt pour faire fortune. Il était aujourd'hui de retour. Son village lui manquait. Il était pauvre et errait dans les rues sans abri. Personne ne le reconnaissait, personne ne se souvenait de lui.

Un jour, il avait enlevé une petite fille sur la route

et il lui avait entaillé le sexe avec un couteau comme ceux dont on se sert pour écorcher les bêtes. Il ne l'avait pas violée, mais avait introduit le couteau dans son vagin et l'avait lacéré. Tout le village était en émoi. Ils ne savaient pas quel châtiment lui infliger. On parlait de faire revivre une ancienne coutume indienne. Ses blessures seraient ouvertes et on y introduirait de la cire mélangée à un acide brûlant, spécialité des Indiens, afin que la douleur soit redoublée. Puis on le fouetterait à mort.

Le gardien était en train de raconter cette histoire à la femme lorsque l'Indien rentra du travail. Il vit sa fiancée penchée à sa fenêtre, regardant le garde. Il se rua dans sa chambre et se présenta devant elle, les cheveux en bataille, les yeux brillants de colère et de jalousie. Il se mit à l'injurier et à la torturer de questions.

Depuis l'incident de l'anneau, son pénis était demeuré sensible. Il avait mal en faisant l'amour, aussi ne pouvait-il pas le faire autant qu'il le désirait. Son pénis gonflait et restait douloureux pendant plusieurs jours. Il avait peur de ne pas satisfaire sa maîtresse et qu'elle en aime un autre. En voyant le garde, bien bâti, lui parler, il fut certain qu'ils avaient une liaison en cachette. Il voulait lui faire mal, lui faire mal physiquement, tout comme il avait souffert pour elle. Il l'obligea à descendre avec lui à la cave où l'on gardait le vin dans des cuves sous un plafond en poutres apparentes.

Il attacha une corde à l'une des poutres. La femme pensa qu'il allait la battre. Elle ne comprenait pas pourquoi il préparait une poulie. Puis il lui lia les mains et commença à tirer sur la corde jusqu'à ce que le corps de la jeune fille soit suspendu en l'air, tout le poids portant sur ses poignets, ce qui lui faisait très mal.

Elle pleurait, jurant qu'elle lui était fidèle, mais il était devenu fou. Lorsqu'elle s'évanouit quand il tira un peu plus sur la corde, il reprit ses esprits. Il la détacha et commença à l'embrasser et à la caresser. Elle ouvrit les yeux et lui sourit.

Il était fou de désir et se jeta sur elle. Il pensa qu'elle allait lui résister, qu'après le mal qu'il lui avait fait, elle serait fâchée. Mais elle n'opposa aucune résistance. Elle continuait à lui sourire. Et lorsqu'il toucha son sexe, il était humide. Il la prit avec fougue et elle répondit avec la même exaltation. Ce fut la plus belle de leurs nuits, allongés sur le sol froid de la cave, dans le noir.

MAJORQUE

Je passais l'été dans l'île de Majorque, à Deya, près du monastère où George Sand et Chopin avaient séjourné. Aux premières heures du jour, nous montions sur des petits ânes qui nous portaient sur le chemin escarpé jusqu'à la mer, au bas de la colline. Le trajet durait presque une heure, le long des sentiers de terre rouge, sur les rochers aux pierres souvent traîtresses, parmi les oliviers argentés, jusqu'aux villages de pêcheurs avec leurs petites maisons accrochées au flanc de la montagne.

Chaque jour, je descendais jusqu'à une crique où la mer formait une petite baie à l'eau si transparente que l'on pouvait plonger tout au fond pour admirer les coraux et les extraordinaires plantes aquatiques.

Les pêcheurs racontaient une étrange histoire sur le village. Les femmes de Majorque étaient inaccessibles, puritaines et très pieuses. Elles ne se baignaient qu'en maillot à long jupon et bas noirs comme on en portait il y a des années. La plupart ne se baignaient pas du tout et laissaient ce passe-temps aux Européennes sans pudeur qui passaient leur été sur l'île. Les pêcheurs aussi condamnaient les maillots de bain à la mode et le comportement indécent des Européennes. Pour eux, les Européens étaient des hommes qui ne songeaient qu'à se mettre nus et à s'allonger au soleil comme des païens. Ils désapprouvaient également les bains de minuit, importés par les Américains.

Quelques années plus tôt, la fille de dix-huit ans d'un pêcheur du village se promenait au bord de l'eau, sautant de rocher en rocher, sa robe blanche collant à son corps. Tout en marchant, perdue dans ses rêves et dans le spectacle des effets de la lune sur la mer et des petites vagues qui venaient lui lécher les pieds, elle arriva à une crique cachée où elle aperçut quelqu'un dans l'eau. Elle ne pouvait voir que la tête, et parfois un bras. Le nageur était très loin du bord. Alors elle entendit une voix douce qui s'adressait à elle : « Viens nager. C'est merveilleux », en espagnol avec un accent étranger. « Hello! Maria », disait la voix. On la connaissait donc. Ce devait être l'une des Américaines qui s'étaient baignées ici pendant la journée.

Elle répondit :

« Qui êtes-vous?

– Je suis Evelyn, dit la voix. Viens nager avec moi! »

C'était très tentant. Maria n'avait qu'à enlever sa robe et se baigner avec sa courte chemise blanche. Elle regarda autour d'elle. Il n'y avait personne. Pour la première fois, Maria comprit pourquoi les Européens aimaient les bains de minuit. Elle ôta sa robe. Elle avait des cheveux noirs très longs, un visage pâle et des yeux verts en amande, plus verts que la mer. Elle était merveilleusement faite, avec une poitrine haute, de longues jambes; son corps semblait stylisé. C'était la meilleure nageuse de l'île. Elle se glissa dans l'eau, se dirigeant vers Evelyn avec de longues brasses sans effort.

Evelyn, qui nageait sous l'eau, la rejoignit et lui attrapa les jambes. Elles se taquinaient dans l'eau. La semi-obscurité et le bonnet de bain empêchaient de bien voir les visages. Les Américaines avaient des voix de garçons.

Evelyn se battait avec Maria, l'embrassait sous l'eau. Elles remontaient en surface pour respirer, riant et nageant avec nonchalance, chacune de son côté, puis se rejoignaient. La chemise de Maria flottait autour de ses épaules et la gênait dans ses mouvements. Elle finit par glisser complètement et Maria se retrouva toute nue. Evelyn nageait au-dessous d'elle et la touchait en s'amusant, plongeant entre ses jambes.

Evelyn écartait alors ses jambes pour que son amie puisse à son tour plonger au milieu et réapparaître de l'autre côté. Elle faisait la planche tandis que son amie nageait sous son dos cambré. Maria remarqua qu'elle était également nue.

Elle sentit soudain Evelyn l'enlacer par-derrière, collant son corps contre le sien. L'eau était tiède, tel un mol oreiller, et si salée qu'elle les portait, les aidait à nager et à flotter sans effort.

« Tu es très belle, Maria », dit la voix profonde, tandis qu'Evelyn tenait toujours Maria enlacée.

Maria voulait s'échapper mais elle était retenue par la tiédeur de l'eau, par la pression de son amie.

Elle se laissa embrasser. Elle ne sentait pas la poitrine d'Evelyn, mais elle se rappela que les jeunes Américaines qu'elle avait vues n'avaient pas de seins. Le corps de Maria était langoureux : elle avait envie de fermer les yeux.

Soudain elle sentit entre ses jambes quelque chose qui n'était pas une main, quelque chose de si inattendu, de si gênant, qu'elle se mit à crier. Ce n'était pas Evelyn mais un jeune homme, le plus jeune frère d'Evelyn, qui avait glissé son pénis en érection entre ses jambes. Elle cria mais personne ne pouvait l'entendre et, en réalité, ses cris n'étaient qu'une comédie qu'elle avait bien mise au point. En vérité, l'étreinte du jeune homme lui semblait aussi douce, chaude et caressante que le contact de la mer. L'eau, le pénis et les mains qui la touchaient éveillaient sa sensualité dans tout son corps. Elle essaya de s'échapper. Mais l'adolescent nagea sous elle, la caressant, s'accrochant à ses jambes et, venu par-derrière, la chevaucha.

Ils se débattaient dans l'eau, mais chaque mouvement lui faisait davantage prendre conscience du corps du jeune homme contre le sien, de ses mains qui la caressaient. L'eau faisait osciller ses seins, d'avant en arrière, à la surface, comme deux nénuphars. Il les embrassa. A cause du mouvement incessant de la mer, il ne pouvait pas vraiment la prendre, mais son membre ne cessait de la frôler à l'endroit le plus sensible, entre les cuisses, et Maria perdait peu à peu ses forces. Elle nagea vers le bord, et il la suivit. Ils s'étendirent sur le sable. Les vagues venaient lécher leurs corps nus, étendus, haletants. Le garçon se mit alors en elle, et la mer vint les recouvrir, remportant avec elle le sang virginal.

Après cette nuit, ils ne se rencontrèrent plus qu'à cette heure-là. Il la prenait alors dans l'eau, ondulant à la surface. Le mouvement de vagues de leurs corps pendant l'amour semblait appartenir à la mer. Ils trouvaient appui sur un rocher et restaient là, debout l'un contre l'autre, tout tremblants après l'orgasme.

En descendant le soir sur la plage, j'ai souvent eu l'impression que j'allais les voir apparaître, nageant l'un dans l'autre.

ARTISTES ET MODÈLES

Un matin, on me fit venir à un atelier de Greenwich Village où un sculpteur commençait une statuette. Il s'appelait Millard. Il en avait déjà vaguement sculpté la silhouette et avait maintenant besoin d'un modèle pour la terminer.

La statuette portait une robe très collante sous laquelle se devinait chaque courbe du corps. Le sculpteur me demanda de me déshabiller entièrement, car il ne pouvait pas travailler autrement. Il semblait si absorbé par son œuvre et me regardait avec une telle absence que je n'hésitai pas à ôter mes vêtements et à prendre la pose. J'étais encore très innocente à cette époque, mais j'eus l'impression devant lui que mon corps n'était pas différent de mon visage, et que je n'étais pas différente de la statuette.

Tout en travaillant, Millard me racontait sa jeunesse à Montparnasse, et le temps passait très vite. Je ne savais pas si ses histoires avaient pour but d'exciter mon imagination, mais Millard ne montrait apparemment aucun intérêt pour moi. Il aimait recréer l'atmosphère de Montparnasse pour son propre plaisir. Voici l'une des histoires qu'il me raconta :

La femme d'un des peintres à la mode était une nymphomane. Je crois qu'elle était tuberculeuse. Elle avait un teint d'une pâleur de marbre, des yeux noirs brûlants qui s'enfonçaient dans son visage et des paupières qu'elle peignait toujours en vert. Elle avait un corps voluptueux qu'elle aimait habiller de satin noir brillant. Sa taille était très fine par rapport au reste du corps. Autour de la taille, elle portait toujours une énorme ceinture grecque en argent de plus de quinze centimètres de large, ornée de pierres. Cette ceinture était fascinante. Elle faisait penser à une ceinture d'esclave. Et l'on sentait que tout en bas, au fond d'elle-même, c'était une esclave – une esclave de son exigeante sensualité. On avait l'impression qu'il suffisait de savoir détacher cette ceinture pour que cette femme vous tombe dans les bras. Elle faisait davantage penser à la ceinture de chasteté exposée au musée de Cluny que les croisés, selon l'histoire, mettaient à leur femme, une ceinture en argent très large recouvrant entièrement le sexe et qu'ils fermaient à clef pendant toute la durée de leurs croisades. Quelqu'un me raconta la délicieuse histoire de ce croisé qui avait confié la clef de la ceinture de sa femme à son meilleur ami au cas où il serait tué. Il avait à peine fait quelques kilomètres qu'il vit son ami galoper frénétiquement pour essayer de le rattraper en criant : « Tu t'es trompé de clef! »

Voici l'impression que faisait sur chacun la ceinture de Louise. En la voyant arriver au café, les yeux plus dévorants que jamais, en quête d'une réponse, d'une invitation à s'asseoir, tout le monde savait qu'elle était en chasse ce jour-là. Son mari lui-même était au courant. Il était pitoyable, toujours à sa recherche, renvoyé d'un café à un autre, ce qui donnait le temps à sa femme de filer dans une chambre d'hôtel. Chacun essayait de lui faire savoir où son mari la cherchait. Finalement, désespéré, il priait ses amis de s'occuper d'elle pour qu'elle ne tombe pas dans des mains étrangères.

Il avait très peur des étrangers, en particulier des Sud-Américains, des Noirs et des Cubains. Il avait entendu parler de leur extraordinaire puissance sexuelle et sentait que, si jamais sa femme tombait entre leurs mains, elle ne lui reviendrait plus. Mais Louise, après avoir couché avec tous ses amis, finit par tomber sur l'un de ces étrangers.

C'était un Cubain, un brun extraordinaire, d'une grande beauté, avec des cheveux longs et raides comme ceux des hindous, un visage plein et des traits nobles. Il passait ses journées au Dôme jusqu'à ce qu'il ait trouvé la femme qu'il lui fallait. Ils disparaissaient alors tous deux pendant deux ou trois jours, enfermés dans une chambre d'hôtel, d'où ils ne sortaient qu'une fois tout désir assouvi. Il croyait qu'après un tel hommage à l'amour, aucun des partenaires n'avait plus jamais envie de se revoir. Son aventure terminée, il réapparaissait au café, toujours brillant causeur. En plus de cela, c'était un très bon peintre de fresques.

Dès qu'ils se virent, Louise et lui, ils partirent ensemble sur-le-champ. Antonio était fasciné par la blancheur de la peau de Louise, la rondeur de ses seins, la finesse de sa taille, et par sa longue chevelure blonde, abondante et lourde. Et elle était fascinée par son visage, son corps puissant, par son aisance et sa lenteur. Il savait rire de tout. Il donnait l'impression que le monde entier n'existait plus en dehors de sa passion, qu'il n'y aurait ni lendemain ni rencontres futures – il y avait cette chambre, cet après-midi, ce lit.

Debout devant le grand lit en fer, avant qu'elle ne se déshabille, il lui dit : « Garde ta ceinture. » Il commença alors à déchirer la robe de Louise en partant de la ceinture. Sans le moindre effort, avec des gestes lents, il la mit en lambeaux, comme si elle avait été en papier. Louise tremblait en sentant la force de ses mains. Il ne restait maintenant que la lourde ceinture d'argent sur son corps nu. Il détacha ses cheveux qui tombèrent sur ses épaules. Alors seulement il la cambra en arrière et l'embrassa longuement, lui caressant les seins.

Elle sentait le poids de sa lourde ceinture qui lui faisait mal, ainsi que la ferme pression des mains sur sa peau nue. Son désir sexuel la rendait folle, l'aveuglait. Elle ne pouvait plus attendre. Elle ne pouvait même pas attendre qu'il se déshabille. Mais Antonio ne se rendait pas compte de son impatience. Non seulement il continuait à l'embrasser, buvant ses lèvres, sa langue, son souffle, mais ses mains la pétrissaient, avec des pressions profondes qui s'enfonçaient dans sa chair en laissant de douloureuses marques. Elle était mouillée, tremblante, écartant ses jambes pour essayer de monter sur lui. Elle voulut dégrafer son pantalon.

« Nous avons le temps, dit-il. Nous avons tout le

temps. Nous allons rester plusieurs jours dans cette chambre. Le temps ne compte pas pour nous deux. »

Puis il se retourna et se déshabilla. Son corps était d'un brun doré, et sa verge était aussi lisse que le reste de son corps, ferme, et polie comme une canne. Elle la prit aussitôt dans sa bouche. Les doigts d'Antonio étaient partout, dans son anus, dans son sexe; et sa langue était dans sa bouche, dans ses oreilles. Il lui mordillait les seins, mordait son ventre, l'embrassait. Elle essayait de calmer son désir en se frottant contre sa jambe, mais il ne la laissa pas faire. Il la cambra comme si elle avait été en caoutchouc, la tordit dans tous les sens. De ses deux mains puissantes, il rapprochait de sa bouche toutes les parties de son corps dont il avait envie, se moquant des contorsions que cela entraînait. Ainsi, il saisit ses fesses entre ses mains, les approcha de sa bouche, les mordit, puis les embrassa. Elle suppliait : « Antonio, prends-moi, prends-moi, je ne peux plus attendre! » Mais il refusait de la prendre.

Le désir de Louise la brûlait au ventre comme un feu d'enfer. Elle avait l'impression de devenir folle. Dans tout ce qu'elle essayait de faire pour jouir, il l'arrêtait. Même si elle l'embrassait trop longtemps, il l'arrêtait. En bougeant, la ceinture faisait un cliquetis qui rappelait les chaînes des esclaves. Elle était, en fait, maintenant l'esclave de cet homme brun, imposant. Il dirigeait – tel un roi. Le plaisir de Louise dépendait de celui d'Antonio. Elle se rendit compte qu'elle ne pourrait rien faire contre sa force et sa volonté. Il exigeait une soumission totale. Son désir s'éteignit, par simple épuisement. Toute tension abandonna son corps. Elle devint aussi souple que du coton. Il s'y plongea avec une plus grande exaltation. Son esclave, son bien, un corps brisé, haletant, devenant de plus en plus doux sous ses caresses. Ses mains cherchaient chaque recoin de ce corps, ne négligeant pas le moindre centimètre de peau, le massant, le massant selon sa fantaisie, le cambrant pour l'approcher de sa bouche, de sa langue, de ses dents blanches étincelantes, lui imprimant sa marque.

Pour la première fois, l'excitation qu'elle avait ressentie comme une irritation sur tout le corps semblait gagner les profondeurs intérieures. Maintenant, elle se concentrait, telle une boule de feu qui attendait pour exploser le moment choisi par Antonio, selon son propre rythme. Ses caresses étaient comme une danse au cours de laquelle les deux corps changeaient de forme, dessinaient de nouvelles courbes, suivant de nouvelles combinaisons. Tantôt soudés comme des jumeaux, son sexe pressant les fesses de Louise, dont les seins douloureusement éveillés et en attente ondulaient comme des vagues sous les mains d'Antonio. Tantôt s'accroupissant au-dessus du corps de Louise à plat ventre, tel un lion puissant, tandis qu'elle plaçait sous elle ses deux poings pour se hausser plus près de sa verge. Pour la première fois, il la pénétra et l'emplit tout entière, comme personne ne l'avait encore fait, jusque dans les profondeurs de son ventre.

Le miel coulait en elle. En poussant, son pénis faisait des petits bruits de succion. Ce membre s'emboîtait si parfaitement dans le vagin qu'il n'y avait plus de place pour l'air; et, dans un mouvement continu de va-et-vient, Antonio s'appliquait à toucher l'extrémité la plus sensible du ventre, mais, dès que Louise se mettait à haleter, il se retirait, tout luisant de son miel, et changeait de position. Il était maintenant étendu sur le dos, les jambes écartées, son membre dressé, et il la fit s'asseoir sur lui, la pénétrant si profondément que sa toison frottait contre ses poils. En la tenant, il lui faisait faire des mouvements circulaires autour de sa verge. Elle se couchait sur lui, cherchant sa bouche, puis se redressait et reprenait ses contractions autour du pénis. Parfois, elle se redressait un peu pour que seul le gland pénètre en elle, elle remuait alors doucement, très doucement, juste assez pour qu'il reste en elle, entre ses lèvres rouges et gonflées, qui le serraient comme une bouche. Elle s'enfonçait soudain, faisant disparaître en elle le pénis tout entier, hurlant de plaisir, puis retombait sur la poitrine d'Antonio, recherchant de nouveau sa bouche. Lui, tenait ses hanches avec force pour la guider dans ses mouvements et l'empêcher d'aller plus vite et de jouir.

Puis il la fit mettre à quatre pattes par terre, en lui ordonnant : « Avance. » Elle commença à ramper dans toute la pièce, à demi cachée sous ses cheveux, sa ceinture pesant sur la taille. Il s'agenouilla derrière elle et la prit en levrette, la recouvrant de tout son corps qui s'appuyait sur ses longs bras. Quand il eut épuisé les plaisirs de cette position, il se glissa sous elle pour téter ses seins gonflés comme des mamelles l'empêchant de bou-

ger de ses mains et de sa bouche. Ils se contorsion-
nèrent dans les positions les plus incongrues, puis il
la porta enfin jusqu'au lit, et plaça ses jambes sur
ses épaules. Il la prit violemment et, tout secoués et
tremblants de plaisir, ils jouirent ensemble. Elle se
laissa tomber d'un seul coup et sanglota de manière
hystérique. L'orgasme avait été si violent qu'elle
avait l'impression de devenir folle, éprouvant à la
fois fureur et joie, sentiments qu'elle n'avait jamais
connu. Lui, souriait, haletant; ils se couchèrent sur
le dos et s'endormirent.

Le lendemain Millard me raconta l'histoire de
Mafouka, l'hermaphrodite de Montparnasse :

Personne ne savait exactement ce qu'elle était.
Elle s'habillait en homme. Elle était petite, mince,
sans poitrine. Cheveux courts et raides. Le visage
d'un garçon. Elle jouait au billard comme un
homme. Elle buvait comme un homme, assise au
comptoir. Elle racontait des histoires de fesses
comme un homme. Ses dessins avaient une force
que l'on ne rencontre pas dans les œuvres féminines. Mais elle avait un nom de femme, une démarche féminine, et l'on disait qu'elle n'avait pas de
pénis. Les hommes ne savaient pas trop comment la
traiter. Parfois, ils lui donnaient de grandes tapes
fraternelles dans le dos.

Elle vivait dans un studio avec deux autres filles.
L'une était mannequin, l'autre chanteuse de cabaret. Mais personne ne pouvait dire quelles étaient

leurs relations. Les deux jeunes femmes se comportaient comme mari et femme. Qu'était pour elles Mafouka? Elles ne répondaient jamais aux questions sur ce sujet. A Montparnasse, on aimait bien savoir ce genre de choses dans les moindres détails. Quelques homosexuels avaient été attirés par Mafouka et lui avaient (à lui ou à elle) fait des avances. Mais elle les avait repoussés. Mafouka aimait la bagarre et s'y donnait de toutes ses forces.

Un jour où j'étais pas mal éméché, je m'arrêtai au studio de Mafouka. La porte était ouverte. En entrant, j'entendis des ricanements dans la rochelle. Les deux filles étaient en train de faire l'amour. Leurs voix, douces et tendres, devenaient soudain violentes et inintelligibles, ou se réduisaient à des grognements et à des soupirs. Et enfin à des silences.

Mafouka entra et me surprit en train d'écouter. Je lui demandai :

« Laisse-moi les regarder.

– Ça m'est égal, répondit Mafouka. Suis-moi sans faire de bruit. Elles ne s'arrêteront pas si elles croient que c'est moi. Elles aiment que je les regarde. »

Nous montâmes le petit escalier. Mafouka les avertit : « C'est moi. » Les bruits ne s'arrêtèrent pas. En montant l'escalier, je me baissais pour qu'elles ne me voient pas. Mafouka se dirigea vers le lit. Les deux filles étaient nues. Elles pressaient et frottaient leurs corps l'un contre l'autre. Cette friction leur donnait du plaisir. Mafouka se pencha sur elles et les caressa. Elles lui dirent : « Viens,

Mafouka, allonge-toi près de nous. » Mais elle les quitta et me fit redescendre.

« Mafouka, lui demandai-je, qu'es-tu? une femme ou un homme? Pourquoi vis-tu avec ces deux filles? Si tu es un homme, pourquoi n'as-tu pas une fille à toi? Si tu es femme, pourquoi n'as-tu pas d'homme? »

Mafouka me sourit.

« Tout le monde veut savoir. Tout le monde sent que je ne suis pas un homme. Les femmes le sentent. Les hommes n'en sont pas sûrs. Je suis une artiste.

– Que veux-tu dire, Mafouka?

– Je veux dire que, comme beaucoup d'artistes, je suis bisexuée.

– Oui, mais la bisexualité des artistes est dans leur nature. Ce sont parfois des hommes avec une nature de femme, mais ils n'ont pas, comme toi, un physique équivoque.

– Je suis hermaphrodite.

– Oh! Mafouka, fais-moi voir ton corps.

– Tu ne me feras pas l'amour?

– Je le promets. »

Elle enleva sa chemise et dévoila un torse de jeune homme. Pas de seins, juste des mamelons d'adolescent. Puis elle fit glisser son pantalon. Elle portait un slip de femme, couleur chair, orné de dentelle. Elle avait des jambes et des cuisses de femme. Pleines, parfaitement dessinées. Elle portait des bas et des jarretelles de femme. Je lui demandai : « Laisse-moi défaire tes jarretelles. J'adore les jarretelles. » Elle me tendit une jambe, très élégamment, comme une ballerine. Je fis doucement glisser les jarretelles le long de ses jambes. Je tenais dans la main un petit pied délicat. Je regardais ses jambes, qui étaient parfaites. Je lui ôtai ses bas et découvrit une peau de femme admirablement douce. Ses pieds étaient délicats et soignés, avec du vernis rouge sur les ongles. J'étais de plus en plus intrigué. Je caressai sa jambe.

« Tu m'as promis de ne pas me faire l'amour », dit-elle.

Je me levai. Elle enleva alors son slip. Et je vis, sous sa toison délicatement bouclée, comme celle d'une femme, qu'elle avait un petit pénis atrophié, qui ressemblait à celui d'un enfant. Elle me laissa la regarder – ou le regarder, comme je devrais dire maintenant.

« Pourquoi portes-tu un nom de femme, Mafouka ? Tu ressembles tout à fait à un jeune homme, en dehors de tes bras et de tes jambes. »

Mafouka se mit à rire, d'un rire de femme, agréable et léger.

« Viens voir », dit-elle.

Elle se coucha sur le divan, écarta les jambes et me montra des lèvres parfaites, roses et tendres, juste au-dessous du pénis.

« Mafouka ! »

Je sentais monter en moi le désir. Le plus étrange des désirs. La sensation de vouloir posséder à la fois l'homme et la femme, dans une même personne. Elle remarqua mon trouble et se redressa. J'essayai de la convaincre par une caresse, mais elle me repoussa.

« Tu n'aimes pas les hommes, lui demandai-je. N'as-tu jamais été prise par un homme ?

– Je suis vierge. Je n'aime pas les hommes. Je désire la femme, mais je ne peux pas la prendre comme un homme normal. Mon pénis est comme celui d'un enfant – il ne peut avoir d'érection.

– Tu es vraiment hermaphrodite, Mafouka; un pur produit de notre époque, paraît-il, parce qu'on a supprimé l'opposition entre l'homme et la femme. La plupart des gens sont moitié-moitié. Mais c'est la première fois que je peux le voir – de mes yeux, sur un corps. Ça doit te rendre très malheureuse. Es-tu heureuse avec les femmes?

– Je les désire, mais je souffre vraiment de ne pas pouvoir leur faire l'amour comme un homme. Et lorsqu'elles me traitent en lesbienne, je ne suis pas comblée. Je ne suis pas du tout attirée par les hommes. Je suis tombée amoureuse de Mathilde, le mannequin. Mais je ne peux pas la garder. Elle a trouvé une vraie lesbienne, qu'elle a l'impression de pouvoir satisfaire. Mon pénis l'empêche de me voir comme une vraie lesbienne. Et elle sait qu'elle n'a aucun pouvoir sur moi, même si j'en suis amoureuse. Alors, tu vois, les deux filles se sont liées. Je me retrouve entre les deux, jamais comblée. De plus, je n'aime pas la compagnie des femmes. Elles sont mesquines et égoïstes. Elles s'entourent de mystères et de secrets, jouent perpétuellement un rôle. Je préfère le tempérament masculin.

– Pauvre Mafouka.

– Oui, pauvre Mafouka! Quand je suis née, on ne savait pas comment m'appeler. Je suis née dans un petit village en Russie. On pensait que j'étais un monstre et qu'il vaudrait peut-être mieux me faire disparaître, pour mon bien. En arrivant à Paris, j'ai moins souffert. J'ai découvert que j'étais une artiste de talent. »

En quittant le studio du sculpteur, j'avais l'habitude de m'arrêter dans un petit café tout proche et de réfléchir à tout ce que Millard m'avait raconté. Je me demandais si de telles choses se passaient ici, à Greenwich Village. Je commençais à prendre goût à mes séances de pose. Je décidai de me rendre à une soirée, un samedi, à laquelle un peintre du nom de Brown m'avait invitée. J'étais curieuse et avide de tout connaître.

Je louai une robe de soirée à l'Art Model Club, ainsi qu'une cape et des chaussures. Deux autres modèles m'accompagnaient, Mollie, une rousse, et Ethel, au corps de statue, la préférée des sculpteurs.

Je ne cessais de penser aux histoires de Montparnasse que le sculpteur m'avait racontées, et j'avais enfin l'impression de pénétrer dans ce royaume. Ma première déception fut la pauvreté et la nudité de l'atelier, la lumière crue, les deux banquettes sans coussins, l'absence totale d'ornements que je croyais indispensables à toute soirée qui se respecte.

Les bouteilles étaient par terre, ainsi que les verres et les tasses ébréchées. Une échelle conduisait à une rochelle où Brown entreposait ses peintures. Un simple rideau cachait un lavabo et un petit réchaud à gaz. A l'entrée de la pièce, il y avait une peinture érotique représentant une femme prise par deux hommes. La femme était dans un état de convulsion, le corps arqué et le blanc des yeux apparent. Les deux hommes étaient sur elle : l'un avait sa verge en elle, l'autre se faisait embrasser. C'était un tableau grandeur nature, très bestial. Il attirait les regards et l'admiration de tous. J'étais fascinée. C'était le premier tableau de ce genre que je voyais; cela me fit un choc terrible, me donnant des sensations ambiguës.

A côté, il y en avait un autre encore plus frappant. Il représentait une pièce pauvrement meublée, avec un grand lit en fer. Assis sur le lit, un homme d'environ quarante ans, portant des vêtements râpés, mal rasé, la bouche baveuse, les paupières tombantes, la joue triste, avec une expression de parfait dégénéré. Il avait baissé à moitié son pantalon et, sur ses genoux nus, était assise une fillette en jupe courte à laquelle il faisait sucer un sucre d'orge. Les frêles jambes nues de la petite fille reposaient sur ses grosses jambes poilues.

A la vue de ces deux tableaux, je ressentis ce que l'on éprouve en buvant de l'alcool : une sorte de vertige, une chaleur dans le corps, une confusion des sens. Quelque chose éveille le corps, quelque chose de vague et de brumeux, une sensation nouvelle, une forme nouvelle d'appétit et de nervosité.

Je regardais les autres. Mais ils en avaient tellement vu que cela ne semblait pas les toucher. Ils commentaient en riant.

L'un des modèles racontait son expérience dans une boutique de dessous féminins :

J'avais répondu à une annonce où l'on demandait un mannequin pour poser en sous-vêtements pour des dessins. Je l'avais fait déjà souvent et on me payait en général un dollar l'heure. D'habitude, il y avait plusieurs dessinateurs travaillant en même temps, et un tas de monde autour – secrétaires, sténos, garçons de course. Cette fois-là, la pièce était vide. Il s'agissait d'un simple bureau avec une table, des dossiers et du matériel de dessin. Un homme m'attendait devant sa planche à dessin. On me donna une pile de sous-vêtements et je trouvai un paravent derrière lequel je pouvais me changer. Je commençai par porter un slip. Je posais chaque fois pendant un quart d'heure, tandis qu'il faisait ses dessins.

Nous travaillions avec calme. Quand il me faisait signe, j'allais me changer derrière le paravent. Il y avait des dessous en satin, merveilleusement coupés, pleins de dentelles et de broderies. J'étais en slip et soutien-gorge. L'homme dessinait en fumant une cigarette. Tout au fond de la pile, il y avait un slip et un soutien-gorge entièrement en dentelle noire. J'avais souvent posé nue et je ne voyais pas d'inconvénient à les porter. C'étaient de très beaux dessous.

La plupart du temps, je regardais par la fenêtre, sans prêter attention au dessinateur. Au bout d'un moment, je n'entendis plus le bruit du crayon sur le papier et je me retournai vers lui lentement pour ne pas perdre la pose. Il était assis derrière sa planche à dessin, ne me quittant pas des yeux. Je me rendis compte alors qu'il avait sorti sa verge et semblait en transe.

Pensant que les choses allaient mal tourner car nous étions seuls dans le bureau, je me dirigeai derrière le paravent pour me rhabiller.

« Ne bougez pas, dit-il. Je ne vous toucherai pas. J'aime voir les femmes porter de beaux dessous. Je ne bougerai pas d'ici. Et si vous désirez que je vous paie davantage, vous n'aurez qu'à revêtir mon dessous favori et poser pendant quinze minutes. Je vous donnerai cinq dollars de plus. Allez le chercher vous-même. Il se trouve sur l'étagère, juste au-dessus de votre tête. »

J'attrapai le carton. C'étaient les plus ravissants dessous que vous pouvez imaginer – dentelle noire la plus fine, exactement comme une toile d'araignée, et le slip était fendu devant et derrière, fendu et bordé de fine dentelle. Le soutien-gorge était coupé de façon à laisser apparaître l'aréole des seins dans un triangle. J'hésitai, me demandant si cela n'allait pas trop l'exciter et s'il n'allait pas m'attaquer.

Il répéta :

« Ne vous en faites pas. Je n'aime pas vraiment les femmes. Je ne les touche jamais. Je n'aime que les dessous féminins. J'aime seulement voir les femmes les porter. Si j'essayais de vous toucher, je perdrais aussitôt ma virilité. Je ne bougerai pas d'ici. »

Il déplaça la table à dessin et s'assit, la verge dehors qui, de temps à autre, avait un sursaut. Mais il ne bougeait pas de sa chaise.

Je me décidai alors à mettre ces dessous. Les cinq dollars me tentaient. Il n'était pas très costaud et j'avais l'impression de pouvoir me défendre. Me voilà donc bientôt en slip fendu, tournant sur moi-même pour qu'il me voie de tous les côtés.

Puis il me dit : « Ça suffit. » Il n'avait pas l'air calmé et son visage était congestionné. Il m'ordonna de me rhabiller très vite et de partir. Il me tendit l'argent en grande hâte, et je sortis. J'avais l'impression qu'il attendait que je sois dehors pour se masturber.

J'ai connu de ces hommes, qui volent une chaussure par exemple, la chaussure d'une jolie femme, et qui se masturbent en la regardant.

Tout le monde riait de cette histoire.

– Je pense, dit Brown, qu'enfant, nous sommes tous plus ou moins fétichistes. Je me souviens que je me cachais dans le placard de ma mère et restais là, en extase, à sentir et à toucher ses vêtements. Même aujourd'hui, je ne peux pas résister à une femme qui porte un voile en tulle léger ou des plumes; ça réveille en moi les sensations que j'éprouvais dans le placard.

En racontant cela, je me rappelai que je me cachais moi-même dans le placard d'un jeune homme quand j'avais treize ans, pour les mêmes raisons. Il avait vingt-cinq ans et me traitait comme une petite fille. J'étais amoureuse de lui. Assise à côté de lui dans la voiture avec laquelle il nous emmenait tous en balade, j'étais en extase rien que de sentir sa jambe contre la mienne. Le soir, au lit, après avoir éteint la lumière, je sortais une boîte de lait condensé que j'avais percée. Assise dans le noir, je suçais ce lait sucré avec la voluptueuse sensation qu'être amoureuse et sucer ce lait étaient liés. Beaucoup plus tard, je me rappelai cet incident en goûtant du sperme pour la première fois.

Mollie se souvint qu'au même âge, elle aimait manger du gingembre tout en respirant des boules de camphre. Le gingembre procurait à son corps une chaleur langoureuse tandis que le camphre lui donnait légèrement le vertige. Elle restait ainsi étendue des heures, à demi droguée.

Ethel se tourna vers moi en disant :

« J'espère que tu n'épouseras jamais un homme que tu n'aimerais pas sexuellement. C'est ce que j'ai fait. J'aime tout de lui, son comportement, son visage, son corps, sa façon de travailler, de sourire, de parler, ses idées, la manière dont il me traite – tout sauf sa sexualité. Je pensais l'aimer sexuellement avant notre mariage. Tout marchait bien. C'est un amant parfait. Il est sensible, romantique, sait démontrer sa joie et ses sentiments. Il est attentionné, adorable. Hier soir, il est venu dans mon lit pendant que je dormais. J'étais dans un demi-sommeil. Il s'est allongé à côté de moi et a commencé à me prendre, doucement, sans fougue. D'habitude tout se passe très vite, ce qui rend les choses supportables. Je ne le laisse même pas m'embrasser si je peux l'éviter. Je déteste sa bouche sur la mienne. Je tourne la tête de côté, ce que je fis hier soir. Eh bien, il était là, sur moi, et que croyez-vous que j'ai fait ? Soudain, je me suis mise à le battre, les poings fermés, pendant qu'il prenait son plaisir, à enfoncer mes ongles dans sa chair, et il prit cela pour une manifestation de plaisir et devint fou d'excitation, continuant de plus belle. Je murmurai alors le plus bas possible : « Je te hais. » Je me demandai s'il m'avait entendue. Qu'allait-il penser? Souffrait-il? Comme il était lui-même à moitié endormi, il me souhaita à peine bonne nuit et regagna son lit. Le lendemain matin, j'attendais sa réaction. Je pensais encore qu'il avait pu m'entendre dire : « Je te hais. » Mais non, j'ai dû articuler les syllabes sans les prononcer. Il me dit seulement : « Tu étais enragée hier soir, tu sais! », et sourit, comme s'il en était content. »

Brown mit un disque et nous commençâmes à danser. Le peu d'alcool que j'avais bu m'était monté à la tête. Je sentais l'univers se dilater. Tout semblait simple et facile. En fait, tout était doux comme une pente neigeuse sur laquelle je me laissais glisser sans effort. J'éprouvais une profonde sympathie pour tous ces gens, comme si je les connaissais depuis des années. Mais je choisis le plus timide des peintres comme cavalier. J'avais l'impression que, tout comme moi, il faisait semblant d'être un familier de ces réunions. Je sentais qu'au fond de lui, il était mal à l'aise. Les autres peintres caressaient Mollie et Ethel en dansant. Celui-ci n'osait pas. Cela m'amusait de l'avoir percé à jour. Brown remarqua que mon peintre ne me faisait aucune avance, et il m'invita à danser. Il me fit des remarques sournoises sur les filles vierges. Je me demandais s'il faisait allusion à moi. Comment pouvait-il deviner? Il se pressa contre moi, je le repoussai. Je retournai vers mon timide petit peintre. Une jeune dessinatrice flirtait avec lui, le taquinait. Il avait l'air content que je revienne vers lui. Nous avons dansé ensemble, nous retranchant chacun derrière notre timidité. Autour de nous, tout le monde s'enlaçait, s'embrassait.

La jeune dessinatrice avait enlevé sa chemise et dansait en slip. Mon peintre timide me dit :

« Si nous restons ici, il va bientôt falloir nous allonger par terre et faire l'amour. Voulez-vous partir?

– Oui, je veux partir », dis-je.

Nous sommes sortis. Au lieu de faire l'amour, il n'arrêtait pas de parler. Je l'écoutais comme dans un nuage. Il avait une idée de tableau pour moi. Il voulait me représenter en sirène, nébuleuse, transparente, verte, fluide, à l'exception de la bouche très rouge et de la fleur écarlate que je portais dans mes cheveux. Accepterai-je de poser pour lui? Ma réponse fut longue à cause des effets de l'alcool et il me dit, sur un ton navré :

« Regrettez-vous que je n'aie pas été brutal avec vous?

– Non, au contraire. Je vous ai justement choisi parce que je savais que vous ne le seriez pas.

– C'est ma première « soirée », dit-il humblement, et vous n'êtes pas le genre de femme que l'on peut traiter... de la sorte. Comment êtes-vous même devenue modèle? Que faisiez-vous avant? Un modèle ne doit pas forcément se prostituer, je le sais, mais elle doit supporter toutes sortes de familiarités.

– Je m'en tire très bien, dis-je, ne prenant aucun plaisir à cette conversation.

– Je vais me faire du souci pour vous. Je sais très bien que certains artistes sont sérieux quand ils travaillent. Je peux en témoigner. Mais je sais bien qu'il y a des moments, avant de commencer, ou après la pose, quand le modèle se déshabille ou se rhabille, qui me gênent vraiment. La surprise de découvrir un corps nouveau. Qu'avez-vous éprouvé la première fois?

– Rien du tout. J'avais l'impression d'être déjà une peinture. Ou une statue. Je regardais mon corps comme un objet, un objet impersonnel. »

J'étais de plus en plus triste, nerveuse et affamée de vie. J'avais l'impression que rien n'allait m'arriver. Je souhaitais désespérément être une femme, et me noyer dans la vie. Pourquoi étais-je ainsi esclave de mon besoin d'être d'abord amoureuse? Où commencerait ma vie? Chaque fois que je franchissais la porte d'un nouvel atelier, je m'attendais à un miracle qui n'arrivait jamais. Il me semblait qu'un courant de vie circulait autour de moi et que j'en étais tenue à l'écart. Il me faudrait trouver quelqu'un qui ressente la même chose. Mais où? Où?

Millard était surveillé par sa femme, je m'en étais aperçue. Elle faisait souvent irruption dans l'atelier, à l'improviste. Et il en avait peur. Je ne savais pas ce qui lui faisait peur. Ils m'invitèrent à passer deux semaines dans leur maison de campagne, où je poursuivrais les séances de pose – ou plutôt « elle » m'invita. Elle me dit que son mari n'aimait pas interrompre son travail pendant les vacances. Mais dès qu'elle eut quitté la pièce, il se tourna vers moi pour me dire :

« Il faut que vous trouviez une excuse pour ne

pas venir. Elle vous rendra très malheureuse. Elle ne va pas bien – elle est victime de certaines obsessions. Elle pense que tous mes modèles sont mes maîtresses. »

Je passais des journées harassantes à courir d'un atelier à l'autre, sans prendre le temps de déjeuner, posant pour des couvertures de magazines, des romans-photos, des publicités. Je voyais mon visage partout, même dans le métro. Je me demandais si les gens me reconnaissaient.

Le sculpteur était devenu mon meilleur ami. Il me tardait de voir la statuette achevée. Mais, un matin, en arrivant, je m'aperçus qu'il l'avait détruite. Il me dit qu'il avait essayé d'y travailler sans moi. Mais il ne semblait ni contrarié, ni malheureux. J'étais très triste; cela me semblait du sabotage, car il l'avait abîmée avec une étonnante maladresse. Je remarquai qu'il était heureux de tout recommencer.

C'est au théâtre que j'ai rencontré John et que j'ai découvert, pour la première fois, le pouvoir d'une voix. Cette voix se déversa sur moi comme les sons d'une flûte, me faisant vibrer. Lorsqu'il répéta mon nom, en le prononçant mal, cela me fit l'effet d'une caresse. Il avait la voix la plus profonde, la plus riche que j'aie jamais entendue. Je pouvais à peine le regarder. Je savais que ses yeux étaient immenses, d'un bleu intense, magnétique, qu'il était grand, plutôt nerveux. Son pied s'agitait nerveusement comme celui d'un cheval de course. J'avais l'impression que sa présence annihilait tout le reste – le théâtre, mon ami assis à ma droite. Il se comportait comme si je l'avais enchanté, hypnotisé. Il continuait à parler, sans me quitter des yeux, mais je n'écoutais pas. Tout à coup, j'avais cessé d'être une jeune fille. Dès qu'il ouvrait la bouche, je me sentais comme happée dans une spirale vertigineuse, tombant dans les filets d'une voix merveilleuse. C'était une véritable drogue. Et lorsqu'il m'eut « volée », selon ses propres mots, il appela un taxi.

Nous ne nous sommes pas dit un seul mot jusqu'à son appartement. Il ne m'a pas touchée. Il n'en avait pas besoin. Sa présence m'avait tellement bouleversée que j'avais l'impression qu'il m'avait longuement caressée.

Il prononça seulement mon nom deux fois, comme s'il le trouvait assez beau pour être répété. Il était grand, resplendissant. Ses yeux étaient d'un bleu si intense que lorsqu'ils vous fixaient, on avait l'impression, pendant une seconde, d'un minuscule éclair qui faisait naître un sentiment de peur, peur d'une tempête qui risquait de vous engloutir tout entière.

Puis il m'embrassa. Sa langue jouait avec la mienne, tout autour d'elle, puis seulement à l'extrémité. En m'embrassant, il releva doucement ma jupe. Il ôta mes jarretelles et mes bas. Puis il me souleva et me porta jusque sur le lit. Je me sentais si abandonnée que j'avais l'impression qu'il m'avait déjà pénétrée. Il me semblait que sa voix m'avait ouverte, avait ouvert mon corps tout entier pour le lui offrir. Il le sentit et fut étonné de rencontrer une résistance en entrant en moi.

Il cessa de regarder mon visage. Il remarqua mon émotion et pressa plus fort. J'ai senti la déchirure et une légère douleur, mais la chaleur fit évanouir cette peine, la chaleur de sa voix qui me disait à l'oreille :

« Me veux-tu aussi fort que je te veux? »

Son plaisir le faisait gémir. Le poids de son corps contre le mien fit disparaître la douleur. Je ressentais la joie d'être ouverte. J'étais là dans un demi-rêve.

John me dit :

« Je t'ai fait mal. »

Je n'arrivais pas à dire : « Je te désire encore. » Ma main frôla son sexe. Je le caressais. Il se dressa, dur et raide. John m'embrassa jusqu'à ce qu'une vague de désir m'envahisse à nouveau, un désir d'être toute à lui. Mais il me dit :

« Ça va te faire mal maintenant. Attends un peu. Ne peux-tu pas rester avec moi toute la nuit? Le veux-tu? »

Je vis qu'il y avait du sang sur ma jambe. J'allai le laver. J'avais la sensation de ne pas avoir été encore possédée totalement, que ce n'était que le début de la défloration. Je voulais être possédée, aveuglée de plaisir. Je marchais d'un pas mal assuré et me laissai tomber sur le lit.

John dormait, le corps dans la même position que lorsque j'étais contre lui, un bras rejeté en avant pour accueillir ma tête. Je me glissai à ses côtés et m'endormis à moitié. J'avais de nouveau envie de toucher son sexe. Je le fis tout doucement, pour ne pas le réveiller. Je m'endormis enfin et fus réveillée par ses baisers. Nous nous enfoncions dans l'obscur univers de la chair, monde de vibrations, où chaque caresse est une joie. Il saisit mes hanches avec fermeté et les pressa contre lui. Il avait peur de me faire mal. J'écartai les jambes. Lorsqu'il me pénétra, le plaisir surpassa la douleur. J'avais un peu mal tout au bord, mais dans mon ventre, au fond de moi, j'aimais sentir son sexe me posséder, bouger en moi. Je poussais fort, pour mieux le sentir.

Cette fois-ci, il restait passif. Il me dit : « Tu prends du plaisir maintenant. » Et, pour ne pas avoir mal, je remuai doucement autour de lui. Je glissai mes poings sous mes fesses pour me soulever. Il plaça mes jambes sur ses épaules. La douleur se fit plus forte; il se retira.

Je l'ai quitté le matin, un peu étourdie, mais avec une merveilleuse impression de toucher à la passion. Je suis rentrée chez moi et j'ai dormi jusqu'à ce qu'il me téléphone.

« Quand reviens-tu, dit-il. Il faut que je te revoie. Vite. As-tu une séance de pose aujourd'hui?

– Oui, il faut que j'y sois. Je viendrai après.

– N'y va pas, je t'en prie – n'y va pas. Je n'ai pas la force d'attendre. Viens me voir d'abord. Je veux te parler. Viens me voir d'abord. »

J'y allai.

« Oh! me dit-il, dans un souffle de désir qui enflamma son visage, je ne peux plus supporter que tu poses, que tu te montres ainsi. Il faut que tu arrêtes. Laisse-moi m'occuper de toi. Je ne peux pas t'épouser car j'ai une femme et des enfants. Laisse-moi prendre soin de toi jusqu'à ce que nous trouvions une solution pour nous deux. Je veux un endroit où je puisse venir te voir souvent. Tu ne devras plus poser. Tu m'appartiens. »

Ainsi j'entamai une vie secrète, et lorsque j'étais

censée poser pour quelqu'un, je me trouvais, en fait, dans une très jolie petite chambre où j'attendais John. A chacune de ses visites, il m'apportait un cadeau, un livre, du papier de couleur pour que j'écrive. J'étais nerveuse, impatiente.

Le seul que j'avais mis dans le secret était le sculpteur parce qu'il avait senti qu'il se passait quelque chose. Il ne voulait pas que je cesse de poser et m'assaillait de questions. Il avait prévu ce que serait ma vie.

La première fois que je parvins à l'orgasme avec John, je me mis à pleurer car il fut si fort, si merveilleux, que je ne pouvais pas croire que cela se répéterait. Les seuls moments tristes étaient ceux que je passais à attendre. Je prenais des bains, me parfumais, faisais mes ongles, passais du rouge sur le bout de mes seins, brossais mes cheveux, enfilais un déshabillé, tout cela pour me préparer aux scènes qui allaient suivre.

Je voulais qu'il me trouve dans mon bain. Il me disait qu'il arrivait. Mais il était retardé. Cela se produisait souvent. Lorsqu'il était enfin là, j'étais froide, je lui en voulais. L'attente usait mes sentiments. Je me révoltais. Un jour, je n'ai pas voulu ouvrir quand il a sonné. Alors il a frappé à la porte, tout doucement, si humblement que cela me toucha et j'ouvris. Mais j'étais en colère et voulais lui faire de la peine. Je ne répondis pas à ses baisers. Il en a souffert jusqu'à ce que sa main se glisse sous mon déshabillé et sente que j'étais mouillée, malgré mes jambes obstinément serrées.

Il avait retrouvé sa joie et me prit de force.

Mais je voulus le punir en ne me donnant pas

sexuellement, car je savais qu'il aimait mon plaisir. Il pouvait définir, aux battements de mon cœur, aux changements dans ma voix, aux contractions de mes jambes, la force de ma jouissance. Et cette fois-là, j'ai écarté les jambes, comme une prostituée. Cela lui fit de la peine.

On ne pouvait jamais sortir ensemble. Il était trop connu, ainsi que sa femme. Il était producteur, et sa femme scénariste.

Quand John s'aperçut à quel point je souffrais de l'attendre sans arrêt, il n'essaya pas de changer les choses. Il arrivait de plus en plus tard. S'il disait dix heures, il venait à minuit. Aussi, un jour, il ne me trouva pas. Cela le rendit fou de rage. Il pensait que je ne reviendrais pas. J'avais l'impression qu'il faisait exprès d'être en retard, qu'il aimait me mettre en colère. Après des jours de supplication, je suis revenue. Nous étions tous deux tendus et nerveux.

Il me dit :

« Tu as recommencé à poser. Tu aimes ça. Tu aimes t'exhiber.

– Pourquoi me fais-tu toujours attendre? Tu sais très bien que ça tue mon désir. Je me sens glacée quand tu arrives trop tard.

– Pas si glacée que ça. »

Je serrai fort mes jambes contre lui pour qu'il ne puisse même pas me toucher. Mais il me pénétra par-derrière et me caressa.

« Pas si froide que ça! » dit-il.

Sur le lit, il réussit à écarter mes jambes avec son genou.

« Quand tu es en colère, dit-il, j'ai l'impression de

te violer. J'ai l'impression que tu m'aimes tellement que tu ne peux pas me résister. Tu es toute mouillée, et j'aime tes efforts pour résister, et aussi ta défaite.

– John, tu finiras par me mettre tellement en colère que je te quitterai. »

Ces mots lui faisaient peur. Il m'embrassait. Me promettait de ne plus recommencer.

Ce que je n'arrivais pas à comprendre, c'était que, malgré nos disputes, l'amour avec John, me rendait de plus en plus sensible. Il avait su éveiller mon corps. Et j'avais encore plus envie de m'abandonner à toutes sortes de fantaisies. Il devait le sentir, car, plus il me caressait, plus il m'éveillait sensuellement, et plus il avait peur que je retourne poser. Peu à peu, j'ai fini par y retourner. J'avais trop de temps pour moi, j'étais trop seule avec mes pensées.

Millard fut tout particulièrement heureux de me voir. Une fois encore, il avait fait exprès d'abîmer la statuette pour que je puisse revenir, prendre la pose qu'il aimait.

La nuit précédente, il avait fumé de la marijuana avec des amis. Il me dit :

« Sais-tu que parfois cela donne l'impression aux gens d'être des animaux? Hier soir il y avait une femme dans ce cas. Elle s'est mise à quatre pattes et a marché comme un chien. Nous l'avons déshabillée. Elle voulait nous donner du lait. Elle désirait que nous soyons ses chiots, étalés par terre, tétant ses mamelles. Elle resta à quatre pattes et offrit ses seins à chacun de nous. Elle voulait que l'on marche comme des chiens – en la suivant. Puis elle voulut qu'on la prenne dans cette position, en levrette, ce que je fis, mais j'ai eu terriblement envie de la mordre en me penchant sur elle. Je lui mordis l'épaule comme je n'avais encore jamais mordu quelqu'un. Elle n'a pas eu peur. Moi si. Cela m'a coupé mes effets. Je me suis relevé et j'ai vu qu'un ami à moi la suivait à quatre pattes, sans la caresser ni la prendre, mais en la reniflant simplement comme un chien; et cela m'a tellement rappelé ma première expérience sexuelle que j'ai eu une érection douloureuse. Quand j'étais enfant, nous avions une Martiniquaise plantureuse comme servante dans notre maison de campagne. Elle portait d'immenses jupes et un turban de couleur sur la tête. C'était une très belle mulâtre, à peine teintée. Elle jouait avec nous à cache-cache. Quand c'était à mon tour de me cacher, elle me faisait disparaître sous sa jupe en s'asseyant. Et me voilà dessous, suffocant à moitié, me cachant entre ses jambes. Je me souviens de l'odeur de son sexe qui m'excitait, même enfant. Un jour, j'ai essayé de la toucher, mais elle m'a donné une tape sur la main. »

J'étais tranquillement en train de poser lorsque Millard s'approcha de moi pour prendre mes mesures. Je sentais sa main sur ma cuisse, me caressant légèrement. Je lui souris. J'étais debout sur l'estrade des modèles et il me caressait maintenant les jambes, comme s'il modelait de l'argile. Il embrassait mes pieds, tout en me caressant les jambes sans s'arrêter, montant jusqu'aux fesses. Il colla sa tête contre mes jambes et m'embrassa. Puis il me souleva et m'étendit sur le sol. Il me serrait contre lui, caressant mon dos, mes épaules et mon cou. Je tremblais un peu. Ses mains étaient douces et légères. Il me touchait comme il touchait la statuette, partout, avec la même délicatesse.

Nous sommes allés jusqu'au divan. Il me coucha sur le ventre. Il se déshabilla et tomba sur moi. Je sentais son sexe sur mes fesses. Il glissa ses mains autour de ma taille et me souleva légèrement pour pouvoir me pénétrer. Il me prenait contre lui, avec un rythme régulier. Je fermai les yeux pour mieux le sentir et écouter son pénis qui glissait en moi, puis se retirait. Il y allait violemment et ces petits bruits me ravissaient.

Ses doigts pétrissaient ma chair. Ses ongles étaient longs et me faisaient mal. Il m'excitait tellement avec ses violentes poussées que je me mis à mordre le lit partout. Puis, au même moment, nous avons entendu quelque chose. Millard se leva rapidement, ramassa ses vêtements et monta l'échelle qui conduisait à la rochelle où il entreposait ses sculptures. Je me faufilai derrière le paravent.

Deuxième coup à la porte : sa femme fit irruption dans l'atelier. Je tremblais, non pas de peur, mais du choc qu'avait provoqué notre arrêt brutal du plaisir. La femme de Millard vit l'atelier vide et s'en alla. Millard sortit, tout habillé. Je lui dis : « Attends-moi une minute », et je commençai à me rhabiller aussi. Le moment était passé. J'étais encore tremblante et mouillée. En enfilant mon slip, le contact de la soie me fit l'effet d'une main. Je ne pouvais plus supporter cette tension du désir. Je mis mes deux mains sur mon sexe comme l'avait fait Millard, pressant fort, et je fermai les yeux, imaginant que Millard me caressait. Et je jouis ainsi, secouée de la tête aux pieds.

Millard me désirait toujours, mais plus dans cet atelier où sa femme risquait de nous surprendre. Il trouva un autre endroit, l'appartement d'un ami. Le lit était encastré dans une profonde alcôve avec des miroirs au plafond et des petites lumières tamisées. Millard voulait qu'on éteigne toutes les lampes, il voulait être dans le noir avec moi.

« J'ai vu ton corps si souvent, je le connais si bien, que maintenant je voudrais le sentir, les yeux fermés, juste pour sentir ta peau et la douceur de ta chair. Tes jambes sont si fermes, si solides, mais si douces au toucher. J'aime tes pieds, avec leurs orteils libres, bien séparés, comme les doigts de la main, et non comprimés – avec les ongles si délicieusement vernis – et descendre le long de tes jambes. »

Il me passa la main sur tout le corps, doucement, massant la chair, sentant chaque courbe.

« Si ma main reste là, entre tes jambes, la sens-tu, la veux-tu plus près? dit-il.

– Plus près, plus près, dis-je.

– Je veux t'apprendre quelque chose, tu veux bien? » dit Millard.

Il glissa un doigt en moi.

« Maintenant, je veux que tu te contractes autour de mon doigt. Il y a un muscle, tout au fond, que l'on peut faire jouer autour du pénis. Essaie. »

J'essayai. Son doigt était une vraie torture. Comme il ne le remuait pas, j'essayais de bouger à l'intérieur de mon ventre, et je sentis le muscle dont il parlait s'ouvrir et se refermer autour du doigt, très faiblement au début.

Millard dit :

« Oui, comme ça. Fais-le plus fort, plus fort. »

Et je le fis, ouvrant, refermant, ouvrant, refermant. On aurait dit une bouche minuscule à l'intérieur, pressant ses lèvres autour du doigt. Je désirais le prendre tout entier, le sucer, et je continuai d'essayer.

Puis Millard me dit qu'il allait me pénétrer sans bouger et qu'il faudrait que je continue à serrer à l'intérieur. J'essayais de me coller à lui de plus en plus fort. Le mouvement m'excitait, et je me sentais tout au bord de l'orgasme, mais, après m'être collée à lui plusieurs fois, avalant son pénis, il se mit soudain à gémir de plaisir, poussant plus vite car il ne pouvait plus se retenir. Je me contentais de poursuivre ces contractions intérieures, et je sentis monter en moi l'orgasme, venant des profondeurs merveilleuses de mon corps, tout au fond de mon ventre.

Il me dit :

« John t'avait-il montré ça?

– Non.

– Que t'a-t-il appris?

– Ceci, dis-je. Mets-toi à genoux sur moi et pousse. »

Millard obéit. Son sexe n'était pas très raide, mais il le glissa en moi, s'aidant de ses mains. Je tendis alors les mains et caressai ses testicules, gardant deux doigts à la base de son sexe que je pressais quand il bougeait. Cela l'excita tout de suite, son pénis devint plus dur, et il commença à me faire l'amour. Puis il s'arrêta.

« Je ne dois pas te demander autant, dit-il d'un ton étrange. Tu seras fatiguée pour John. »

Nous sommes restés un moment allongés, à fumer. Je me demandais si Millard avait éprouvé autre chose que du désir, si mon amour pour John lui coûtait. Mais, malgré un ton légèrement blessé, il continuait à me poser des questions.

« John t'a-t-il possédée aujourd'hui? T'a-t-il prise plusieurs fois? Comment t'a-t-il fait l'amour? »

Les semaines suivantes, Millard m'apprit beaucoup de choses que je n'avais pas faites avec John, et que j'essayais avec John, aussitôt apprises. Il finit par se demander où j'apprenais ces nouvelles positions. Il savait que je n'avais jamais fait l'amour avant lui. La première fois que je contractai mes muscles autour de son pénis, il fut abasourdi.

Ces deux liaisons secrètes compliquaient beaucoup les choses, mais j'aimais ce danger et l'intensité de ces relations.

LILITH

LILITH était frigide, et son mari s'en doutait, malgré sa comédie. Ce qui provoqua l'aventure qui va suivre.

Elle ne mangeait jamais de sucre, pour ne pas être plus dodue encore qu'elle n'était, et le remplaçait par de minuscules pilules blanches qui ne la quittaient jamais. Elle en fut un jour à court et demanda à son mari de lui en rapporter en rentrant du bureau. Il lui ramena donc un petit flacon et, le soir, elle mit deux pilules dans son café.

Ils étaient tranquillement assis et il la regardait avec une douceur indulgente, expression qu'il prenait souvent lors des crises de nerfs de sa femme, de ses violentes manifestations d'égoïsme, de ses accès d'auto-accusation, de ses moments de panique. Il réagissait à toutes ces scènes avec une patience et une bonne humeur inaltérables. La tempête de ses colères ne troublait jamais qu'elle-même; son mari restait éloigné de ses débordements.

Peut-être était-ce là l'image de leur mésentente sexuelle. Il refusait tous les défis et attaques violentes qu'elle pouvait lui lancer; il restait indifférent à tout son théâtre affectif, à ses manifestations de jalousie, à ses craintes, à ses querelles.

S'il avait su répondre à ses défis et jouer le jeu qu'elle désirait le voir jouer, peut-être eût-elle mieux ressenti sa présence physique. Mais le mari de Lilith ignorait tout des préliminaires du désir, des stimulants dont certaines natures primitives ont besoin, et donc, au lieu de lui répondre dès qu'il voyait ses cheveux devenir plus électriques, son visage plus vivant, ses yeux plus brillants, son corps fébrile et nerveux comme celui d'un cheval de course, il se retranchait derrière ce mur d'impassibilité, cette moquerie gentille et indulgente, tout comme on regarde avec amusement un animal de zoo faire son numéro, sans y prendre part. Cette attitude créait chez Lilith un sentiment d'isolement – celui d'une bête sauvage perdue en plein désert.

Quand montait en elle la colère, son mari disparaissait : il ressemblait à un coin de ciel serein au-dessus de la tempête. Si, au lieu de cela, il était apparu en bête sauvage lui-même, à l'autre bout du désert, la fixant avec la même électricité dans les cheveux, sur la peau, dans les yeux, s'il était apparu avec ce même corps de bête à la pesante démarche, attendant le moindre signe pour bondir sur sa proie, s'en emparer avec fureur, sentir sa chaleur et sa force, alors peut-être auraient-ils pu rouler ensemble par terre, leurs morsures devenant baisers et leur assaut étreinte, tirant leurs cheveux pour rapprocher leurs bouches, leurs dents, leurs langues. Et dans cette fureur, leurs sexes auraient pu se frotter l'un contre l'autre, provoquant des étincelles, jusqu'à fondre l'un dans l'autre leurs deux corps pour mettre fin à une insupportable tension.

Ainsi donc, ce soir-là, il était assis, avec dans les yeux cette imperturbable expression, tandis qu'elle était occupée à peindre quelque objet sous la lampe avec une telle rage qu'on aurait dit qu'elle allait l'avaler une fois peint. Il lui dit alors :

« Tu sais, ce n'est pas du sucre que je t'ai acheté et que tu viens d'avaler. C'est de l'extrait de cantharide, une poudre aphrodisiaque. »

Lilith était abasourdie :

« Et c'est ça que tu m'as fait prendre ?

— Oui, je voulais voir l'effet que ça aurait sur toi. J'ai cru que ça pourrait être agréable pour tous les deux.

— Oh ! Billy, pourquoi m'as-tu joué ce tour ? J'ai promis à Mabel d'aller au cinéma avec elle. Je ne peux pas lui faire faux bond. Elle est cloîtrée chez elle depuis une semaine. Et si l'effet commençait à se faire sentir au cinéma ?

— Eh bien, si tu l'as promis, il faut que tu y ailles. Mais je t'attendrai. »

Ainsi, dans un état d'extrême tension fébrile, Lilith alla chercher Mabel. Elle n'osait pas lui dire ce que son mari venait de lui faire. Elle se rappelait toutes les histoires qu'on lui avait racontées sur la cantharide. Au XVIIIᵉ siècle, en France, on l'utilisait beaucoup. Elle se souvenait de l'histoire de cet aristocrate qui, à quarante ans, déjà fatigué par toutes ses aventures amoureuses avec toutes les beautés de son temps, était tombé si violemment amoureux d'une jeune danseuse de vingt ans qu'il lui avait fait l'amour pendant trois jours et trois nuits grâce à la cantharide, Lilith essayait de s'imaginer quelle pouvait être une telle expérience, que cela pouvait lui arriver n'importe quand et qu'elle devrait alors rentrer chez elle le plus vite possible et avouer son désir à son mari.

Assise dans le noir, au cinéma, elle ne parvenait pas à fixer l'écran. Un vrai chaos régnait dans son esprit. Elle était assise, crispée, au bord du siège, essayant de guetter les effets de la drogue. Elle fit un bond lorsqu'elle s'aperçut qu'elle avait les jambes écartées, la jupe relevée au-dessus des genoux.

Elle crut que c'était un premier effet de son excitation sexuelle naissante. S'était-elle déjà assise dans cette position au cinéma? Elle ne le croyait pas. Elle trouva obscènes ces jambes écartées, et se rendit compte que la personne de devant était tellement en contrebas qu'il lui était possible de voir sous sa jupe et de se régaler du spectacle de son nouveau slip, et de ses nouvelles jarretelles. Tout semblait conspirer à une nuit d'orgie. Elle aurait dû elle-même prévoir intuitivement tout cela lorsqu'elle était allée s'acheter un slip en dentelle, et des jarretelles couleur corail qui allaient si bien avec ses jambes lisses de danseuse.

Elle rapprocha ses jambes dans un geste de colère. Elle pensait que si un sauvage désir sexuel s'emparait d'elle maintenant, elle ne saurait que faire. Fallait-il qu'elle se lève et prétexte un mal de tête pour partir? Ou bien devrait-elle se tourner vers Mabel – Mabel l'avait toujours adorée. Oserait-elle se tourner vers Mabel et la caresser? Elle avait déjà vu au cinéma des femmes se caresser. Une de ses amies était un jour au cinéma lorsque son compagnon avait doucement dégrafé sa jupe et glissé sa main sur son sexe, la caressant longtemps jusqu'à ce qu'elle jouisse. Et son amie lui avait raconté si souvent le délice que l'on éprouvait à contrôler la partie supérieure de son corps, tranquillement assise, tandis qu'une main vous caressait en secret dans le noir, tout doucement, mystérieusement. Cela allait-il arriver maintenant à Lilith? Elle n'avait jamais caressé une femme. Elle s'était souvent imaginée comme ça devait être merveilleux de caresser le corps d'une femme, les rondeurs des fesses, la douceur du ventre, et surtout la peau particulièrement douce entre les cuisses; elle avait essayé de se caresser le soir au lit dans l'obscurité, juste pour se faire une idée de ce que l'on peut éprouver à caresser une femme. Elle avait souvent caressé ses seins, en imaginant que c'étaient ceux d'une autre.

Maintenant elle fermait les yeux, se représentant le corps de Mabel en maillot de bain, avec sa poitrine ronde qui débordait presque du soutien-gorge, elle revoyait ses lèvres épaisses, son sourire doux. Comme ce serait merveilleux! Mais cependant, entre ses jambes, elle ne ressentait encore aucune chaleur qui pût lui faire perdre le contrôle d'elle-même et tendre sa main vers Mabel. Les pilules n'avaient pas encore agi. Elle était froide, et même contractée; elle sentait un resserrement, une tension entre ses jambes. Elle n'arrivait pas à se décontracter. Si elle touchait Mabel maintenant, elle serait incapable d'audace. Mabel portait-elle une jupe avec une fermeture sur le côté, aimerait-elle être caressée? Lilith s'énervait de plus en plus. Quand elle ne se contrôlait pas, elle se retrouvait les jambes écartées, dans cette position qui lui semblait si obscène, si choquante, comme certains gestes des danseurs balinais, qui étirent tout le corps, livrant leur sexe, sans défense.

La séance était finie. Lilith conduisait silencieusement sa voiture le long des rues sombres. Ses phares s'arrêtèrent sur une voiture garée sur le bas-côté et éclairèrent soudain un couple enlacé d'une manière inhabituelle. La femme était assise, de dos, sur les genoux de son compagnon qui se soulevait le plus possible vers elle et semblait atteindre au paroxysme du plaisir. Il était dans un tel état qu'il ne put même pas s'arrêter lorsque les phares illuminèrent sa voiture. Tout son être était tendu vers la femme pour mieux la sentir, tandis qu'elle remuait son buste, à demi évanouie de plaisir.

Lilith eut le souffle coupé par ce spectacle. Mabel dit : « On les a certainement surpris au meilleur moment », et se mit à rire. Ainsi donc, Mabel connaissait cette suprême jouissance que Lilith n'avait jamais atteinte et désirait connaître. Lilith voulait lui demander : « Comment est-ce? » Mais elle allait le savoir bientôt. Elle allait être forcée de lâcher la bride à tous ces désirs qu'elle vivait jusqu'à maintenant dans son imagination, pendant les longues heures de rêve éveillé qu'elle passait seule chez elle. Elle peignait assise, et pensait : Maintenant entre un homme dont je suis très amoureuse. Il entre et dit : « Laisse-moi te déshabiller. » Mon mari ne m'a jamais déshabillée – il se déshabille seul et se couche, et lorsqu'il me veut, il éteint la lumière. Mais cet homme me déshabillera lentement, un vêtement après l'autre. Cela me donnera tout le temps de le sentir, de sentir ses mains sur moi. Il commencera par détacher ma ceinture, et me prendra par la taille avec ses deux mains en disant : « Quelle jolie taille tu as, si bien dessinée, si fine! » Puis il déboutonnera mon chemisier très doucement, et je sentirai ses mains défaire chaque bouton, touchant mes seins de plus en plus jusqu'à ce qu'ils apparaissent sous la blouse ouverte; alors il leur fera l'amour, tétant le bout comme un enfant, me faisant un peu mal avec ses dents. Je le sentirai me couvrir tout le corps, libérant chaque nerf tendu jusqu'au total abandon. Il perdra sa patience en enlevant ma jupe et la déchirera un peu. Son désir se fera de plus en plus violent. Il n'éteindra pas la lumière. Il continuera à me regarder, brûlant de désir, m'admirant, m'adorant, réchauffant mon corps de ses caresses, attendant que je sois totalement éveillée, jusqu'à la plus petite parcelle de mon corps.

L'extrait de cantharide avait-il un effet sur elle? Non, elle se sentait languissante, ses fantasmes recommençaient, toujours les mêmes – mais c'était tout. Pourtant ce qu'elle avait vu dans la voiture, cet état d'extase, elle voulait le connaître.

Lorsqu'elle arriva chez elle, son mari lisait. Il leva les yeux et la regarda ironiquement. Elle ne voulait pas avouer qu'elle ne ressentait rien. Elle était énormément déçue au fond d'elle-même. C'était une femme froide, que rien n'excitait – pas même ce qui avait permis à un homme du XVIIIe siècle de faire l'amour pendant trois jours et trois nuits. Elle était un monstre. Il fallait qu'elle le cache, même à son mari. Il se moquerait d'elle. Et il finirait par chercher une femme plus sensuelle.

Alors, elle commença à se déshabiller devant lui, marchant de long en large à moitié nue, se brossant les cheveux devant la glace. Choses qu'elle ne faisait jamais. Elle ne voulait pas qu'il la désire. Elle n'aimait pas ça. Tout devait se passer très rapidement, et pour lui seul. C'était pour elle un sacrifice. L'excitation et le plaisir de son mari lui soulevaient plutôt le cœur, car elle ne les partageait pas. Elle avait l'impression d'être une putain que l'on payait pour ça. Elle était une putain qui ne ressentait rien et qui se contentait de lui donner en pâture ce corps sans réaction, en échange de son amour et de son dévouement. Elle avait honte d'avoir un corps aussi mort.

Quand elle finit par se glisser dans son lit, il lui dit :

« Je ne crois pas que l'effet de la cantharide soit assez grand. J'ai sommeil. Réveille-moi si... »

Lilith essaya de s'endormir, mais elle attendait fébrilement que le désir s'empare enfin d'elle. Au bout d'une heure, elle se leva pour aller à la salle de bain. Elle trouva le petit flacon et prit une dizaine de pilules, pensant : « Maintenant, ça ira. » Et elle attendit. Pendant la nuit, son mari la rejoignit dans son lit. Mais elle était si tendue entre les cuisses qu'elle ne mouillait pas du tout, et il dut s'aider avec de la salive.

Le lendemain, elle s'éveilla en pleurant. Son mari l'interrogea. Elle lui dit la vérité. Il se mit à rire :

« Mais Lilith, c'était une farce. Ce n'était pas de la cantharide. Je t'ai seulement joué un tour. »

Mais, après cet incident, Lilith fut poursuivie par l'idée qu'il existait des moyens de s'exciter artificiellement. Elle essaya tous les trucs dont elle avait entendu parler. Elle essaya de boire d'énormes bols de chocolat avec beaucoup de vanille dedans. Elle essaya de manger de l'oignon. L'alcool n'avait pas sur elle l'effet qu'il a sur les autres, car elle s'en méfiait dès la première gorgée.

Elle avait entendu parler de petites boules que l'on utilisait aux Indes comme aphrodisiaques. Mais comment s'en procurer? Où en demander? Les Indiennes les plaçaient dans le vagin. Ces boules étaient en caoutchouc très souple, et leur surface avait la douceur de la peau. Une fois dans le vagin, elles en prenaient la forme et remuaient à l'intérieur au moindre mouvement de la femme, répondant à chaque contraction de muscles, ce qui provoquait une excitation beaucoup plus subtile qu'un pénis ou un doigt. Lilith aurait aimé en trouver et les garder en elle jour et nuit.

MARIANNE

Je me présenterai comme la « madame » d'une maison de prostitution littéraire, la « madame » de ce groupe d'écrivains faméliques qui vendaient de l'érotisme à un « collectionneur ». Je fus la première à écrire et, chaque jour, je donnais mes textes à dactylographier à une jeune femme.

Cette jeune femme, Marianne, était peintre, et se faisait quelque argent en tapant des textes à la machine, le soir, chez elle. Elle avait un visage rond, des yeux bleus, un halo de cheveux blonds, des seins fermes et pleins, mais elle avait tendance à cacher ses formes plutôt qu'à les mettre en valeur, en portant d'amples vêtements de bohémien, des vestes larges, des jupes de collégienne, et des imperméables. Elle était originaire d'une petite ville. Elle avait lu Proust, Krafft-Ebing, Marx, Freud.

Et, bien entendu, elle avait eu de nombreuses aventures sexuelles, mais il existe certains rapports sexuels où le corps ne participe pas réellement. Elle se trompait elle-même. Elle croyait avoir tout expérimenté de la vie sexuelle, après s'être allongée sur un lit, avoir caressé des hommes et accompli tous les gestes prescrits dans les bons manuels.

Mais tout cela n'était qu'extérieur. En réalité, son corps était encore endormi, n'était ni mûr ni formé. Rien ne l'avait atteinte dans ses profondeurs. C'était encore une vierge. Je m'en rendis compte dès qu'elle entra dans la pièce. De même qu'un soldat n'admettra jamais avoir peur, de même Marianne n'aurait jamais reconnu être froide, frigide. Cependant, elle avait recours à un psychanalyste.

Je ne pouvais m'empêcher de me demander, en lui donnant à dactylographier mes textes érotiques, l'effet qu'ils pourraient avoir sur elle. En même temps qu'une certaine assurance et curiosité intellectuelle, il y avait en elle une pudeur qu'elle s'efforçait de cacher; je m'en étais aperçue par hasard en apprenant qu'elle n'avait jamais pris un bain de soleil nue : elle rougissait à cette seule idée.

Elle était hantée par le souvenir d'une soirée passée avec un homme dont elle avait repoussé les avances, et qui, au moment de quitter son appartement, l'avait plaquée contre le mur, lui levant une jambe et la pénétrant ainsi brutalement. Le plus étrange est que sur le moment elle n'avait absolument rien ressenti, mais plus tard, chaque fois qu'elle revoyait cette scène, elle se sentait nerveuse et excitée. Ses jambes se décontractaient et elle aurait donné n'importe quoi pour sentir à nouveau ce corps lourd se presser contre elle, la clouant au mur, sans qu'elle puisse s'échapper, et entrant en elle.

Un jour, elle fut en retard pour la remise de mes textes. J'allai la voir à son atelier, et frappai à la porte. Pas de réponse. Je poussai la porte qui était ouverte. Marianne avait dû aller faire une course.

Je me dirigeai vers la machine à écrire pour voir où elle en était dans son travail et vis un texte que je ne reconnaissais pas. Etais-je en train d'oublier ce que j'écrivais? Cela semblait impossible. Ce n'était pas mon style. Je me mis à lire. Et alors je compris.

Au milieu de son travail, Marianne avait soudain éprouvé l'envie de décrire ses propres expériences. Voici ce qu'elle écrivait :

Certaines lectures vous font prendre conscience que vous n'avez rien vécu, rien ressenti, et que vous n'avez aucune expérience. Je me rends compte maintenant que toutes mes expériences étaient simplement mécaniques, anatomiques. Les sexes se touchaient, se mélangeaient, ne provoquant aucune étincelle, aucune sensation, aucun égarement. Comment connaître tout cela? Comment pourrais-je commencer à *sentir – sentir?* Je désire tomber amoureuse si fort que la seule vue de l'homme aimé, même de loin, me secoue, me transperce, me prive de mes forces, me fasse trembler et fondre en douceur entre les cuisses. Voici comment je veux aimer, si fort que la seule pensée de l'objet de mon amour m'amène à l'orgasme.

Ce matin, alors que j'étais en train de peindre, on frappa très doucement à la porte. J'allai ouvrir et devant moi se tenait un très beau jeune homme, timide, embarrassé, et qui me plut aussitôt.

Il fit un pas dans l'atelier sans rien regarder

autour de lui, ne me quittant pas des yeux un instant.

« C'est un ami qui m'envoie. Vous êtes peintre. J'aimerais que vous fassiez un travail. Je ne sais pas si vous allez accepter... accepterez-vous? » dit-il en prononçant ces mots comme une prière.

Il bredouillait. Rougissait. Il avait des réactions féminines.

Je lui dis : « Entrez et asseyez-vous », pensant que cela le mettrait à l'aise. Puis il remarqua mes toiles. Elles étaient abstraites. Il dit.

« Mais vous faites aussi du figuratif, n'est-ce pas?

– Bien sûr! »

Je lui montrai mes dessins.

« Ils sont très forts, dit-il, tombant littéralement en extase devant mes dessins représentant un athlète musclé.

– Vous voulez que je fasse votre portrait?

– Pourquoi, oui – oui et non. Je désire un portrait. Mais, en même temps, je ne veux pas un portrait classique, je ne sais pas si vous allez... accepter.

– Accepter quoi?

– Eh bien, lança-t-il pour finir, en désignant l'athlète nu, voulez-vous faire ce genre de portrait? »

Il s'attendait à ce que je réagisse. L'école des beaux-arts m'avait tellement habituée à la nudité masculine que je souris de sa timidité. Je ne trouvais rien d'étrange à sa demande, à la différence, cependant, qu'ici c'était le modèle qui payait pour poser. Ce fut ma seule remarque et je la lui fis. Pendant ce temps, usant du droit du peintre d'observer son modèle, j'étudiais la couleur violette de ses yeux, le fin duvet blond qu'il avait sur les mains et sur le lobe de ses oreilles. Il avait un air de faune et quelque chose d'insaisissable qui faisait penser à une femme. Cela n'était pas sans m'attirer.

Malgré sa gaucherie, son physique était plutôt aristocratique et il paraissait très sain. Ses mains étaient lisses et souples. Il se tenait bien. Je lui montrais un certain intérêt professionnel qui semblait l'enchanter et l'encourager.

Il me dit :

« Voulez-vous commencer tout de suite? J'ai un peu d'argent sur moi. Je peux apporter le reste demain. »

Je lui désignai dans un coin de la pièce le paravent qui cachait ma garde-robe et un lavabo. Mais il tourna vers moi ses yeux violets et me dit d'un air innocent :

« Puis-je me déshabiller ici? »

Cela me gênait un peu, mais je dis oui. Je m'occupai à rassembler les crayons et le papier à dessin, à déplacer une chaise, à tailler les crayons. J'avais l'impression qu'il était particulièrement lent à se déshabiller, qu'il attendait que je le regarde. Je le regardais avec assurance, comme si je commençais à étudier son corps, mon crayon à la main.

Il se déshabillait avec une lenteur stupéfiante, comme s'il s'agissait d'une occupation des plus nobles, d'un véritable rituel. Soudain, il me regarda droit dans les yeux et sourit, montrant ses dents régulières; sa peau était si délicate que la lumière qui filtrait à travers la haute fenêtre la faisait ressembler à du satin.

Au même moment, le crayon prit vie entre mes doigts et je pensai au plaisir que ce serait de dessiner les contours de ce corps jeune, presque comme à une caresse. Il avait enlevé son manteau, sa chemise, ses souliers et ses chaussettes. Il ne lui restait que son pantalon. Il le tenait comme une stripteaseuse tient les pans de sa jupe, sans me quitter des yeux. Je n'arrivais toujours pas à comprendre la joie qui éclairait son visage.

Puis il se pencha, défit sa ceinture, et son pantalon tomba. Le voilà devant moi, complètement nu, dans un état d'excitation sexuelle évidente. En le remarquant j'eus un moment d'hésitation. Si je m'en indignais, je perdais cet argent, dont j'avais tant besoin.

J'essayais de lire dans ses yeux. Ils semblaient dire : « Ne soyez pas fâchée. Pardonnez-moi. »

J'essayai de dessiner. C'était une curieuse expérience. Quand je dessinais sa tête, son cou, ses bras, tout allait bien. Mais dès que mon regard se promenait sur le reste de son corps, je pouvais en lire sur lui les effets. Son sexe laissait voir un tremblement presque imperceptible. J'étais tentée de dessiner cette saillie avec le même flegme que pour son genou. Mais la vierge sur ses gardes que j'étais se troublait. « Il faut que je dessine avec le plus grand calme et la plus grande attention possible pour voir si sa crise passe, pensai-je, sinon il risque de décharger sur moi son excitation. » Mais non, le jeune homme ne faisait aucun geste. Il était comme paralysé et comblé. J'étais la seule à être troublée, je ne savais pas pourquoi.

Quand j'eus terminé, il se rhabilla calmement, et

paraissait absolument maître de lui. Il s'avança vers moi, me serra poliment la main et dit :

« Puis-je revenir demain à la même heure? »

Le manuscrit s'arrêtait là. Marianne entra à ce moment-là, en souriant.

« N'est-ce pas une étrange aventure? dit-elle.

– Oui, j'aimerais savoir ce que vous avez ressenti quand il est parti.

– Après, avoua-t-elle, c'est moi qui fus excitée toute la journée en repensant à son corps et à son sexe en érection. Je regardai mes dessins, et j'ajoutai à l'un d'entre eux l'image complète de l'incident. En fait, j'étais torturée de désir. Mais un homme comme lui n'est, en réalité, intéressé que par le *regard* que je pose sur lui. »

Cet incident aurait pu rester une simple aventure, mais Marianne lui donna beaucoup plus d'importance. Je remarquai qu'elle était obsédée par ce jeune homme. Evidemment, la deuxième séance fut une répétition de la première. Personne ne parlait. Marianne ne laissait paraître aucune émotion. Il n'avoua pas le plaisir qu'il avait à se laisser minutieusement détailler par Marianne. Et, chaque jour, elle découvrait de nouvelles merveilles. Chaque parcelle de son corps était la perfection. Si seulement il avait pu manifester quelque petit intérêt pour son corps à elle, mais non.

Et Marianne maigrissait et dépérissait de désir.

Elle était également excitée par toutes ces aventures qu'elle dactylographiait tous les jours. En effet, maintenant, tout notre groupe utilisait ses services; on pouvait lui faire confiance. Tous les soirs, la petite Marianne à l'éclatante poitrine se penchait au-dessus de sa machine et tapait les mots enfiévrés de nos scènes de violence charnelle. Certains faits la touchaient plus que d'autres.

Elle aimait la violence. C'est pourquoi son aventure avec le jeune homme lui était si insupportable. Elle n'arrivait pas à comprendre comment il pouvait rester maître de lui dans un tel état d'excitation, et trouver sa satisfaction dans son simple regard posé sur lui, comme sous l'effet d'une caresse.

Plus il était passif, plus elle avait envie d'user de violence. Elle rêvait de forcer sa volonté, mais était-il possible de forcer le désir d'un homme? Puisque sa seule présence ne suffisait pas, comment pouvait-elle éveiller son désir?

Elle souhaitait qu'il s'endorme pour oser alors le caresser; et, dans un demi-sommeil, à moitié conscient, il la prendrait. Ou bien, elle aurait aimé qu'il entre dans l'atelier au moment où elle s'habillait, pensant que la vue de son corps pourrait l'exciter.

Un jour où elle l'attendait, elle fit exprès de laisser la porte entrouverte pendant qu'elle s'habillait, mais il détourna les yeux et prit un livre.

Il était impossible de l'exciter, sinon en le contemplant. Marianne devenait maintenant folle de désir. Le portrait tirait à sa fin. Elle connaissait chaque parcelle de son corps, l'exacte couleur de sa peau, d'un léger doré, la forme de chacun de ses muscles et, avant tout, celle de son sexe en perpétuelle érection, si lisse, si poli, si ferme, si tentateur.

Elle s'approchait souvent de lui pour arranger un

morceau de carton blanc de façon qu'il projette sur son corps un reflet plus clair ou bien davantage d'ombres. Elle finit par perdre son contrôle et s'agenouilla devant lui, à la hauteur de ce sexe dressé. Elle ne le toucha pas, se contenta de le contempler et murmura :

« Qu'il est beau! »

Il en fut visiblement ému. Son sexe devint encore plus fier de plaisir. Elle se rapprocha encore – il touchait presque sa bouche – mais, de nouveau, elle se contenta de dire :

« Qu'il est beau! »

Comme il ne bougeait pas, elle se rapprocha encore, ouvrit doucement ses lèvres, et délicatement, très délicatement, elle passa la langue sur le gland. Il resta immobile. Il continuait de regarder son visage et la façon dont sa langue hésitait entre ses lèvres avant de toucher avec douceur l'extrémité de son sexe.

Elle le léchait doucement, avec la délicatesse d'un chat, puis elle en prenait une partie dans sa bouche et refermait ses lèvres. Il tremblait.

Elle se retint pour ne pas continuer, de peur qu'il ne résiste. Et lorsqu'elle s'arrêta, il ne fit rien pour qu'elle reprenne. Il semblait satisfait. Marianne avait l'impression que c'était là tout ce qu'elle pouvait lui demander. Elle se releva d'un bond et se remit au travail. Elle bouillait à l'intérieur. Obsédée par des images violentes. Elle se rappelait le « cinéma cochon » qu'elle avait vu une fois à Paris, ces corps qui se roulaient dans l'herbe, ces mains baladeuses, ces slips blancs arrachés par des mains avides, ces caresses, caresses à n'en plus finir, et le plaisir qui faisait se tordre et onduler les corps, plaisir qui glissait sur leur peau comme de l'eau, et les envahissait comme une vague intérieure qui descendait dans leur ventre et leurs hanches ou bien roulait le long du dos jusqu'aux jambes.

Mais elle se maîtrisa, obéissant à cette connaissance innée chez la femme des besoins de l'homme qu'elle désire. Il ne bougeait pas, son sexe toujours en érection, et le corps parcouru de temps à autre par un léger frémissement, peut-être au souvenir de la bouche de Marianne s'ouvrant doucement pour embrasser son pénis.

Le lendemain, Marianne répéta la même scène d'adoration et d'extase devant la beauté de ce membre. Elle s'agenouilla de nouveau et offrit une prière à cet étrange phallus qui ne demandait qu'à être admiré. Une fois encore, elle le lécha avec tant d'émotion et de délicatesse qu'elle faisait frémir de plaisir tout son corps; elle l'embrassa de nouveau, refermant sur lui ses lèvres comme sur quelque fruit merveilleux, et il se remit à trembler. Puis, à son grand étonnement, une petite goutte de liquide blanc et salé fondit dans sa bouche, annonçant le désir, et elle pressa plus fort, accélérant les mouvements de sa langue.

Lorsqu'elle constata son abandon total au plaisir, elle se retira, pensant que cette soudaine frustration lui ferait faire un geste vers elle. Au début, il resta immobile. Son sexe tremblait; il était fou de désir et, soudain, Marianne remarqua avec étonnement qu'il avançait sa main vers son sexe comme pour se satisfaire tout seul.

Ce geste la désespéra. Elle repoussa sa main,

reprit son sexe dans sa bouche tout en le caressant de ses deux mains, et ne le lâcha plus jusqu'à ce qu'il jouisse.

Il se pencha vers elle, avec tendresse et reconnaissance, lui murmurant à l'oreille :

« Vous êtes la première femme, la première femme, la première... »

Fred s'installa chez elle. Mais, comme Marianne me l'expliqua, il n'évoluait pas dans son désir. Ils s'allongeaient nus l'un près de l'autre, mais Fred continuait à se comporter comme si Marianne était asexuée. Il acceptait ses hommages avec passion, mais Marianne restait sur sa faim. Il se contentait de poser ses mains entre ses cuisses. Et tandis qu'elle le caressait avec sa bouche, ses doigts écartaient ses petites lèvres comme les pétales d'une fleur et il recherchait le pistil. Quand il sentait les contractions de Marianne sous ses doigts, il caressait plus fort cette fleur palpitante. Marianne pouvait répondre à ses caresses, mais celles-ci ne satisfaisaient pas le désir qu'elle avait de son corps, de son sexe; elle mourait d'envie d'être possédée plus totalement, d'être pénétrée.

Parfois, elle lui montrait les manuscrits qu'elle était en train de taper. Elle pensait que, peut-être, cela l'exciterait. Etendus sur le lit, ils lisaient ensemble. Il prenait plaisir à lire à haute voix. Il s'éternisait sur les descriptions. Il lisait et relisait, puis se déshabillait pour s'offrir à elle, mais n'en faisait pas davantage, quel que fût son degré d'excitation.

Marianne désirait qu'il se fasse psychanalyser.

Elle lui racontait comment l'analyse l'avait elle-même beaucoup libérée. Il l'écoutait avec intérêt mais ne se laissait pas convaincre. Elle l'incita à écrire aussi, à raconter ses expériences personnelles.

Au début, il en était intimidé. Puis, presque en cachette, se servant d'un vieux stylo, il se mit à écrire pour lui-même, dissimulant les feuilles lorsque Marianne arrivait, comme s'il s'agissait de la confession d'un crime. Ce fut par hasard qu'elle lut un jour ce qu'il avait écrit. Il avait terriblement besoin d'argent. Il avait mis en gage sa machine à écrire, son pardessus et sa montre : il ne lui restait plus rien de valeur.

Il ne pouvait pas laisser Marianne le nourrir. Elle-même se fatiguait les yeux à taper tard le soir et arrivait tout juste à payer le loyer et la nourriture. Aussi se rendit-il chez le collectionneur pour lequel Marianne dactylographiait les manuscrits et il lui offrit son propre ouvrage, s'excusant d'avoir écrit à la main. Le collectionneur, qui avait des difficultés à le lire, le donna innocemment à taper à Marianne.

C'est ainsi que Marianne se retrouva avec le manuscrit de son amant entre les mains. Elle le lut avec avidité avant de le taper, incapable de retenir sa curiosité tant elle cherchait à découvrir la cause de sa passivité. Voici ce qu'elle lut :

La plupart du temps, la vie sexuelle reste secrète. Nous faisons tout pour qu'elle le soit. Même les amis les plus intimes ne se racontent rien de leur vie sexuelle. Ici, avec Marianne, je vis dans une étrange atmosphère. Tout ce dont nous parlons, tout ce que nous lisons porte sur la sexualité.

Je me rappelle un incident que je croyais sorti de ma mémoire. Il se produisit quand j'avais quinze ans, alors que j'étais encore très innocent sur ces questions. Mes parents avaient un appartement à Paris avec de nombreuses portes-fenêtres donnant sur des balcons. L'été j'aimais rester nu dans ma chambre. Un jour où les fenêtres étaient ouvertes, je remarquai qu'une femme était en train de m'observer de l'immeuble d'en face.

Elle était assise sur son balcon et ne me quittait pas des yeux, sans la moindre honte; quelque chose en moi me poussa à faire semblant de ne pas l'avoir remarquée. J'avais peur qu'elle ne parte, si elle se rendait compte que je l'avais vue.

Or la sensation d'être regardé me procurait un indicible plaisir. Je faisais les cent pas ou bien m'allongeais sur le lit. Elle ne bougeait pas. Nous avons répété la même scène pendant une semaine, mais, le troisième jour, j'eus une érection.

Pouvait-elle le voir du balcon d'en face? Je me mis à me toucher, avec l'impression qu'elle était attentive au moindre de mes mouvements. J'étais la proie d'une excitation délicieuse. De mon lit, je pouvais deviner ses formes généreuses. La regardant maintenant droit dans les yeux, je m'amusais avec mon sexe, ce qui m'excita tellement que je finis par jouir.

La femme ne me quittait pas des yeux. Ferait-elle un signe? Cela l'excitait-elle de me regarder? Certainement. Le lendemain, j'attendis son apparition avec impatience. Elle sortit à la même heure, s'assit à son balcon et regarda dans ma direction. A cette distance, je ne pouvais pas voir si elle souriait ou non. Je m'allongeai de nouveau sur le lit.

Nous n'avons jamais essayé de nous rencontrer dans la rue. Tout ce dont je me souviens, c'est du plaisir que je tirais de cette expérience, plaisir qui n'a jamais été égalé. La simple évocation de ces moments m'excite. Marianne me donne un peu le même plaisir. J'aime les yeux avides qu'elle porte sur moi, si pleins d'admiration et de vénération.

En lisant ces lignes, Marianne eut l'impression qu'elle ne réussirait jamais à vaincre sa passivité. Elle pleura un peu, se sentant trahie en tant que femme. Pourtant, elle l'aimait. Il était sensible, gentil, tendre. Il ne heurtait jamais ses sentiments. Son comportement n'était pas exactement protecteur, il était plutôt fraternel, à l'écoute de ses états d'âme. Il la traitait comme l'artiste de la famille, respectueux de son œuvre, transportait ses toiles, toujours prêt à lui rendre service.

Elle enseignait la peinture dans une école. Il adorait l'accompagner, sous prétexte de l'aider à porter ses tableaux. Mais très vite, elle découvrit qu'il avait un autre mobile. Il s'intéressait beaucoup aux modèles. Pas à leur personne, mais à leurs expériences comme modèle. Il désirait devenir modèle.

Marianne s'y opposait. S'il n'avait pas tiré un plaisir sensuel à être regardé, elle s'en serait peut-être moquée. Mais, sachant cela, c'est comme s'il s'était offert à toute la classe. Elle combattit cette idée.

Mais il en était tellement obsédé qu'il finit par être accepté comme modèle. Ce jour-là, Marianne refusa d'aller faire son cours. Elle resta à la maison et pleura comme une femme jalouse qui sait que son amant est avec une autre femme.

Elle était déchaînée. Elle déchira tous les dessins qu'elle avait faits de lui, comme pour détruire son image, l'image de ce corps lisse et parfait. Même si les étudiants restaient indifférents aux modèles, lui-même n'était pas indifférent à leurs regards, et Marianne ne pouvait pas le supporter.

Cet incident commença à les séparer. On aurait dit que plus elle lui donnait de plaisir, plus il succombait à son vice, cherchant sans cesse à le satisfaire.

Bientôt, ils devinrent de parfaits étrangers. Et Marianne se retrouva seule pour taper nos textes érotiques.

LA FEMME VOILÉE

Une fois, George alla dans un bar suédois qu'il aimait et s'assit à une table avec l'intention de passer une agréable soirée. A la table voisine, il remarqua aussitôt un couple très élégant et très beau : l'homme était affable et très bien habillé; la femme, toute de noir vêtue, visage rayonnant derrière un voile, portait des bijoux étincelants. Tous deux lui firent un sourire. Ils ne se disaient rien, comme de vieilles connaissances qui n'ont pas besoin de parler.

Tous trois surveillaient ce qui se passait du côté du bar – couples occupés à boire, femmes ou hommes seuls en quête d'aventures – et tous avaient l'air de penser aux mêmes choses.

Finalement, l'homme bien habillé engagea la conversation avec George, qui eut ainsi tout loisir d'observer la femme plus longuement et la trouva encore plus belle. Mais, au moment où il espérait qu'elle allait se joindre à eux, elle dit quelques mots qu'il ne put comprendre à son ami, sourit, et s'éclipsa. George en fut tout déconfit. Son plaisir s'était envolé. De plus, il n'avait que quelques dollars en poche et ne pouvait même pas se permettre d'offrir à boire à son compagnon, pour en savoir plus, peut-être, sur cette femme. A sa grande surprise, ce fut l'homme qui se tourna vers lui en disant :

« Puis-je vous offrir quelque chose à boire? »

George accepta. La conversation alla de leurs aventures dans les hôtels du sud de la France jusqu'aux pressants besoins d'argent de George. L'homme laissa entendre qu'il était très facile de gagner de l'argent. Mais il n'expliqua pas comment. Il désirait pousser George aux confidences.

Et George avait une faiblesse que partagent beaucoup d'hommes : quand il était un peu éméché, il aimait raconter ses exploits. Il cherchait à intriguer son interlocuteur, laissant entendre que, sitôt le nez dehors, il n'était jamais à court d'aventures ni de femmes intéressantes.

Son compagnon l'écoutait en souriant.

Lorsqu'il eut fini de parler, l'homme lui dit :

« C'est tout à fait ce à quoi je m'attendais dès que je vous ai vu. Vous êtes l'homme que je cherche. Je me trouve devant un problème très délicat. Quelque chose d'absolument exceptionnel. Je ne sais pas si vous avez eu souvent à faire à des femmes difficiles, névrosées – non? C'est bien ce qui ressort de vos histoires. Eh bien, moi oui. Je les attire peut-être. En ce moment, je me trouve dans une situation très délicate. Je ne sais pas comment en sortir. J'ai besoin de votre aide. Vous me dites que vous avez besoin d'argent. Eh bien, je peux vous proposer un très agréable moyen d'en gagner. Ecoutez-moi avec attention. Il s'agit d'une femme très fortunée et très belle – qui a, en fait, toutes les qualités. Elle pourrait être adorée par qui lui plaît, être épousée par qui lui plaît. Mais elle est victime d'une déviation de la nature – elle n'aime que l'inconnu.

– Mais tout le monde aime l'inconnu! répondit George qui pensait aux voyages, aux rencontres de hasard, aux situations imprévues.

– Non, pas de la même manière qu'elle. Elle n'aime que les hommes qu'elle n'a jamais vus et qu'elle ne reverra jamais. Et pour cela, elle ferait n'importe quoi. »

George brûlait d'envie de demander s'il s'agissait de la femme qui avait été assise à leur table. Mais il n'osait pas. L'homme paraissait assez gêné d'avoir à lui raconter cette histoire, bien qu'il se fût engagé à le faire. Il poursuivit :

« Je dois veiller au bonheur de cette femme. Je ferai tout ce qui est en mon pouvoir pour qu'elle soit heureuse. J'ai sacrifié ma vie à ses caprices.

– Je comprends, dit George. Je pourrais sans doute faire la même chose.

– Maintenant, répondit l'élégant étranger, aimeriez-vous m'accompagner, et résoudre ainsi, momentanément, vos problèmes d'argent et satisfaire votre soif d'aventure? »

George rougit de plaisir. Ils quittèrent le bar ensemble. L'homme appela un taxi. Dans le taxi, il donna à George cinquante dollars. Puis il lui dit qu'il était obligé de lui bander les yeux, car il ne fallait pas qu'il connaisse l'adresse de la maison où il le conduisait, cette aventure ne devant jamais se reproduire.

George brûlait maintenant de curiosité, revoyant cette femme du bar qui le hantait, avec sa bouche provocante et ses yeux de feu cachés sous le voile. Il avait particulièrement aimé ses cheveux. Il aimait les chevelures abondantes, lourdes, qui encadraient le visage comme un ravissant fardeau, riche et parfumé. C'était l'une de ses passions.

Le trajet ne fut pas très long. Il acceptait de bonne grâce tout le mystère de l'aventure. On lui ôta le bandeau des yeux avant de descendre du taxi pour ne pas attirer l'attention du chauffeur, mais l'homme avait compté sur l'éclairage éblouissant de l'entrée pour aveugler George, qui ne verrait que lumières et miroirs.

Il fut conduit dans l'un des plus somptueux intérieurs qui soit – tout blanc, avec des miroirs partout, des plantes exotiques, de très beaux meubles, des sièges damassés et un tapis si épais que le bruit de leurs pas était étouffé. On lui fit traverser plusieurs pièces, toutes garnies de miroirs, avec différents éclairages, si bien qu'il n'avait plus aucune notion de leurs dimensions. Ils arrivèrent enfin à la dernière. Il était légèrement essoufflé.

Il se trouvait dans une chambre meublée d'un canapé-lit placé sur une estrade. Par terre des peaux de bêtes, et des rideaux blancs aux fenêtres – et toujours des miroirs. Il fut heureux de constater qu'il supportait très bien de voir sa silhouette reproduite à l'infini, silhouette d'un bel homme auquel le mystère de la situation avait ajouté un éclat et une vivacité inhabituels. Qu'est-ce que tout cela pouvait signifier ? Il n'avait pas le temps de se poser des questions.

La femme du bar entra dans la chambre et, juste à ce moment-là, l'homme qui l'avait accompagné disparut.

Elle avait changé de robe. Elle portait une robe de satin qui lui laissait les épaules nues, maintenue par un jabot plissé.

George avait l'impression que sa robe allait tomber au moindre geste, glisser comme une gaine luisante, et que, dessous, apparaîtrait sa peau luisante, aussi brillante que le satin de sa robe et aussi douce au toucher.

Il n'arrivait pas à croire qu'une femme aussi belle allait s'offrir à lui, qui lui était totalement étranger.

Il était également intimidé. Qu'attendait-elle de lui? Quel était son but? Un désir insatisfait?

Il n'avait qu'une seule nuit pour offrir tout ce qu'un amant peut donner. Il ne la reverrait jamais. Peut-être découvrirait-il le mystère de sa nature et la posséderait-il plus d'une fois? Il se demandait combien d'hommes étaient entrés dans cette pièce.

Elle était extraordinairement attirante, un peu comme un mélange de satin et de velours. Ses yeux étaient noirs et brillants, sa bouche écarlate, sa peau reflétait la lumière. Son corps était parfaitement proportionné. Une ligne mince qui n'empêchait pas des formes provocantes et pleines.

Sa taille très fine faisait ressortir encore davantage sa poitrine. Elle avait un dos de danseuse dont chaque mouvement mettait en valeur ses hanches bien dessinées. Elle lui souriait. Elle gardait entrouvertes ses lèvres pleines et pulpeuses. George s'approcha d'elle et colla sa bouche sur ses épaules nues. Il n'existait rien de plus doux que sa peau. Quelle envie de faire glisser cette robe fragile et de dégager ses seins dont la rondeur faisait tendre le satin! Quelle envie de la déshabiller sur-le-champ!

Mais George sentit qu'il ne fallait pas traiter cette femme d'une manière aussi directe, qu'elle méritait plus de subtilité et de savoir-faire. Jamais il n'avait mis dans chacun de ses gestes autant d'attention et de recherche. Il se préparait pour un très long siège, et comme elle ne manifestait aucun signe d'impatience, il s'attarda sur ses épaules, s'imprégnant de la douce et merveilleuse odeur de sa peau.

Il aurait pu la posséder là, tout de suite, tant elle dégageait de charme, mais il voulait qu'elle donne le signal, il désirait la voir excitée, et non pas souple et docile comme de la cire entre ses doigts.

Elle paraissait d'une étonnante froideur, passive et dépourvue de toute réaction. Jamais un frisson sur la peau, et ses lèvres, bien qu'entrouvertes, n'appelaient pas le baiser.

Ils restaient debout près du lit, sans parler. Il caressa les courbes de satin de son corps, comme pour se familiariser avec lui. Elle ne bougeait pas. Il se mit lentement à genoux, continuant à caresser et à embrasser tout son corps. Il sentait qu'elle était nue sous sa robe. Il l'amena jusqu'au bord du lit et elle s'assit. Il lui ôta ses pantoufles et garda ses pieds un moment dans ses mains.

Elle avait un doux sourire qui était comme une invitation. Il lui embrassa les pieds, puis ses mains se faufilèrent sous les plis de sa robe longue, le long de ses jambes lisses jusqu'en haut des cuisses.

Elle lui abandonnait complètement ses pieds qu'elle pressait maintenant contre sa poitrine, tandis qu'il continuait à lui caresser doucement les jambes sous sa robe. Si sa peau était déjà si douce, que serait-elle près du sexe, là où elle est toujours la plus douce ? Elle serrait ses cuisses pour l'empêcher de poursuivre son exploration. Il se releva et se pencha sur elle pour l'embrasser en la couchant sur le dos. En s'allongeant, elle écarta légèrement les jambes.

Les mains de George couraient le long de son corps, comme pour en éveiller la moindre parcelle, la caressant des épaules aux pieds, avant d'essayer de glisser sa main entre ses cuisses, maintenant plus ouvertes, pour atteindre sa toison.

Sous les baisers de George, ses cheveux s'étaient décoiffés et sa robe avait glissé, découvrant presque entièrement ses seins. Il s'aida de sa bouche pour encore mieux dégager sa poitrine, qui répondait à son attente : elle était pleine, ferme, tentatrice, la peau était des plus douces, avec des petits bouts roses comme ceux des adolescentes.

Son attitude passive lui donnait presque envie de la brusquer, pour l'exciter d'une façon ou d'une autre. Les caresses n'avaient aucun effet sur elle. Son sexe était froid et doux sous ses doigts, docile, mais sans vie.

George finit par penser que le mystère de cette femme tenait dans son incapacité à être excitée. Mais cela semblait impossible tant son corps appelait la sensualité. Sa peau était si sensible, sa bouche si pleine. Il n'était pas possible qu'elle fût frigide. Maintenant il n'arrêtait pas de la caresser, rêveusement, comme s'il avait tout son temps, attendant que la flamme s'allume en elle.

Tout autour de la pièce, il y avait des miroirs, qui reflétaient tous l'image de cette femme étendue, la poitrine nue, les jambes pendant sur le bord du lit révélant ses pieds admirables, les cuisses légèrement écartées sous sa robe.

Il brûlait de lui déchirer complètement sa robe, de l'étendre sur le lit et de sentir tout son corps contre le sien. Il commença à tirer sur sa robe; elle l'aida. Son corps en émergeait comme celui de Vénus sortant des flots. Il la souleva de façon à l'allonger entièrement sur le lit, tandis que sa bouche ne cessait de la couvrir de baisers.

Il se produisit soudain une chose étrange. Lorsqu'il se pencha sur elle pour mieux contempler les lèvres légèrement roses de son sexe, elle tressaillit et George eut une exclamation de joie.

Elle murmura :

« Déshabille-toi. »

Il se déshabilla. Nu, il connaissait son pouvoir. Il se sentait plus à l'aise qu'habillé, car il avait été autrefois un athlète – nageur, marcheur, alpiniste. Il savait qu'il devait lui plaire.

Elle le regardait.

Etait-elle heureuse? Plus proche de lui lorsqu'il se pencha sur elle? Il n'aurait pu le dire. Maintenant il la désirait si violemment qu'il ne pouvait plus attendre pour la toucher avec le bout de sa verge, mais elle l'arrêta. Elle désirait l'embrasser, le cajoler. Elle le prit dans sa bouche avec tant d'avidité qu'elle offrit, en même temps, son sexe à ses lèvres, le laissant enfin la déguster son content.

Il avait maintenant envie d'explorer et de toucher chaque repli de son corps. Il ouvrit les petites lèvres de son sexe avec deux doigts, regardant avec délice la légère rougeur de la peau et le miel qui coulait délicatement, tandis que ses poils s'enroulaient autour de ses doigts. La bouche de George devenait de plus en plus avide, une sorte d'organe, prenant un tel plaisir à embrasser sa chair qu'il allait atteindre, s'il continuait, un paroxysme encore inconnu de jouissance. Et mordant doucement ses lèvres avec cette délicieuse sensation, il la sentit à nouveau frémir sous sa langue. Alors il la força à lâcher sa verge de peur qu'elle ne satisfasse ainsi son propre plaisir sans lui permettre de pénétrer en elle. Tous deux étaient pris, semblait-il, d'un féroce appétit charnel. Leurs bouches se fondaient l'une dans l'autre, mêlant leurs langues agiles.

Elle avait enfin pris feu. Il avait réussi, par sa patience, à réchauffer son sang. Elle avait les yeux brillants et ne pouvait s'arrêter de lécher George sur tout le corps. Il finit par la prendre, alors qu'elle s'offrait totalement à lui, ouvrant délicatement ses petites lèvres avec ses jolis doigts, comme si elle ne pouvait plus attendre. Mais ils surent prolonger le plaisir, et elle eut le temps de le sentir en elle, emprisonné.

Alors, elle lui montra le miroir et dit en riant :

« Regarde, on dirait que nous ne sommes pas en train de faire l'amour, on dirait que je suis simplement assise sur tes genoux, et toi, canaille, tu restes en moi sans bouger, sans même frémir. Je ne peux plus supporter cette comédie. Je suis en feu. Bouge maintenant ! Remue ! »

Elle se dressa sur lui de façon à pouvoir faire tourner son bassin autour de son pénis en érection, tirant de cette danse érotique un plaisir qui la fit hurler. Au même moment, le corps de George fut parcouru par un éclair d'extase.

Malgré l'intensité de leur intimité, elle ne lui demanda même pas son nom lorsqu'il quitta la pièce. Elle déposa un baiser léger sur ses lèvres presque douloureuses et le renvoya. Le souvenir de cette nuit le hanta pendant des mois et il ne trouva pas d'autre femme pour renouveler cette expérience.

Un jour, il rencontra un ami qui l'invita à boire un verre avec les dollars qu'il venait de toucher pour un article. Il raconta à George l'aventure extraordinaire dont il avait été témoin. Alors qu'il se trouvait dans un bar à gaspiller sans compter ses dollars, un monsieur très distingué s'était approché de lui et lui avait proposé d'assister à une magnifique scène d'amour; l'ami de George, qui était un voyeur confirmé, n'avait pas hésité à le suivre. On l'avait alors amené dans une mystérieuse demeure, somptueusement décorée, où il fut installé dans une pièce obscure de laquelle il avait pu admirer une nymphomane en train de faire l'amour avec un homme particulièrement puissant et doué.

Le cœur de George cessa de battre.

« Décris-la », dit-il.

Son ami décrivit la femme avec laquelle George avait fait l'amour, jusqu'à la robe de satin. Il parla également du canapé-lit, des miroirs, de tout. Il avait payé cent dollars pour assister au spectacle, mais cela les valait car la scène avait duré des heures.

Pauvre George. Il se méfia des femmes pendant des mois. Il n'arrivait pas à croire à tant de perfidie et de comédie. Il était obsédé par l'idée que toutes les femmes qui l'invitaient dissimulaient des voyeurs derrière leurs rideaux.

ELENA

En attendant son train pour Montreux, Elena observait les voyageurs à l'entour. Chaque voyage éveillait en elle cette curiosité, cet espoir, cette anxiété que l'on éprouve au théâtre quand le rideau se lève.

Elle distingua un homme ou deux avec qui elle aurait aimé parler, et elle se demanda s'ils allaient prendre le même train qu'elle, ou s'ils n'étaient là que pour accompagner d'autres voyageurs. Ses désirs étaient vagues, empreints de poésie. Si on lui avait demandé brusquement ce qu'elle espérait, elle aurait répondu : *Le merveilleux* [1]. C'était une envie qui ne se localisait nulle part dans son corps. La réflexion faite à son sujet, un jour où elle venait de critiquer un écrivain qu'elle avait rencontré, était assez vraie : « Vous ne pouvez pas le voir tel qu'il est vraiment, car vous ne pouvez voir personne tel qu'il est. Vous serez toujours déçue, parce que vous attendez *quelqu'un*. »

Elle attendait *quelqu'un* – chaque fois que la porte

1. En français dans le texte. *(N.d.T.)*

s'ouvrait, chaque fois qu'elle allait à une soirée, à une réunion, chaque fois qu'elle entrait dans un café, dans un théâtre.

Aucun des hommes qu'elle avait distingués comme compagnon idéal de voyage ne monta dans le train. Alors, elle ouvrit le livre qu'elle avait à la main. C'était *L'Amant de lady Chatterley*.

De ce voyage, Elena garda peu de souvenirs, si ce n'est une sensation de chaleur qu'elle avait dans tout le corps comme si elle avait bu toute une bouteille de bon bourgogne, ainsi que ce sentiment de colère qu'elle avait ressenti en découvrant un secret que tous, jusqu'alors, lui avaient cruellement caché. Elle découvrit, en effet, qu'elle n'avait jamais éprouvé les sensations décrites par D.H. Lawrence, et que ces sensations étaient sans doute l'explication de son attente. Mais il y avait maintenant autre chose dont elle était consciente. Une chose qui avait provoqué chez elle un perpétuel état de défense contre toute expérience éventuelle, un besoin de fuite qui la tenait éloignée de toute sensualité et de l'épanouissement qui l'accompagne. Plusieurs fois elle avait été sur le point de céder, mais s'était finalement reprise. Elle ne pouvait que s'en prendre à elle-même pour tout ce qu'elle avait ainsi perdu, ignoré.

C'était la femme comblée du livre de Lawrence, encore lovée en elle, qui s'offrait enfin, réceptive, comme si elle avait été éveillée par mille caresses et se préparait à l'arrivée de *quelqu'un*.

C'est une femme nouvelle qui descendit du train à Caux. Ce n'était pas l'endroit où elle aurait aimé commencer son voyage. Caux était un village isolé, au sommet d'une montagne, qui dominait le lac de Genève. C'était le printemps, la neige commençait à fondre, et tandis que le petit train gravissait péniblement la montagne, Elena se sentit irritée par autant de lenteur, par la lenteur des gestes des Suisses, par celle des animaux, par ce paysage lourd et figé, qui allaient si mal avec son état d'âme et ses sensations nouvelles qui bouillonnaient en elle comme un torrent. Elle n'avait pas l'intention d'y séjourner très longtemps. Elle y resterait jusqu'à ce que son nouveau livre soit terminé.

De la gare, elle marcha jusqu'à un chalet qui ressemblait à une maison de conte de fées, et la femme qui lui ouvrit la porte avait l'air d'une sorcière. Elle fixa un moment Elena de ses yeux de charbon, puis la fit entrer. Elena avait l'impression que la maison était faite pour elle, avec des portes et des meubles plus petits qu'à l'ordinaire. Ce n'était pas une illusion, car la femme se tourna vers elle en disant :

« Je fais scier les pieds de mes tables et de mes chaises. Vous aimez ma maison? Je l'appelle Casutza – « petite maison » en roumain. »

Elena trébucha sur un tas de chaussures de ski, d'anoraks, de toques de fourrure, de capes et de bâtons qui encombraient l'entrée. Le placard était trop petit pour les contenir et on les laissait par terre. La vaisselle sale du petit déjeuner était encore sur la table.

Les souliers de la sorcière faisaient un bruit de sabots de bois dans l'escalier. Elle avait une voix d'homme et une ombre de moustache au-dessus des lèvres.

Elle conduisit Elena à sa chambre. Celle-ci donnait sur une terrasse qui s'étendait sur toute la longueur du chalet, exposée au sud et surplombant le lac; elle était cloisonnée par des séparations en bambou. Elena, qui craignait d'habitude le soleil, se retrouva très vite allongée sur la terrasse pour profiter cette fois de ses rayons. Sa chaleur lui faisait prendre une conscience sensuelle de tout son corps. Il lui arrivait de se caresser. Les yeux fermés, elle revivait, en imagination, certaines scènes de *L'Amant de lady Chatterley*.

Les jours suivants, Elena fit de longues promenades. Elle était toujours en retard pour le déjeuner. Alors, Mme Kazimir la fusillait du regard et n'ouvrait pas la bouche de tout le repas. Tous les jours, on venait voir Mme Kazimir pour des paiements d'hypothèques. On la menaçait de vendre sa maison. Il était évident que, privée de son toit, de sa coquille, de sa carapace de tortue, Mme Kazimir mourrait. Mais, malgré ces menaces, elle n'hésitait pas à renvoyer certains clients et refusait catégoriquement les hommes.

Cependant, un jour, elle finit par céder et par accepter une famille – le mari, la femme et une petite fille – qui arrivait tout droit de la gare, attirée par l'aspect fantastique de Casutza. Peu de temps après, ils se retrouvèrent tous sur la terrasse à côté d'Elena, pour prendre leur petit déjeuner au soleil.

Un jour, Elena rencontra le mari qui se promenait seul dans la montagne derrière le chalet. Il marchait d'un pas rapide et se contenta de sourire à Elena en la croisant, sans s'arrêter, comme s'il était poursuivi par quelque ennemi. Il avait ouvert sa chemise pour mieux profiter du soleil. Son buste d'athlète était déjà doré. Son visage était vivant et jeune malgré ses cheveux grisonnants. Ses yeux ne semblaient pas tout à fait humains. Son regard, comme absent, avait la fixité absente de celui d'un dompteur de fauves, avec quelque chose d'autoritaire et de violent. Elena avait déjà rencontré cette expression chez les maquereaux de Montmartre, qui se tenaient au coin des rues, enveloppés dans leurs capes et écharpes de couleurs vives.

Abstraction faite de ce regard, cet homme avait l'allure d'un aristocrate. Ses mouvements étaient pleins d'innocence et de jeunesse. Il se balançait en marchant, comme s'il avait un peu bu. Il semblait avoir concentré toute sa force dans le regard qu'il lança à Elena, puis il lui sourit, très gentiment, et continua sa route. Elena fut paralysée par ce regard et presque choquée de son effronterie. Mais le sourire était si innocent qu'il dissipa cette mauvaise impression et la laissa dans un état qu'elle n'arrivait pas à définir. Elle rebroussa chemin.

En arrivant à Casutza, elle se sentit mal à l'aise. Elle avait envie de partir. Elle reconnut à son brusque désir de fuite qu'elle se trouvait en danger. Elle pensa rentrer à Paris. Mais elle resta.

Un jour, le piano depuis longtemps abandonné dans une pièce du bas se remit à émettre des sons. Il était légèrement désaccordé et la musique semblait sortir d'un de ces bars minables des quartiers mal famés. Elena sourit. C'était l'étranger qui s'amusait. Par là, il rendait un hommage flatteur à ce vieux piano, lui faisant découvrir des airs qui n'étaient jamais sortis de ses cordes et qui ne ressemblaient en rien aux mélodies qu'y jouaient autrefois les sages petites filles suisses aux longues nattes dans le dos.

La musique égayait la maison et Elena avait envie de danser. Le piano s'arrêta, mais il avait eu le temps de remonter en elle ses ressorts, comme ceux d'une poupée mécanique. Seule sur la terrasse, elle tournait comme une toupie. Et soudain, une voix d'homme, tout près de ses oreilles, prononça ces mots :

« Mais après tout, il y a des gens vivants dans cette maison! »

Il la regardait à travers les lattes de bambou et avait l'air d'un animal prisonnier.

« Voudriez-vous faire un tour? lui demanda-t-il. Je trouve cet endroit sinistre. C'est la Maison de la Mort. Et Mme Kazimir est le Grand Pétrificateur. Elle réussira à faire de nous des stalactites. On aura droit à une larme par heure, une larme de stalactite, suspendue au plafond de la cave. »

Ils se mirent donc en route. Il l'accueillit avec cette remarque :

« Vous avez l'habitude de revenir sur vos pas. Vous commencez une promenade et puis vous rebroussez chemin. C'est très mauvais signe. C'est là le plus grand crime contre la vie. Je crois en l'audace.

– Il y a plusieurs façons d'exprimer son audace, répondit Elena. Moi, je rebrousse chemin, comme vous dites, mais, arrivée chez moi, j'écris un livre.

– C'est un mauvais usage de ses forces naturel-les.

– Mais alors, dit Elena, j'utilise mes livres comme de la dynamite; Je la place là où je désire que se produise l'explosion, et je me fraie un chemin à travers les cendres. »

Au moment où elle prononçait ces mots, il y eut une explosion dans la montagne où l'on perçait une route, et ils rirent de cette coïncidence.

« Ainsi, vous êtes écrivain, dit-il. Moi, je fais tous les métiers, peintre, écrivain, musicien, vagabond. J'ai loué temporairement une femme et un enfant – pour la façade. Je voyage avec le passeport d'un ami, ce qui l'oblige à me prêter sa femme et sa fille. Sans eux, je ne serais pas ici. J'ai le don d'irriter la police française. Je n'ai pas tué ma concierge, ce que j'aurais pourtant dû faire. J'aurais des excuses. Mon seul crime, comme beaucoup de révolutionnaires en paroles, est d'avoir trop vanté la révolution le soir, dans le même café, fidèlement suivi par un vagabond – suivi est le mot juste! Je prononce mes meilleurs discours quand je suis soûl. Je ne vous ai jamais vue, poursuivit-il, vous ne fréquentez pas les cafés. La femme qui vous hante est celle qu'on ne trouve jamais dans les cafés quand on la cherche, celle qu'il faut suivre à la trace, celle qu'il faut retrouver à travers le labyrinthe de ses affabulations. »

Ses yeux, toujours rieurs, ne la quittaient pas une seconde. Ils la fixaient, attentifs à ses moindres réactions, et agissaient sur elle comme un catalyseur, la clouant sur place, avec sa jupe large gonflée par le vent comme celle d'une ballerine, et ses cheveux défaits qui semblaient vouloir s'envoler. Il était conscient du pouvoir qu'avait Elena de se rendre invisible. Mais sa force à lui était encore plus grande et il aurait pu la garder ainsi, paralysée devant lui, aussi longtemps qu'il aurait voulu. Ce n'est que lorsqu'il détourna la tête qu'elle se sentit à nouveau libre. Mais elle n'était plus libre de lui échapper.

Après trois heures de marche, ils s'effondrèrent sur un lit d'aiguilles de pin d'où l'on pouvait voir un chalet. Quelqu'un y jouait du piano.

Il lui dit en souriant :

« Ce serait un merveilleux endroit pour passer toute une journée et toute une nuit. Cela vous plairait-il? »

Il la laissait fumer tranquillement, allongée sur les aiguilles de pin. Elle ne répondit pas; elle se contenta de sourire.

Ils marchèrent jusqu'au chalet où il demanda une chambre et un repas – qui devait être servi dans la chambre. Il donnait ses ordres avec calme, ne laissant pas le moindre doute sur ses intentions. Son esprit de décision pour les petites choses donna l'impression à Elena qu'il devait savoir également écarter tous les obstacles que rencontraient ses désirs plus profonds.

Elle n'avait pas envie de faire marche arrière, de lui échapper. Elle sentait monter en elle un sentiment d'exaltation, et il lui semblait qu'elle allait enfin atteindre ces sommets de l'émotion qui la feraient sortir d'elle-même pour de bon, et s'abandonner totalement à l'inconnu. Elle ne connaissait même pas son nom, ni lui le sien. La franche intensité du regard qu'il posait sur elle était déjà une pénétration. Elle tremblait en montant l'escalier.

Lorsqu'ils se retrouvèrent seuls dans la chambre, face à un immense lit en bois sculpté, elle se dirigea vers le balcon et il la suivit. Il lui semblait qu'il allait tout de suite chercher à la posséder, qu'elle ne pourrait l'éviter. Et elle attendait. Ce qui, en réalité, se passa, elle ne l'avait jamais imaginé.

Ce ne fut pas elle qui hésita, mais cet homme, qui l'avait conduite en ce lieu avec une si grande autorité. Il restait debout devant elle, ayant soudain perdu sa vivacité, gauche, comme gêné. Il lui dit avec un sourire désarmant :

« Il faut que vous sachiez que vous êtes la première « vraie » femme que je connaisse – une femme que je pourrais aimer. Je vous ai forcée à venir ici. Je veux être sûr que vous le désirez. Je... »

Devant cet aveu de sa timidité, elle se sentit soudain envahie par une immense tendresse, une tendresse qu'elle n'avait encore jamais éprouvée. Ainsi il se soumettait à elle, hésitant avant de réaliser le rêve né de leur complicité. Elle était submergée de tendresse. Ce fut elle qui s'avança vers lui, offrant sa bouche.

Alors, il l'embrassa, les mains sur sa poitrine. Elle sentait ses dents. Il lui embrassa le cou, là où les veines palpitaient, la gorge, serrant sa nuque entre ses mains, comme s'il avait voulu séparer sa tête du reste de son corps. Elle chancelait de désir. Sans cesser de l'embrasser, il la déshabilla. Ses vêtements tombèrent à ses pieds; il ne desserra pas pour autant son étreinte. Sans la regarder, il la porta sur le lit, tout en couvrant de baisers son visage, sa gorge, ses cheveux.

Ses caresses avaient une qualité étrange, tantôt douces et fondantes, tantôt brusques et violentes, comme celles qu'elle avait imaginées en voyant ses yeux si perçants, des caresses de bête sauvage. Il y avait quelque chose d'animal dans ses mains, une fureur qu'il communiquait à tout le corps d'Elena, et avec laquelle il s'empara de son sexe comme s'il avait voulu le déchirer, le séparer du corps, saisissant d'un seul geste la chair et les poils telle une poignée d'herbe et de terre.

Quand elle fermait les yeux, elle avait l'impression qu'il avait plusieurs mains qui la caressaient partout, plusieurs bouches, qui frôlaient si délicatement tout son corps, s'attardant sur les parties les plus charnues où ses dents s'enfonçaient, aiguisées comme celles d'un loup. Il était maintenant nu et s'était allongé sur elle. Elle aimait le poids de son corps sur le sien, elle aimait se sentir brisée sous lui. Elle le voulait soudé à elle, de la bouche aux orteils. Elle avait des frissons dans tout le corps. De temps à autre, il lui murmurait quelques mots à l'oreille, lui demandant de lever les jambes comme elle ne l'avait encore jamais fait – jusqu'à ce que les genoux touchent le cou; il lui dit ensuite de se retourner et de venir sur lui; il resta alors un moment en elle, sur le dos, sans bouger.

Puis elle se retira, à demi assise, les cheveux en bataille et le regard flou, et se rendit compte, dans un semi-brouillard, qu'il était allongé sur le dos. Elle se glissa doucement jusqu'à son sexe et commença à l'embrasser tout autour. Il soupira. Son membre frémissait sous chacun de ses baisers. Il la regardait. Il avait mis une main dans les cheveux d'Elena, et il maintenait ainsi sa tête à la hauteur de son sexe. Les lèvres d'Elena glissaient le long de sa verge, à un rythme régulier, et soudain, il laissa tomber sa main, dans un soupir de plaisir insupportable, et roula sur le ventre, ne bougeant plus, les yeux fermés, goûtant la joie d'Elena.

Elle n'arrivait pas à le regarder comme lui le faisait. Sa vision était troublée par la violence de ses sensations. Dès qu'elle posait les yeux sur lui, elle avait aussitôt envie de sentir sa chair – avec sa bouche, avec ses mains, avec tout son corps – qui l'attirait de façon magnétique. Elle se frottait tout entière contre lui, comme un animal, prenant plaisir à cette seule friction. Puis elle se mettait sur le côté et prenait sa bouche, longuement, la remodelant sans cesse, comme un aveugle qui chercherait à découvrir la forme de la bouche, des yeux, du nez, à s'assurer de leurs contours, à sentir la peau, à connaître la longueur et la qualité des cheveux, et leur implantation derrière les oreilles. Pendant cette exploration, les doigts d'Elena étaient d'abord légers, frôlant à peine la peau, puis se faisaient soudain plus frénétiques, s'enfonçant dans la chair jusqu'à la douleur, comme si elle avait voulu s'assurer de la réalité de ce corps.

C'étaient là les réactions extérieures de deux corps qui se découvraient. Ils étaient drogués par ce mélange de leur chair. Leurs gestes étaient lents comme dans un rêve. Leurs mains lourdes. Les bouches entrouvertes.

Le miel coulait sans arrêt du ventre d'Elena. Il enfonça ses doigts en elle, tout doucement, puis son sexe, et il la retourna pour qu'elle vienne sur lui; tous deux voyaient ainsi leurs sexes se pénétrer, leurs corps onduler, cherchant l'orgasme. Il l'attendait, contrôlant chacun de ses mouvements.

Comme elle n'accélérait pas le rythme de ses pressions, il la fit changer de position et l'allongea sur le dos. Alors, il se plaça sur elle de façon à pouvoir la prendre avec plus de force, touchant le tréfonds de son ventre, chaque parcelle de sa chair, et elle eut soudain la sensation qu'il éveillait en elle de nouvelles cellules jusqu'alors endormies, de nouveaux doigts, de nouvelles bouches, qui répondaient à sa pénétration et adoptaient son rythme; elle l'aspirait en elle avec un plaisir grandissant, comme si son sexe ouvrait les portes successives d'une jouissance nouvelle. Elle aspira plus fort pour atteindre l'orgasme, tandis que lui, de son côté, accélérait ses mouvements, afin qu'ils éclatent ensemble; il l'aidait de ses mots, de ses caresses, et enfin de sa bouche qui finit par se souder à la sienne, pour que leurs langues se fondent au même rythme que leurs sexes, brouillant les ondes du plaisir, jusqu'à ce qu'elle explose, dans un rire mêlé de sanglots, et qu'éclate enfin la joie de tout son corps.

Quand Elena regagna Casutza, Mme Kazimir refusa de lui adresser la parole. Elle exprimait sa condamnation par le silence, mais un silence si lourd qu'il pesait sur toute la maison.

Elena retarda la date de son retour à Paris, Pierre devait rester là. Ils se rencontraient tous les jours et, quelquefois, passaient même la nuit ensemble loin de Casutza. Le rêve dura dix jours sans le moindre nuage, jusqu'à l'arrivée d'une femme. C'était un soir où Elena et Pierre n'étaient pas rentrés. La femme de Pierre la reçut. Elles s'enfermèrent à clef dans la chambre. Mme Kazimir essaya d'écouter à la porte, mais elles la surprirent par une petite fenêtre.

La femme était russe. Elle était d'une rare beauté, avec des yeux violets, des cheveux noirs et des traits d'Egyptienne. Elle ne parlait pas beaucoup. Lorsque Pierre rentra, le lendemain matin, il la trouva là. Il en fut apparemment très surpris. Elena éprouva un choc inexplicable. Elle la trouva aussitôt dangereuse. Dangereuse pour son amour. Pourtant, quelques heures plus tard, Pierre expliqua à Elena qu'il s'agissait de son travail. Cette femme était venue pour lui confier une mission. Il fallait qu'il parte pour Genève. On avait réussi à étouffer ses histoires de Paris, à condition que désormais il obéisse strictement aux ordres. Il ne dit pas à Elena : « Viens à Genève avec moi. » Elle était suspendue à ses paroles.

« Combien de temps seras-tu absent ?

– Je ne sais pas.

– Tu pars avec... »

Elle ne pouvait pas répéter le nom de la femme.

« Oui, elle est en mission.

– Pierre, si je ne dois jamais te revoir, dis-moi au moins la vérité. »

Mais ses réponses, son expression ne semblaient pas celles de Pierre qu'elle connaissait si intimement. On aurait dit qu'il répétait ce qu'on lui avait demandé de dire, rien de plus. Il avait perdu toute sa forte personnalité. Il lui parlait comme à quelqu'un d'autre. Elena ne disait rien. Alors il s'approcha d'elle et murmura :

« Je ne suis amoureux d'aucune femme. Je ne l'ai jamais été. Je suis amoureux de mon travail. Avec toi, j'ai couru un grand danger. Parce que nous pouvions parler ensemble, nous étions si proches l'un de l'autre, je suis resté trop longtemps avec toi. J'ai oublié mon travail. »

Par la suite, Elena devait se répéter souvent ces paroles. Elle se rappelait son visage au moment où il les prononçait, ses yeux, qui avaient perdu leur pouvoir d'hypnose et qui ressemblaient à ceux d'un homme qui obéit aux ordres qu'on lui donne et non aux lois du désir et de l'amour.

Pierre, qui, plus qu'aucun autre, avait tout fait pour la faire sortir des profondeurs de sa vie secrète et renfermée, la rejetait maintenant dans le gouffre encore plus insondable du doute et de la crainte. Cette chute était la plus dure de toutes, car elle s'était abandonnée totalement, vivant ses émotions jusqu'au bout d'elle-même.

Elle ne douta pas un instant des paroles de Pierre et n'essaya pas de le rattraper. Elle quitta même Casutza avant lui. Dans le train, elle revoyait son visage des premiers jours, si sûr de lui, et en même temps si vulnérable et abandonné.

Ce qui l'effrayait le plus dans ses sentiments, c'était qu'elle se sentait maintenant incapable de rentrer dans sa coquille comme autrefois, de tourner le dos au monde, de devenir sourde, aveugle, et d'échafauder une construction imaginaire pour remplacer la réalité. Elle était obsédée par la vie

148

dangereuse que menait Pierre, craignant qu'il ne lui arrivât quelque chose; et elle se rendit compte, alors, que Pierre avait pénétré au plus profond de son être. Dès qu'elle pensait à sa peau, délicatement dorée par le soleil, à son regard vert, soutenu, qui ne se nuançait que lorsqu'il se penchait sur elle pour l'embrasser, elle sentait un frisson dans tout le corps et son image la torturait de désir.

Après des heures d'une souffrance si vive et si forte qu'elle ne croyait jamais s'en relever, elle tomba dans un état étrange de léthargie, dans un demi-sommeil. On aurait dit que quelque chose s'était brisé en elle. Elle n'éprouvait plus ni peine ni plaisir. Elle était engourdie. Tout devenait irréel. Et son corps mourait à nouveau.

Après huit ans de séparation, Miguel était de retour à Paris. Miguel était là, mais son arrivée n'apportait à Elena ni soulagement ni joie, car il était l'image de sa première défaite. Miguel était son premier amour.

Lorsqu'elle l'avait rencontré, ils n'étaient encore que des enfants, deux cousins perdus dans un grand dîner de famille. Miguel avait été attiré par Elena comme par un aimant; il la suivait partout comme son ombre, écoutant chacun de ses mots, des mots que personne n'entendait tant sa voix était petite et transparente.

A partir de ce jour, il ne cessa de lui écrire et vint la voir, de temps en temps, pendant les vacances – un attachement romantique, dans lequel chacun voyait en l'autre l'incarnation de la légende ou du roman qu'il avait lu. Elena était toutes les héroïnes à la fois; Miguel tous les héros.

Quand ils se voyaient, ils étaient tous deux si loin de la réalité qu'ils ne pouvaient pas se toucher. Ils ne se prenaient même pas la main. Chacun était exalté par la présence de l'autre; ils planaient ensemble, mus par les mêmes sensations. Elle fut la première à ressentir quelque chose de plus profond.

Ils étaient allés au bal tous les deux, inconscients de leur beauté. Mais les autres ne l'étaient pas. Elena remarqua que toutes les filles regardaient Miguel, essayant d'attirer son attention.

Alors, pour la première fois, elle l'observa objectivement, le dépouillant de cette enveloppe de rêve dont elle l'avait paré. C'était un jeune homme grand et souple, très à l'aise dans ses mouvements, avec une grâce et une force naturelles, des muscles aussi déliés que ceux d'un léopard, une démarche traînante mais un corps que l'on sentait prêt à bondir. Il avait des yeux d'un vert feuille, un regard fluide. Une peau lumineuse, éclairée de l'intérieur, comme celle de certains poissons phosphorescents. Une bouche pleine et sensuelle, avec les dents parfaites d'une bête de proie.

Et, pour la première fois aussi, il la vit hors de la légende dont il l'avait entourée, il la vit courtisée par tous les hommes; il vit son corps en perpétuel mouvement, toujours en équilibre, léger, souple, presque évanescent, provocant. Ce qui, en elle, attirait les hommes était quelque chose de violemment sensuel, de vivant, de sain; et sa bouche si charnue était d'autant plus attirante qu'elle contrastait avec ce corps si délicat qui se mouvait avec la fragile légèreté d'un voile de tulle.

Et de cette bouche, qui appartenait à un visage d'un autre monde, sortait une voix qui touchait directement l'âme; Miguel était séduit et ne laissait aucun autre garçon danser avec elle. Cependant, leurs corps ne se touchaient jamais, sauf en dansant. Elle l'attirait en elle par la force de son regard, jusque dans des mondes où il se sentait engourdi, comme drogué.

Elena, en dansant avec lui, avait pris conscience de son propre corps, qui était soudain devenu de chair – une chair de feu, enflammée par chaque pas de danse. Elle avait envie de fondre dans la bouche sensuelle de Miguel, de s'abandonner à une mystérieuse ivresse.

L'ivresse de Miguel était différente. Il semblait séduit par un être irréel, imaginaire. Son corps n'avait aucune réaction. Plus il s'approchait d'elle, plus il était conscient du tabou qui pesait sur Elena, comme s'il s'était trouvé face à une image sacrée. Sa présence provoquait en lui une sorte de castration.

Sentant tout contre lui la chaleur du corps d'Elena, il ne put prononcer que son nom : « Elena! » Ses bras, ses jambes, son sexe étaient soudain paralysés et il s'arrêta de danser. En murmurant le nom d'Elena, il était poursuivi par l'image de sa mère, de sa mère telle qu'il la voyait enfant; c'est-à-dire une femme grande, plus grande que les autres femmes, immense, imposante, aux formes pleines que l'on devinait sous les amples robes blanches qu'elle portait; il voyait ses seins dont il

151

s'était nourri et auxquels il s'était accroché plus longtemps qu'il n'était nécessaire, jusqu'à ce qu'il prenne conscience de l'obscur mystère de la chair.

Aussi, chaque fois qu'il voyait les seins pleins d'une femme bien en chair qui ressemblait à sa mère, il avait envie de les téter, de les mâcher, de les mordre, et même de leur faire mal, de les presser contre son visage, de s'asphyxier sous leur poids, de sucer les bouts à pleine bouche, mais il n'éprouvait aucun besoin de possession sexuelle.

Lorsqu'il rencontra Elena pour la première fois, elle avait des petits seins d'adolescente qui éveillèrent en lui un certain mépris. Elle n'avait aucun des attributs érotiques de sa mère.

Il n'avait jamais eu envie de la déshabiller. Il ne l'avait jamais regardée comme une femme. Elle restait une image, comme les images des saintes sur des cartes, les images des héroïnes dans les romans, les portraits de femmes.

Seules les putains avaient un sexe. Miguel en avait vu très jeune lorsque ses frères l'amenaient avec eux au bordel. Là, tandis que ses frères les pénétraient, il leur caressait les seins, les embrassant avec avidité. Mais il avait peur de ce qu'elles avaient entre les cuisses. Pour lui, cela ressemblait à une énorme bouche humide et affamée. Il avait l'impression qu'il ne réussirait jamais à la rassasier. Il avait peur de ce gouffre séduisant, de ces lèvres qui durcissaient sous ses doigts, de ce liquide qui coulait comme la salive d'un homme qui a faim. Pour lui, l'appétit de la femme était terrible, dévorant, insatiable. Il pensait que son sexe serait avalé à jamais. Les putains qu'il avait vues avaient toutes des sexes larges, des lèvres épaisses et dures, de grosses fesses.

Que restait-il à Miguel pour satisfaire ses désirs? Les garçons, les garçons dépourvus de cette bouche gloutonne, les garçons qui possédaient un sexe comme le sien, un sexe qui ne l'effrayait pas, un sexe dont il pouvait combler les désirs.

Ainsi, le soir où Elena sentit monter en elle les premières flammes du désir, Miguel avait trouvé une solution intermédiaire avec un garçon qui l'excitait – sans tabous, sans inquiétudes.

Elena, qui ignorait tout de l'amour entre garçons, rentra chez elle et pleura toute la nuit à cause de la froideur de Miguel. Jamais elle n'avait été aussi belle; elle sentait l'amour de Miguel, son adoration. Alors pourquoi ne la touchait-il pas? La danse les avait rapprochés, mais lui n'était pas excité. Pourquoi? Quel était ce mystère? Pourquoi était-il jaloux lorsque d'autres garçons s'approchaient d'elle? Pourquoi avait-il surveillé tous les garçons qui la regardaient? Pourquoi n'avait-il pas pris sa main?

Cependant, Miguel était obsédé par Elena, tout comme elle était hantée par lui. Il plaçait son image au-dessus de celle de toutes les femmes. Sa poésie, ses créations, ses inventions, son âme, tout était pour elle. Seul l'acte sexuel se passait loin d'elle. Que de souffrances lui auraient été épargnées, si elle avait su, si elle avait compris. Elle avait trop de délicatesse pour le questionner ouvertement, et lui, était trop timide pour parler.

Et voilà que Miguel était de retour, avec un passé

connu de tous, une suite d'aventures éphémères avec des garçons. Il était toujours en quête, jamais satisfait – Miguel, avec le même charme, un charme encore plus grand, plus fort.

Elle sentit à nouveau sa froideur, la distance qui les séparait. Jamais, il ne lui prenait le bras, tout doré par le soleil de l'été à Paris. Il admirait ses toilettes, ses bagues, ses bracelets qui tintaient, ses sandales, mais ne la touchait pas.

Miguel était en analyse chez un médecin français réputé. Chaque fois qu'il aimait, qu'il possédait quelqu'un, il lui semblait que le nœud de sa vie serrait encore plus fort sa gorge. Il cherchait la libération, il voulait être libre de vivre sa déviation. Et il ne l'était pas. Chaque fois qu'il tombait amoureux d'un garçon, il avait l'impression de commettre un crime. Il se sentait coupable. Il essayait alors de se racheter par la souffrance.

Grâce à l'analyse, il pouvait maintenant en parler. Il raconta toute sa vie à Elena, sans honte. Elle n'en souffrit pas. Cela la soulageait des doutes qu'elle avait sur elle-même. Au début, parce qu'il n'avait pas encore accepté sa nature, il en avait rendu Elena coupable et lui avait fait supporter le poids de sa frigidité à l'égard des femmes. Il disait que c'était à cause de l'intelligence d'Elena, car les femmes intelligentes mêlent la littérature et la poésie à l'amour, ce qui le paralysait; qu'elle était positive, masculine dans certaines de ses manières et que cela l'intimidait. Elle était si jeune à cette époque qu'elle avait cru à ses propos et en était arrivée à penser que les femmes minces, intellectuelles et positives ne pouvaient pas être désirées.

Il lui disait souvent : « Si seulement tu étais plus passive, très docile et sans initiative, je te désirerais peut-être. Mais je sens toujours en toi un volcan prêt à exploser, un volcan de passion, et cela m'effraie. » Ou bien : « Si tu n'étais qu'une putain, je te sentirais moins exigeante, moins critique, et je te désirerais. Mais je sens ton brillant esprit prêt à me juger si j'échoue, si, par exemple, je deviens soudain impuissant. »

Pauvre Elena, pendant des années elle ne prêta aucune attention aux hommes qui la désiraient. C'était Miguel seul qu'elle voulait séduire, et seul Miguel aurait pu la convaincre de son charme.

Miguel, qui avait besoin d'un autre confident que son analyste, présenta Elena à son amant, Donald. Elena l'aima dès leur première rencontre, comme elle aurait aimé un enfant, un *enfant terrible* [1], délibérément pervers.

Il était très beau. Un corps élancé d'Egyptien, des cheveux en désordre comme ceux d'un enfant qui vient de jouer. Parfois, la délicatesse de ces gestes pouvait donner l'impression qu'il était petit, mais dès qu'il se levait, ses muscles allongés, la ligne pure de son corps le faisaient paraître grand. Ses yeux étaient dans une sorte d'extase. Il avait une démarche souple, comme un médium.

Elena se trouva si bien ensorcelée qu'elle se mit à éprouver un plaisir subtil et mystérieux à voir Miguel faire l'amour avec un Donald qui était un substitut d'elle-même. Donald en femme, possédé par Miguel, avec son charme juvénile, ses longs cils,

1. En français dans le texte. *(N.d.T.)*

son petit nez droit, ses oreilles de faune, ses mains puissantes, maladroites.

Elle voyait en Donald son frère jumeau, qui utilisait les mêmes mots, usait de la même coquetterie, des mêmes artifices qu'elle. Ils partageaient les mêmes obsessions. Il ne cessait de parler de son désir d'être consumé par l'amour, de son désir de total renoncement, de son désir de protéger les autres. C'était sa propre voix qu'elle entendait. Miguel se rendait-il compte qu'il faisait l'amour au frère jumeau d'Elena, à Elena dans un corps de garçon?

Lorsque Miguel les laissait seuls un moment dans un café, ils se regardaient d'un air complice. Sans Miguel, Donald n'était plus une femme. Il se redressait, la regardait droit dans les yeux et lui expliquait qu'il était à la recherche de plus de force et d'intensité dans l'amour : Miguel n'était pas le père dont il avait besoin – Miguel était trop jeune. Miguel était aussi un enfant. Miguel désirait lui offrir un paradis quelque part, une plage déserte où ils pourraient librement s'aimer, faire l'amour jour et nuit, un paradis de caresses et de baisers; mais lui, Donald, voulait autre chose. Il aimait les affres de l'amour, l'amour mêlé d'obstacles et de souffrance. Il désirait tuer les monstres, venir à bout des ennemis et combattre comme un autre Don Quichotte.

Tandis qu'il parlait de Miguel, on pouvait lire sur son visage cette expression qu'ont les femmes qui viennent de séduire un homme, une expression de satisfaction orgueilleuse. Joie intérieure incontrôlable, triomphante devant la victoire de son charme.

Chaque fois que Miguel les laissait seuls un moment, Elena et Donald avaient une conscience très aiguë de leurs ressemblances, et de leur conspiration tacite, féminine et malicieuse pour charmer, séduire et anéantir Miguel.

Avec un regard espiègle, Donald dit à Elena :

« Notre conversation est une forme d'échange. Toi et moi vivons dans ces régions du monde sensuel où règne la folie. Tu m'attires dans le merveilleux. Ton sourire a un pouvoir hypnotique. »

Miguel les rejoignit. Pourquoi était-il si nerveux ? Il allait chercher des cigarettes. Ressortait pour faire une course. Les laissait. Chaque fois qu'il revenait, elle voyait Donald changer, devenir femme à nouveau, provocant. Elle les voyait tous deux se caresser des yeux, et se faire du genou sous la table. Il y avait entre eux un tel courant d'amour qu'elle aussi était entraînée. Elle voyait le corps féminin de Donald s'épanouir, elle voyait son visage s'ouvrir comme une fleur, ses yeux devenir avides, ses lèvres humides. Assister à ce spectacle, c'était pénétrer dans l'alcôve secrète de la sensualité d'un autre et voir chez Miguel et Donald ce qui, normalement, devrait rester caché. C'était une étrange transgression.

Miguel leur dit :

« Vous êtes identiques, tous les deux.

– Mais Donald est plus franc », répondit Elena, qui pensait à la facilité avec laquelle il trahissait son amour imparfait pour Miguel, alors qu'elle-même aurait tout fait pour le cacher de peur de faire de la peine à l'autre.

« Parce qu'il aime moins, dit Miguel. Il est narcissique. »

Un courant de chaleur fit fondre les derniers tabous qui subsistaient entre Donald et Elena, Miguel et Elena. Un amour sans barrières les unissait tous les trois, un amour partagé, contagieux, qui les enchaînait.

Elle pouvait regarder avec les yeux de Miguel le corps finement dessiné de Donald, sa taille fine, ses épaules larges et carrées comme celles des personnages des bas-reliefs égyptiens, ses gestes mesurés. Son visage révélait un tel épanouissement qu'on aurait pu penser à de l'exhibitionnisme. Tout était montré, mis à nu.

Miguel et Donald passaient des après-midi ensemble, puis Donald allait chercher Elena. Avec elle, il affirmait sa virilité; il avait l'impression qu'elle lui avait transmis ce qu'il y avait en elle de viril, de fort. Elle le sentait aussi, ce qui lui faisait dire : « Donald, je te donne le côté masculin de mon âme. » Près d'elle, il devenait plus dur, plus ferme, plus grave. Une union naissait. C'était un véritable hermaphrodite.

Mais Miguel ne le savait pas. Il continuait à le traiter en femme. Il était vrai qu'en présence de Miguel, le corps de Donald se relâchait, ses hanches se balançaient et son visage ressemblait à celui d'une mauvaise actrice, d'une vamp acceptant un bouquet de fleurs avec un battement de cils. Il était alors aussi agité qu'un oiseau en cage, offrant ses lèvres pincées pour des baisers furtifs, caricaturant les menus gestes d'une coquette qui se fait prier. Pourquoi les hommes aimaient-ils tant se travestir en femmes, tout en les évitant à tout prix?

Et, en face de cela, il y avait la fureur virile de Donald contre l'attitude de Miguel :

« Il nie complètement l'homme en moi, se plaignait-il à Elena. Il me prend par-derrière, insiste pour me posséder comme une femme. Je le hais d'agir ainsi. Il veut faire de moi une vraie pédale. Ce n'est pas ce que je cherche. Je ne veux pas devenir une femme. Miguel est brutal et viril avec moi. On dirait que je le torture. Il me retourne de force et me prend comme une putain.

– Est-ce la première fois que l'on te traite en femme?

– Oui, avant cela, je n'avais fait qu'embrasser, jamais ça – la bouche et la verge, c'était tout – s'agenouiller devant un homme que l'on aime et le prendre dans sa bouche. »

Elle regardait la petite bouche enfantine de Donald et se demandait comment elle pouvait prendre un pénis. Elle se rappelait une nuit où les caresses de Pierre l'avaient tellement excitée qu'elle avait attrapé avec une avidité bestiale son pénis et ses testicules. Elle avait voulu l'embrasser, chose qu'elle n'avait jamais faite avec aucun homme, mais il l'en avait empêchée parce qu'il désirait être en elle, au fond de son ventre, et n'en plus sortir.

Et maintenant elle pouvait s'imaginer ce membre en érection – le pénis blond de Miguel, peut-être, entrant doucement dans la petite bouche de Donald. Le bout de ses seins se durcit à cette image et elle détourna les yeux.

« Il me prend toute la journée, devant une glace, par terre, dans la salle de bain, retenant la porte avec son pied, sur le tapis. Il est insatiable et ne pense jamais que je suis un homme. Lorsque ses yeux tombent sur mon sexe, qui est beaucoup plus grand que le sien, et plus beau – vraiment, il l'est – il ne le remarque même pas. Il me malmène comme une pute. Il n'a aucune considération pour ma virilité. Il n'y a pas de vrai bonheur entre nous.

– C'est donc comme l'amour entre femmes, dit Elena. Il n'y a pas d'accomplissement, pas de possession réelle. »

Un après-midi, Miguel demanda à Elena de venir chez lui. Lorsqu'elle frappa à la porte, elle entendit courir à l'intérieur. Elle allait partir quand Miguel vint lui ouvrir et dit : « Entre, entre. »

Son visage était congestionné, ses yeux injectés de sang, ses cheveux en bataille et sa bouche portait des marques de baisers.

Elena dit :

« Je reviendrai dans un moment. »

Miguel la retint :

« Non, reste, assieds-toi dans la salle de bain un instant. Donald va partir. »

Il voulait qu'elle soit là! Il aurait pu la renvoyer. Mais il la conduisit jusqu'à la salle de bain attenante à la chambre, et la fit asseoir en riant. Il laissa la porte ouverte. Elle entendait leurs grognements et leurs essoufflements. On aurait dit qu'ils se battaient dans le noir, dans la chambre. Le lit craquait à intervalles réguliers et elle entendit Donald dire : « Tu me fais mal. » Mais Miguel haletait et Donald dut répéter : « Tu me fais mal. »

Les grognements continuaient, le craquement rythmé du lit s'accéléra, et malgré tout ce que

Donald lui avait raconté, elle l'entendit crier de plaisir. Puis il dit : « Tu m'étouffes. »

Cette scène, dans le noir, la troubla de façon étrange. Elle sentait qu'une partie d'elle-même y participait, que la femme en elle, cette femme qui vivait dans le corps de Donald, était en train d'être possédée par Miguel.

Elle était si troublée que, pour oublier cette idée, elle ouvrit son sac et en sortit une lettre qu'elle n'avait eu le temps de lire avant de partir.

Lorsqu'elle l'ouvrit, ce fut comme un coup de tonnerre : « Ma belle et insaisissable Elena. Je suis de nouveau à Paris – pour toi. Je n'ai pas pu t'oublier. J'ai essayé. En te donnant entièrement à moi, tu as pris tout mon être. Veux-tu me voir ? Tu ne t'es pas reprise ? Tu n'as pas rompu pour de bon ? Je le mériterais, mais ne le fais pas, tu tuerais un amour profond, encore grandi par mes efforts pour le combattre. Je suis à Paris... »

Elena se leva et sortit en claquant la porte derrière elle. Lorsqu'elle arriva à l'hôtel de Pierre, il l'attendait déjà, anxieux. La chambre n'était pas éclairée. On aurait dit qu'il voulait l'accueillir dans l'obscurité, pour mieux sentir sa peau, son corps, son sexe.

La séparation les avait rendus fébriles. Malgré la passion sauvage avec laquelle il la posséda, Elena fut incapable d'atteindre l'orgasme. Tout au fond d'elle-même, il y avait un reste de peur, et elle ne put s'abandonner complètement. Pierre jouit avec une telle frénésie qu'il lui fut impossible de se retenir et de l'attendre. Il la connaissait si bien qu'il comprit la raison de sa secrète réserve, la blessure qu'il lui avait infligée et qui avait détruit la foi d'Elena en son amour.

Elle était allongée sur le dos, gorgée de désir et de caresses, mais insatisfaite. Pierre se pencha sur elle et lui dit d'une voix douce :

« Je mérite ce qui arrive. Tu te caches malgré ton désir de me trouver. Je t'ai peut-être perdue pour toujours.

– Non, répondit Elena. Attends. Laisse-moi un peu de temps pour croire de nouveau en toi. »

Avant de la quitter, Pierre essaya de la posséder encore une fois. Et de nouveau, il rencontra cet être fermé, protégeant son secret, elle qui avait atteint une telle plénitude du plaisir la première fois qu'il l'avait touchée. Alors, Pierre s'assit sur le bord du lit, baissant la tête, triste, vaincu.

« Mais tu reviendras demain, tu reviendras? Que puis-je faire pour que tu croies en moi? »

Il se trouvait en France sans papiers, risquant à tout moment d'être arrêté. Pour plus de sécurité, Elena le cacha dans l'appartement d'un ami qui était en voyage. Ils se rencontraient maintenant tous les jours. Il aimait l'accueillir dans l'obscurité, de façon à la sentir avant même de voir son visage. Comme des aveugles, ils se caressaient doucement, s'arrêtant sur les courbes les plus chaudes, observant chaque fois le même rituel; identifiant au toucher, les endroits où la peau est la plus douce, la plus tendre, et ceux où elle est moins fragile, exposée à la lumière; ils savaient exactement où, dans le cou, on pouvait sentir les battements du cœur; et où les nerfs tremblaient lorsque la main se faisait plus proche du noyau, entre les cuisses.

Les mains de Pierre s'étaient faites aux épaules lisses et pleines d'Elena, si inattendues à cause de son extrême minceur, à ses seins fermes, à son duvet si tendre sous les bras qu'il lui interdisait de raser. Sa taille était très fine et il aimait suivre, de ses mains, la courbe qui s'élargissait jusqu'aux hanches. Il parcourait lentement tout son corps, cherchant à le posséder de ses mains, imaginant la couleur.

Il n'avait regardé qu'une seule fois le corps d'Elena en pleine lumière, à Caux, un matin, et il avait pu alors en admirer la couleur. C'était une couleur ivoire pâle, unie, qui prenait une nuance dorée près du pubis, comme de l'hermine d'été. Il appelait son sexe le « petit renard », car ses poils se hérissaient lorsqu'il s'en approchait.

Les lèvres de Pierre suivaient le trajet de ses mains; son nez, aussi, enfoui dans les odeurs de son corps, cherchant l'oubli, cherchant la drogue que secrétait sa peau.

Elena avait un petit grain de beauté caché dans les replis secrets de sa chair, entre les cuisses. Pierre faisait semblant d'être à sa recherche, chaque fois que ses doigts arrivaient à la hauteur du « petit renard » et s'attardaient entre ses petites lèvres; et, en caressant le grain de beauté, ce n'était que par hasard, selon lui, qu'il touchait l'arête de ses lèvres, si légèrement, juste assez pour sentir l'infime contraction de plaisir que provoquaient ses doigts, sentir les feuilles de cette plante si sensible se refermer, se plier d'excitation, emprisonnant le plaisir secret dont il sentait les vibrations.

Il embrassait le grain de beauté et non pas la

vulve qui répondait à ses baisers donnés à côté par des ondes qui couraient du grain de beauté aux rebords délicats des petites lèvres, lesquelles s'ouvraient et se refermaient à mesure que sa bouche se rapprochait. Et là, il plongeait la tête, s'enivrant des odeurs de bois de santal et de coquillage, recueillant une partie du miel dans sa bouche, tandis que l'autre s'écoulait sur le drap où il retrouvait plus tard les traces. Souvent, leurs poils se mêlaient. Et, en prenant son bain, après, Elena trouvait quelques poils plus longs, plus résistants, moins fins, enroulés parmi les siens.

Elena s'abandonnait totalement à la bouche et aux mains de Pierre, lui laissant découvrir ses cachettes les plus secrètes, dans un rêve de caresses, penchant sa tête sur celle de Pierre lorsqu'il embrassait sa gorge, pour lui offrir en baisers les mots qu'elle ne pouvait prononcer. Il semblait toujours deviner l'endroit précis où elle attendait un baiser, où son corps désirait être réchauffé. Sur un simple regard d'Elena, la bouche de Pierre passait des pieds aux aisselles, ou allait se nicher dans le creux de son dos, sur la plaine de son ventre, ou bien sur les premiers poils du pubis, encore rares, petits et espacés.

Pierre tendait alors son bras, comme l'aurait fait un chat, pour être caressé. Il renversait la tête en arrière, fermait les yeux, et la laissait le couvrir de doux baisers qui n'étaient que promesse des plus violents qui allaient suivre. Quand il ne pouvait plus supporter ce léger frôlement de soie, il ouvrait les yeux et offrait sa bouche pour qu'elle y morde comme dans un fruit mûr; elle s'en emparait avec avidité pour en extraire le suc même de la vie.

Lorsque le désir avait enfin éveillé chaque pore de leur peau, ils s'abandonnaient à une étreinte plus violente. Elle entendait parfois ses os craquer quand il lui relevait les jambes sur les épaules, ainsi que le bruit de leurs baisers, de leurs langues qui s'aspiraient; elle sentait leur salive inonder la douce chaleur de leur bouche comme s'ils mangeaient un fruit fondant sous la langue. Lui entendait les étranges gémissements étouffés d'Elena, qui ressemblaient aux cris d'un oiseau exotique en extase; et elle, percevait son souffle qui se faisait plus haletant à mesure que son sang devenait plus dense, plus riche.

Quand son plaisir montait, sa respiration semblait celle d'un taureau légendaire fonçant sur sa victime dans un galop endiablé, mais la blessure était sans douleur; c'était une blessure qui soulevait le corps d'Elena, projetant son sexe en l'air comme si Pierre avait voulu le déchirer avant de le lâcher; c'était une blessure d'extase et de plaisir qui l'enflammait comme un éclair et la laissait retomber en gémissant, victime d'une jouissance trop grande, d'une jouissance qui était une mort brève, une mort instantanée qu'aucune drogue, qu'aucun alcool ne peut provoquer, que rien ne peut provoquer sinon deux corps qui s'aiment jusqu'au plus profond de leur être, de toutes leurs fibres, de tous leurs atomes, leurs cellules et leurs pensées.

Pierre était assis sur le bord du lit; il avait enfilé son pantalon et attachait la boucle de sa ceinture. Elena avait remis sa robe mais restait blottie contre lui tandis qu'il s'habillait. Il lui montra alors sa ceinture. Elle se releva pour la regarder. C'était autrefois une lourde ceinture de cuir très solide avec une boucle en argent, mais elle était maintenant complètement usée, presque déchirée. L'extrémité était tout effilée; à l'emplacement des trous, le cuir était aussi fin qu'un tissu.

« Ma ceinture est tout usée, dit Pierre, ça me rend triste car je la porte depuis dix ans. »

Il la contempla avec regret.

En le voyant assis sur ce lit, la ceinture encore dégrafée, Elena se rappela le moment où il l'avait défaite pour enlever son pantalon. Il ne la défaisait jamais avant qu'une caresse, une étreinte ne l'aient excité au point de se sentir gêné sous ses vêtements.

Il y avait toujours cette seconde de suspense avant qu'il ne dégrafe son pantalon et ne sorte sa verge pour qu'elle la touche. Parfois, il aimait la laisser faire seule. Mais si elle n'arrivait pas à enlever son slip assez vite, il le faisait lui-même. Le petit bruit de la boucle de la ceinture excitait Elena. Pour elle, c'était un moment érotique, comme l'était pour Pierre celui où elle enlevait son slip et déboutonnait ses jarretelles.

Elena se sentait de nouveau excitée, malgré la force et la plénitude de ses précédents orgasmes. Elle aurait aimé défaire sa ceinture, faire glisser son pantalon et sentir une fois encore son pénis. Quand il apparaissait sous son slip, avec quelle fierté il se dressait, comme s'il l'avait reconnue!

Mais soudain, à la pensée de cette ceinture que Pierre portait depuis si longtemps, elle éprouva une étrange et vive douleur. Elle l'imaginait défaisant cette ceinture dans d'autres endroits, à d'autres heures, devant d'autres femmes.

Elle était jalouse, d'une vive jalousie, quand se formait cette image qui la poursuivait. Elle avait envie de lui dire : « Jette cette ceinture. Tout au moins ne porte pas devant moi la ceinture que tu portais avec " elles ". Je t'en donnerai une autre. »

Elle avait l'impression que son attachement à cette ceinture était comme un attachement à son passé dont il ne pouvait pas entièrement se défaire. Pour elle, cette ceinture était le symbole de tous ses gestes passés. Elle se demandait si toutes les étreintes avaient été les mêmes.

Pendant une semaine, Elena s'abandonna totalement à Pierre, perdant presque conscience dans ses bras; elle sanglota même un jour, tellement sa jouissance était intense. C'est alors qu'elle remarqua un changement chez Pierre. Il paraissait préoccupé. Elle ne lui posa pas de questions. Elle interpréta ce changement à sa façon; il devait penser à son activité politique qu'il avait dû abandonner pour elle. Peut-être en souffrait-il. Aucun homme ne pouvait vivre uniquement pour l'amour comme le faisait une femme, ne pouvait faire de l'amour l'unique but de sa vie, lui consacrant tous ses jours.

Elle-même n'aurait pas pu vivre pour autre chose. En fait, elle ne vivait pas pour autre chose. Le reste du temps – quand elle n'était pas avec lui – elle n'était pas tout à fait elle-même. Elle était absente. Elle reprenait vie en arrivant dans cette chambre. Toute la journée, pendant qu'elle faisait autre chose, ses pensées étaient tournées vers lui. Seule dans son lit, elle se rappelait ses expressions, son sourire au coin des yeux, son menton volontaire, l'éclat de ses dents, la forme de ses lèvres quand il lui murmurait des mots d'amour.

Cet après-midi-là, elle était dans ses bras et remarqua des ombres sur son visage, des ombres dans ses yeux ce qui l'empêcha de s'abandonner à lui. D'habitude ils avaient le même rythme. Il sentait le plaisir monter en elle, et elle le sentait en lui. Et, très mystérieusement, tous deux réussissaient à retenir leur orgasme jusqu'à ce que chacun soit prêt. D'habitude, ils commençaient par un rythme lent, qu'ils accéléraient ensuite, de plus en plus, à mesure qu'ils sentaient leur sang se réchauffer, et monter en eux les vagues de plaisir jusqu'à l'apothéose qu'ils vivaient ensemble, son pénis tremblant en donnant sa semence tout au fond du ventre d'Elena qui frémissait comme s'il y avait en elle des langues de feu qui la brûlaient.

Mais ce jour-là, il l'attendait. Elle se cambra pour mieux sentir ses pressions, mais ne réussit pas à jouir. Il la priait :

« Viens, mon amour. Viens. Je ne peux plus t'attendre. Viens, mon amour. »

Il éclata en elle et se laissa retomber sur sa poitrine, sans un mot. Il restait là, sans bouger, comme si elle l'avait battu. Rien ne lui faisait plus de mal que cette froideur d'Elena.

« Tu es cruelle, lui dit-il, tu ne veux plus te donner à moi maintenant? »

Elle ne disait rien. Elle-même souffrait de ce que l'angoisse et le doute eussent empêché son corps de répondre à une possession qu'elle désirait. Même si ça devait être la dernière, elle la désirait. Mais parce qu'elle craignait que ce ne fût la dernière, son corps se refermait et elle ne pouvait pas s'unir vraiment à Pierre. Et sans cette jouissance partagée, il n'y avait pas de fusion, pas de communion de leurs corps. Elle savait que cela allait la tourmenter ensuite. Elle se sentirait insatisfaite, alors que lui aurait laissé en elle sa marque.

Elle revivait la scène dans son esprit, le revoyant penché sur elle, revoyant leurs jambes emmêlées, revoyant son pénis la pénétrer, de plus en plus fort, et le revoyant enfin tomber sur elle quand tout fut fini; alors, elle avait de nouveau envie d'être comblée, de sentir Pierre la posséder entièrement, tout au fond. Elle connaissait tous les tourments du désir insatisfait : les nerfs à fleur de peau, le sang qui bouillonne, le corps tout entier éveillé dans l'attente de l'orgasme qu'elle n'avait pas eu. Impossible de dormir. Elle avait des crampes dans les jambes, et s'agitait comme un pur-sang nerveux. Des fantasmes érotiques la poursuivaient toute la nuit.

« A quoi penses-tu? lui dit Pierre en la regardant.

– A la tristesse de te quitter sans avoir été vraiment à toi.

– Quelque chose d'autre te tourmente – quelque chose qui t'a justement empêchée de t'abandonner, quelque chose que je veux savoir.

– Je te sens déprimé et je me demande si ton travail ne te manque pas, si tu ne désires pas repartir.

– C'était donc ça! Tu te préparais de nouveau à mon départ. Mais il n'en est pas question. Au contraire, j'ai rencontré des amis qui vont s'arranger pour faire la preuve que je n'ai jamais milité, que j'étais seulement un révolutionnaire de bar. Tu te souviens de ce personnage de Gogol? Cet homme qui parle jour et nuit, mais n'agit jamais? C'est moi. Voilà ce que j'ai fait – parler. Si on arrive à le prouver, je serai libre. Je me bats pour le prouver. »

Ces paroles eurent sur Elena un incroyable effet – proportionnel à ses craintes passées qui avaient bloqué toutes ses réactions sensuelles. Maintenant, elle désirait Pierre, elle le voulait en elle. Ses mots avaient suffi à la décontracter. Peut-être l'avait-il deviné, car il continua à la caresser, attendant que ses doigts l'excitent à nouveau. Il ne la pénétra que plus tard, dans l'obscurité, et cette fois-ci c'est elle qui eut à retenir l'intensité de son orgasme, pour que Pierre vienne avec elle; ils gémirent ensemble de plaisir et elle pleura de joie.

A partir de ce jour, ils luttèrent ensemble pour combattre ces blocages d'Elena, qui pouvaient survenir au moindre mot, à la plus légère blessure, et les empêcher de se posséder pleinement. Pierre en était obsédé. Il était beaucoup plus attentif aux états d'âme d'Elena, à son humeur, qu'à ses propres désirs. Même lorsqu'il jouissait avec elle, il cherchait dans ses yeux les signes des nuages à venir qui risquaient d'obscurcir leur ciel. Il s'épuisait à attendre le plaisir d'Elena, retenant perpétuellement le sien. Il enrageait contre cette irréductible noyau de son être, qui pouvait à volonté, se refuser à lui. Il commençait à comprendre les tendances perverses de certains hommes à l'égard des femmes frigides.

La place forte – la vierge imprenable : Pierre le « conquérant », qui n'avait jamais mené à bien une vraie révolution, se donna entièrement à cette conquête pour briser, une fois pour toutes, cette barrière qui pouvait à tout moment se dresser contre lui. Leur étreinte amoureuse devint bientôt bataille secrète entre deux volontés, chacune utilisant ses propres ruses.

Lorsqu'ils se querellaient (et il l'attaquait souvent sur ses relations intimes avec Miguel et Donald, lui disant que les deux hommes lui faisaient, en réalité, l'amour par personne interposée), il savait qu'ensuite elle ne pourrait plus jouir. Cela le rendait furieux et il s'efforçait de la conquérir en redoublant de caresses. Parfois, il aimait la traiter brutalement, comme une putain dont il paierait la soumission. D'autres fois il essayait de se fondre doucement en elle. Il se faisait tout petit, se blottissait comme un enfant.

Il créait une atmosphère érotique, transformait leur chambre en boudoir avec des tentures et des tapis sentant bon le parfum. Il cherchait à toucher en elle son sens du beau, son amour du luxe, sa sensibilité aux odeurs. Il lui achetait des livres érotiques qu'ils lisaient ensemble. C'était là sa dernière arme. Ils s'étendaient tous deux sur le lit et lisaient, se caressant aux mêmes endroits que les personnages du livre. Ils s'épuisaient en excès de toutes sortes, désirant connaître tous les plaisirs possibles de positions nouvelles. Pierre croyait avoir éveillé en elle une telle sensualité qu'elle ne pourrait plus désormais contrôler aussi bien son corps. Et Elena semblait corrompue. Ses yeux commençaient à briller d'une façon toute nouvelle, non plus avec l'éclat de la lumière, mais avec la lueur inquiétante des regards des tuberculeux, en proie à une fièvre intense et brûlante.

Maintenant, il ne laissait plus la chambre dans l'obscurité. Il aimait la voir arriver avec cette fièvre dans les yeux. Son corps était comme plus plein, ses seins étaient toujours durs, dans un perpétuel état d'excitation. Sa peau était devenue si sensible qu'elle réagissait au moindre frôlement. Un frisson lui parcourait le dos, éveillant tous ses nerfs.

Ils s'allongeaient sur le ventre, tout habillés, et entamaient un nouveau livre ensemble en se caressant. Ils s'embrassaient sur chaque image érotique. Leurs bouches, scellées l'une à l'autre, se retrouvaient sur d'énormes fesses de femmes, entre des jambes largement écartées, sur des hommes accroupis avec des membres énormes qui touchaient presque le sol.

Il y avait une image de femme torturée, empalée sur un gros bâton enfoncé dans son sexe et qui ressortait par sa bouche. Elena y sentait le symbole de l'ultime possession sexuelle et cela l'excitait. Et quand Pierre la prenait, elle avait l'impression que la joie de son ventre se communiquait jusqu'à sa bouche. Elle l'ouvrait et sa langue en sortait, comme sur l'image, comme si elle avait eu besoin d'un pénis dans sa bouche en même temps que dans son vagin.

Pendant des jours, Elena était comme folle, perdant presque la raison. Mais Pierre se rendit compte qu'il suffisait de la plus petite dispute, d'un seul mot blessant pour étouffer sa flamme.

Quand ils eurent épuisé la nouveauté des livres érotiques, ils explorèrent un nouveau royaume – celui de la jalousie, de la peur, du doute, de la colère, de la haine, des heurts, que connaissent tous ceux qui sont liés l'un à l'autre.

Pierre cherchait maintenant à aimer les autres Elena, celles qui restaient cachées, les plus subtiles. Il la regardait dormir, s'habiller, se coiffer devant la glace. Il recherchait le fil de son être profond qu'il désirait atteindre par une nouvelle forme d'amour. Il n'essayait même plus de l'espionner pour savoir si elle avait réellement joui, car Elena avait tout simplement décidé maintenant de jouer la comédie. Elle devenait une actrice de grand talent, réussissant à simuler tous les effets du plaisir : la contraction de la vulve, l'accélération de la respiration, du pouls, des battements du cœur, la soudaine langueur, le relâchement des muscles, la semi-conscience qui suit l'acte. Elle pouvait tout simuler – pour elle, aimer et être aimée devait se confondre avec la jouissance, si bien qu'elle réussissait à exprimer son plaisir, même si son corps n'avait aucune réaction – elle pouvait tout simuler, tout sauf la palpitation intérieure de l'orgasme. Mais elle savait qu'il était difficile de le sentir avec le pénis si elle feignait de venir en même temps que lui. Elle avait fini par trouver néfaste la lutte acharnée de Pierre pour qu'elle jouisse, pensant que cela risquait d'ébranler la confiance qu'il avait dans son amour. Elle préféra donc faire semblant.

Aussi Pierre s'essayait-il maintenant à une forme nouvelle de séduction. Dès qu'elle entrait, il faisait attention à ses gestes, à la façon dont elle enlevait son manteau et son chapeau, à sa manière de secouer ses cheveux, aux bagues qu'elle portait. Il pensait que l'observation de toutes ces petites choses le renseignerait sur son humeur. Et cette humeur devenait le champ de sa bataille. Tantôt elle se montrait enfant, docile, les cheveux défaits, la tête se courbant sous le poids de sa vie. Très peu maquillée, un air de petite fille, une robe aux couleurs vives. Alors, il la caressait doucement, avec tendresse, observant par exemple la perfection de ses orteils qu'elle remuait avec la même facilité que les doigts de la main; observant ses chevilles aux veines transparentes; observant la petite tache d'encre qu'elle avait sous le genou – comme un tatouage – là où, à quinze ans, elle avait voulu boucher avec de l'encre un trou dans son bas. La plume de son stylo s'était cassée pendant l'opération, entaillant légèrement la peau et laissant à jamais sa marque. Il remarquait un ongle cassé, si pathétique au milieu des autres, longs et fiers. Il se préoccupait de toutes ses petites misères. Il tenait tout contre lui la petite fille qu'il aurait voulu mieux connaître.

Il lui posait des questions :

« Alors, tu portais des bas noirs en coton?

– Nous étions très pauvres, et puis cela faisait partie de l'uniforme.

– Qu'est-ce que tu portais d'autre?

– Des blouses de marin avec des jupes bleu marine – que je détestais. J'aimais tant les fanfreluches!

– Et comme dessous? demanda-t-il avec une telle innocence qu'on aurait dit qu'il parlait d'imperméable par temps de pluie.

174

– Je ne me souviens pas très bien de ce que je portais – je sais que j'aimais les combinaisons avec des tas de dentelles. Mais je crois bien qu'on portait des sous-vêtements de laine. Et en été des slips blancs et des culottes bouffantes. Je détestais les culottes bouffantes. Je les trouvais trop fermées. A ce moment-là, je rêvais de dentelles et passais des heures devant les vitrines de dessous féminins, tout excitée, m'imaginant tout habillée de dentelles et de satin. Tu n'aurais rien trouvé d'excitant aux sous-vêtements des petites filles. »

Mais Pierre pensait le contraire; il trouvait que, malgré leur couleur blanche et leur mauvaise coupe, ces sous-vêtements auraient été à son goût, et il serait bien tombé amoureux de la petite Elena en bas noirs.

Il désirait savoir quand elle avait ressenti son premier émoi sensuel. En lisant, répondit Elena, et puis en faisant du traîneau avec un garçon qui s'était couché de tout son long sur elle, et enfin quand elle tombait amoureuse des hommes qu'elle voyait de loin, car, dès qu'ils s'approchaient d'elle, elle leur trouvait des défauts qui la faisaient reculer. Elle avait besoin d'inconnus, un homme à sa fenêtre, un homme aperçu au concert.

Dans ces moments-là, Elena laissait ses cheveux défaits comme une sauvageonne, faisait moins attention à sa toilette et s'asseyait comme une Chinoise préoccupée des menus soucis quotidiens et des petits chagrins.

Alors, Pierre allongé à ses côtés, lui prenait la main et lui parlait de sa vie, de ses souvenirs de petit garçon, pour répondre à la petite fille qu'elle lui avait offerte. Toutes les cellules de la maturité semblaient avoir soudain quitté leurs corps; ils se trouvaient mis à nu, débarrassés de cette super-structure d'adulte qui leur avait été imposée.

Enfant, Elena était déjà cette actrice qu'elle était en train de devenir aujourd'hui pour Pierre – une simulatrice qui vivait dans ses rêves et jouait ses rôles sans savoir ce qu'elle éprouvait réellement.

Pierre avait toujours été un révolté. Il avait été élevé au milieu des femmes; son père était mort en mer. La plus maternelle avec lui était sa nurse; sa mère n'avait jamais cherché autre chose que retrouver en lui l'homme qu'elle avait perdu. Elle n'avait pas la fibre maternelle. Elle était née maîtresse et elle traitait son fils comme un jeune amant. Elle le cajolait de façon anormale, le prenant avec elle le matin dans son lit d'où son amant sortait à peine. Il partageait son paresseux petit déjeuner apporté par une nurse qui était toujours choquée de voir le garçon dans ce lit du péché.

Pierre aimait toute cette volupté qui entourait sa mère : la dentelle qui laissait deviner sa chair et les contours de son corps; il aimait ses épaules tombantes, ses oreilles fragiles, ses grands yeux moqueurs, ses bras transparents comme de l'opaline. Elle voulait faire de chaque jour une fête. Elle éliminait tous ceux qu'elle ne trouvait pas drôles, tous ceux qui parlaient de maladies et de malheurs. Quand elle faisait des achats, c'était avec extravagance, comme si c'était Noël, prévoyant cadeaux et surpri-ses pour tout le monde; et pour elle-même, les cho-ses les plus inutiles, caprices qui s'accumulaient dans les tiroirs jusqu'à ce qu'elle s'en débarrasse un jour.

A dix ans, Pierre connaissait tous les secrets d'une coquette qui ne vivait que pour ses amants. Il regardait sa mère se préparer, se poudrer le visage et les aisselles et glisser la houppette dans son décolleté, entre les seins. Il la voyait à la sortie du bain, à peine cachée sous son kimono, les jambes nues, enfilant ses très longs bas. Elle aimait porter les jarretelles très haut de façon que ses bas montent presque jusqu'aux hanches. Tout en s'habillant, elle lui parlait de l'homme avec qui elle avait rendez-vous, exaltant les manières aristocratiques de l'un, le charme de l'autre, le naturel d'un troisième, le génie d'un quatrième – comme s'il fallait que Pierre devienne un jour tous ces hommes à la fois, rien que pour elle.

Quand Pierre eut vingt ans, elle découragea toutes ses amitiés féminines, et même ses visites au bordel. Qu'il recherchât des femmes qui lui ressemblaient ne l'impressionnait pas du tout. Au bordel, il demandait aux femmes de s'habiller devant lui tout doucement, avec soin; il en éprouvait un étrange plaisir indéfinissable – le même que celui qu'il connaissait, enfant, en regardant sa mère. Pour ce cérémonial, il exigeait de la coquetterie et des vêtements bien précis. Les putains se moquaient de lui en riant. Pendant ces séances, le désir s'emparait soudain de lui; il déchirait alors les vêtements et sa possession ressemblait à un viol.

Au-delà de ces jeux, il y avait toutes ses autres expériences, celles de la maturité, qu'il ne raconta pas à Elena ce jour-là. Il ne lui offrit que l'enfant, l'enfant innocent et pervers.

Il y avait des jours où certains fragments de son

passé, les plus érotiques, remontaient à la surface, imprégnant tous ses gestes; ses yeux avaient alors ce regard inquiétant qu'Elena avait remarqué lors de leur première rencontre, sa bouche devenait passive, abandonnée, et tout son visage avait l'expression d'un « homme d'expérience ». Elle s'imaginait alors Pierre avec une de ces putains, dans un de ces endroits minables, sales et pourrissants qui conviennent si bien à l'accomplissement de certains désirs. C'était l'image d'un Pierre noceur, *voyou* [1], vicieux, qui s'imposait à elle, un Pierre capable de boire pendant trois jours et trois nuits, s'abandonnant à chaque expérience comme si elle devait être la dernière, désirant comme un fou une femme monstrueuse qui l'excitait parce qu'elle ne s'était pas lavée, parce que tant d'autres hommes l'avaient possédée, parce qu'elle savait dire des obscénités. C'était une passion pour l'autodestruction, la bassesse, l'argot des rues, les femmes des rues, le danger. Il avait été pris en train de fumer de l'opium, et arrêté pour avoir vendu une femme.

C'était cette aptitude à l'anarchie et à la corruption qui lui donnait parfois cette expression d'un homme capable de tout, et qui entretenait la méfiance d'Elena à son égard. En même temps, il était tout à fait conscient de l'attraction qu'exerçaient sur Elena le démoniaque, le sordide, le désir de chute, la destruction et la profanation du moi idéal. Mais son amour pour elle l'empêchait de l'entraîner avec lui sur ces pentes glissantes.

Il craignait de l'initier à certains vices et de la

1. En français dans le texte. *(N.d.T.)*

178

perdre pour lui avoir donné l'idée d'une sensation qu'il ne pourrait pas satisfaire. Aussi, cette porte donnant sur l'élément corrompu de leur nature était-elle rarement entrouverte. Elle ne voulait pas savoir ce qu'avait fait le corps de Pierre, ce que son sexe, sa bouche avaient touché. Et lui avait peur de révéler à Elena toutes ses possibilités.

« Je sais, lui disait-il, que tu es capable de plusieurs amours; je ne serai que le premier; à partir de maintenant, rien ne t'empêchera d'étendre ton expérience. Tu es sensuelle, tellement sensuelle.

– On ne peut pas aimer à volonté, répondait-elle. Je ne veux pas d'érotisme sans amour. Et l'amour profond ne se rencontre pas si souvent. »

Il était jaloux de son avenir, et elle de son passé. Elle prit conscience qu'elle n'avait que vingt-cinq ans et lui quarante, qu'il avait déjà connu beaucoup de choses dont il s'était lassé qu'elle ne connaissait pas.

Quand les silences étaient trop longs et que Pierre n'avait plus son expression d'innocence mais au contraire un léger sourire désabusé, elle savait qu'il était plongé dans son passé. Allongée contre lui, elle regardait ses longs cils.

Au bout d'un moment, il se mit à parler :

« Jusqu'à ce que je te rencontre, Elena, j'étais un don Juan. Je n'avais jamais voulu vraiment connaître une femme. Je ne voulais pas rester trop longtemps avec la même. J'avais toujours l'impression que la femme utilisait ses charmes, non pas pour faire vivre une passion, mais pour obtenir de l'homme une relation durable – le mariage, ou au moins, la vie en commun – afin de s'assurer, en fait, une forme de paix, une possession. C'était ça qui m'effrayait – que derrière la *grande amoureuse* [1] se cachait la petite bourgeoise qui cherchait sa sécurité. Ce qui m'attire chez toi, c'est que tu es restée ma maîtresse. Tu continues à nourrir l'intensité de la passion. Quand tu ne te sens pas prête pour le grand amour, tu t'en vas. C'est aussi le plaisir que je peux te donner qui m'attache à toi. Tu le renies lorsque tout ton être n'est pas satisfait. Mais tu es capable de tout. Je le sens. Tu es ouverte à la vie. C'est moi qui t'ai ouverte. Pour la première fois, je regrette mon pouvoir. Comme je t'aime lorsque tu refuses de ne m'aimer qu'avec ton corps, lorsque tu cherches d'autres moyens pour atteindre le plus profond de l'être. Tu as tout fait pour briser ma résistance au plaisir. Au début, je ne pouvais pas supporter cette capacité que tu avais de te garder, j'avais l'impression de perdre mon pouvoir. »

Ce genre de conversation refaisait prendre conscience à Elena de l'instabilité de Pierre. Chaque fois qu'elle sonnait à sa porte, elle se demandait s'il n'était pas parti. Dans un vieux placard, il avait découvert une pile de livres érotiques cachés sous des couvertures par les précédents locataires. Et chaque jour il l'accueillait avec une nouvelle histoire pour la faire rire. Mais il remarquait que cela la rendait plutôt morose.

Il ne savait pas que lorsque l'amour et l'érotisme sont liés chez une femme, ils sont indissociables. Tous les fantasmes érotiques d'Elena se rattachaient à Pierre, à son corps. Si elle voyait sur les boulevards

---

1. En français dans le texte. *(N.d.T.)*

un film cochon qui l'excitait, elle le revivait avec Pierre le jour suivant. Elle commençait à lui murmurer à l'oreille certains de ses désirs.

Pierre était toujours surpris lorsque Elena cherchait seulement à lui donner du plaisir, sans penser à elle. Parfois, épuisé après leurs ébats, moins en forme, il désirait néanmoins retrouver encore une fois l'extase de la jouissance. Alors il commençait à la caresser pour l'exciter, avec une agilité dans les mains qui approchait de la masturbation. Pendant ce temps, les doigts d'Elena caressaient doucement son pénis, telle une délicate et experte araignée, frôlant les nerfs les plus sensibles et les plus secrets. Puis ils se refermaient lentement sur le sexe pour mieux l'exciter et sentir ensuite l'afflux de sang qui le gonflait; sentir battre les veines, la soudaine fermeté des muscles; sentir qu'elle en jouait comme d'un instrument à cordes. Elena pouvait deviner, à la raideur de ce membre, si Pierre était encore assez fort pour la pénétrer, ou s'il avait seulement besoin de ses doigts pour le masturber; quand le plaisir montait en lui, il ralentissait ses propres caresses et s'abandonnait totalement, les yeux fermés, aux doigts d'Elena. Il essayait, de temps en temps, dans une semi-conscience, de toucher Elena, mais il préférait bientôt ne plus bouger pour mieux sentir la divine précision de ces doigts si experts. « Maintenant, maintenant », murmurait-il lorsqu'il désirait que la main accélère son rythme afin de suivre celui de ses pulsions intérieures. Les doigts d'Elena obéissaient, adoptant la vitesse des battements de ses veines, tandis qu'il continuait à la prier : « Maintenant, maintenant. »

Ne pensant qu'au plaisir de Pierre, elle se penchait sur lui, les cheveux dans la figure, et approchait sa bouche de sa verge, tout en continuant à le caresser de ses mains; elle passait doucement sa langue sur le gland sans arrêter son mouvement – et ce jusqu'à ce que son corps se mette à trembler et se soulève pour mieux s'offrir à ses mains et à sa bouche, perdant tout contrôle, avant de donner sa semence qui coulait en vagues successives s'échouant sur la grève, de petites vagues d'écume salée qui roulaient sur la plage de ses mains. Elle prenait alors son pénis dans la bouche, pour lécher les dernières gouttes de cet élixir d'amour.

La jouissance de Pierre procurait une telle joie à Elena qu'elle était toujours étonnée lorsqu'il commençait à l'embrasser avec gratitude, en disant :

« Mais toi, tu n'as pas pris ton plaisir.

– Oh si! » répondait Elena sur un ton sans équivoque.

Elle s'émerveillait de la continuité de leur passion. Elle se demandait quand leur amour connaîtrait un répit.

Pierre était maintenant plus libre. Il était souvent absent lorsqu'elle l'appelait. Dans le même temps, elle voyait de son côté une ancienne amie, Kay, qui revenait de Suisse. Kay avait rencontré dans le train un homme qui aurait pu passer, selon ses descriptions, pour le frère cadet de Pierre. Kay s'était toujours identifiée à Elena, elle était tellement dominée par la forte personnalité d'Elena que sa seule satisfaction était de vivre une aventure qui ressemblât, au moins en surface, à celle d'Elena.

Cet homme était également chargé de mission. Quelle sorte de mission, il ne l'avait jamais dit, mais il s'en servait comme excuse, peut-être comme alibi, lorsqu'il passait des jours sans voir Kay. Elena soupçonnait Kay d'avoir prêté au double de Pierre plus d'envergure qu'il n'en avait réellement. Pour commencer, elle l'avait doté d'une virilité anormale, juste avec le défaut qu'il avait de s'endormir avant ou tout de suite après l'amour. En plein milieu d'une conversation, il était pris soudain d'un irrésistible désir de viol. Il détestait les sous-vêtements. Il lui apprit à ne rien porter sous sa robe. Son désir était toujours impératif – et imprévisible. Il lui était impossible de patienter. Avec lui, elle apprit les départs précipités du restaurant, les étreintes sauvages dans des taxis capitonnés, l'amour derrière les arbres du Bois, la masturbation au cinéma – jamais dans un lit bourgeois, dans la chaleur et le confort d'une chambre. Son désir était du genre bohème et nomade. Il aimait l'amour par terre, sur les tapis ou même sur les sols froids des salles de bain, l'amour dans les hammams surchauffés, dans les fumeries d'opium, où il ne fumait pas mais où il aimait s'étendre aux côtés de Kay sur une natte d'où ils se relevaient tout meurtris quand ils s'étaient endormis. Le seul travail de Kay était de savoir se maintenir en forme pour pouvoir se plier à tous ses caprices, et d'essayer, dans cette course folle, d'attraper un peu de plaisir pour elle-même, ce qui n'était pas facile.

Jamais le moindre loisir; il aimait les brusques orages tropicaux. Elle le suivait comme une somnambule, donnant à Elena l'impression qu'elle se heurtait à lui dans un rêve, comme contre un meuble. Parfois, quand l'étreinte avait été trop rapide, elle restait éveillée à ses côtés pendant qu'il dormait et se plaisait à imaginer un amant plus consciencieux. Les yeux fermés, elle rêvait : « Maintenant sa main soulève doucement ma robe, très doucement. D'abord il me regarde. Il a une main sur mes fesses, tandis que l'autre commence son exploration, en glissant, dans des mouvements circulaires. Puis, ses doigts s'arrêtent à l'endroit où c'est humide. Il pénètre lentement à l'intérieur et caresse la chair tendre avec la délicatesse d'une femme touchant un tissu de soie, pour en éprouver la qualité. Très doucement. »

Le double de Pierre se retournait sur le côté et Kay retenait sa respiration. S'il se réveillait, il trouverait ses mains à une place étrange. Et soudain, comme s'il avait deviné ses désirs, il posait sa main entre les cuisses de Kay, et la laissait là, pour qu'elle ne puisse plus bouger. Le contact de sa main l'excitait plus que jamais. Alors elle fermait à nouveau les yeux et essayait d'imaginer que cette main la caressait. Pour donner plus de réalité à cette image, elle commençait à contracter et relâcher les muscles de son vagin, d'un rythme régulier, jusqu'à ce qu'elle sente venir l'orgasme.

Pierre n'avait rien à craindre d'Elena qu'il connaissait et dont il avait si délicatement fait le tour. Mais il y avait une Elena qu'il ne connaissait pas, l'Elena virile. Elle avait beau ne pas avoir les cheveux courts, ne pas s'habiller comme un homme, ne pas monter à cheval, ne pas fumer le cigare et ne pas fréquenter les bars, Elena possédait en elle, par certains côtés de son esprit, une essence masculine qui sommeillait pour le moment.

Sauf en amour, Pierre était un homme perdu. Il ne savait pas planter un clou, suspendre un tableau, recoller un livre, parler de problèmes pratiques. Il vivait dans la terreur des femmes de ménage, des concierges, des plombiers. Il était incapable de prendre une décision, de signer un contrat; il ne savait pas ce qu'il voulait.

La superbe énergie d'Elena tendait à combler toutes ces lacunes. Elle avait toujours plus d'idées. C'est elle qui achetait les livres et les journaux, l'encourageait à agir, prenait des décisions. Pierre l'acceptait. Cela convenait à sa nonchalance. Et elle prit encore plus d'assurance.

Elle jouait un rôle protecteur. Dès que l'assaut amoureux avait pris fin, il se comportait en pacha et lui laissait le commandement. Il ne voyait pas qu'une nouvelle Elena était en train de naître, avec un profil nouveau, des habitudes nouvelles, une personnalité nouvelle. Elena avait découvert qu'elle attirait les femmes.

Kay l'avait invitée pour lui présenter Leila, une chanteuse de cabaret très connue, au sexe indéterminé. Elles se rendirent chez Leila. Celle-ci les reçut allongée dans son lit. Un lourd parfum de narcisse embaumait toute la pièce et Leila était adossée à la tête du lit dans une position langoureuse, comme droguée. Elena crut qu'elle se remettait à peine d'une nuit passée à boire, mais c'était, en réalité, son état le plus naturel. Et de ce corps voluptueux sortait une voix d'homme. Ses yeux violets fixaient Elena avec une assurance masculine.

La compagne de Leila, Mary, entra à ce moment-là dans la chambre, accompagnée par le bruissement de ses larges jupons de soie. Elle se jeta au pied du lit et prit la main de Leila dans les siennes. Elles se regardaient avec un tel désir qu'Elena baissa les yeux. Leila avait des traits accusés, ceux de Mary étaient plus doux; Leila adoptait un maquillage sombre autour des yeux, comme sur les fresques égyptiennes, Mary préférait les tons pastels – yeux clairs, paupières vert d'eau, lèvres et ongles couleur corail; les sourcils de Leila étaient naturels, Mary soulignait les siens d'un trait de crayon. Lorsqu'elles se regardaient, les traits de Leila semblaient s'adoucir et ceux de Mary prendre plus de fermeté. Mais la voix de Leila demeurait irréelle; ses phrases restaient en suspens, n'étaient jamais terminées. Mary se sentait mal à l'aise en présence d'Elena. Mais au lieu de manifester son hostilité ou ses craintes, elle se fit encore plus féminine, comme avec un homme, pour chercher à la séduire. Elle n'aimait pas la façon dont Leila regardait Elena. Elle était assise à côté d'Elena, les jambes repliées sous elle comme une petite fille, et la regardait en parlant avec une moue de la bouche qui invitait au baiser. Mais ces manières de petite fille étaient justement celles qu'Elena détestait chez les femmes. Elle se tourna vers Leila dont le comportement était simple et naturel.

Leila dit :

« Allons au studio. Je m'habille. »

Elle bondit hors du lit, abandonnant du même coup sa langueur. Elle était grande. Elle employait des mots d'argot, comme un garçon, mais avec une assurance royale. Personne d'autre n'aurait eu l'idée de lui parler le même langage. Au cabaret, elle n'était pas une simple entraîneuse, elle commandait. Elle était l'idole de toutes les femmes qui croyaient leurs vies condamnées à cause de leur vice. Leila les encourageait à être fières de leur déviation, à ne pas se soumettre à la moralité bourgeoise. Elle condamnait sévèrement les suicides et les dépressions. Elle voulait que les femmes soient fières d'être lesbiennes. Elle donnait l'exemple. Elle portait des vêtements d'homme, malgré les interdictions de la police. Et jamais elle n'était molestée. Elle le faisait avec grâce et nonchalance. Elle montait à cheval au Bois, habillée en homme. Elle était si élégante, si raffinée, si aristocratique, que les gens qui ne la connaissaient pas la saluaient presque instinctivement. Elle aidait les autres femmes à relever la tête. Elle était la seule femme masculine que les hommes traitaient en camarade. Et tout ce qu'il y avait de tragique derrière cette surface lisse, elle le faisait passer dans ses chansons qui troublaient la sérénité des cœurs et répandaient autour d'elle l'angoisse et la nostalgie.

Dans le taxi, assise à ses côtés, Elena ne sentit pas la force de Leila, mais sa blessure secrète. Elle se risqua à un geste de tendresse. Elle prit cette main de reine et la garda. Leila ne resta pas inerte, mais répondit à cette pression nerveusement. Cela suffit à Elena pour comprendre ce qu'il manquait au pouvoir de Leila : l'accomplissement. Il était évident que la voix pleurnicharde de Mary et ses petites ruses maladroites ne pouvaient pas combler Leila. Les femmes n'étaient pas aussi tolérantes que les hommes à l'égard des femmes qui affectaient la faiblesse et la fragilité pour gagner leur amour. Leila devait souffrir plus qu'un homme du fait qu'elle n'était jamais dupe.

Quand elles arrivèrent au studio, Elena sentit une curieuse odeur de cacao brûlé, de truffe fraîche. Elles pénétrèrent dans ce qui ressemblait à une mosquée arabe enfumée. C'était une pièce immense entourée d'arcades, et meublée uniquement de matelas plats et de petites lampes. Tout le monde était en kimono. On en tendit un à Elena. C'est alors qu'elle comprit. C'était une fumerie d'opium : ces lumières tamisées; ces gens allongés, indifférents aux nouveaux venus; une immense paix; pas de conversation, mais un soupir de temps à autre. Certains, que l'opium excitait, allaient s'allonger dans les coins les plus sombres, enlacés, comme s'ils dormaient. Mais dans ce silence, s'élevait soudain une voix de femme qui semblait d'abord chanter, puis s'exercer à une autre forme de vocalises, celles d'un oiseau exotique attrapé à l'époque des amours. Deux hommes jeunes chuchotaient dans les bras l'un de l'autre.

Elena entendait de temps en temps la chute d'un oreiller par terre, le froissement de la soie et du coton. Les vocalises de la femme se firent plus claires, plus nettes, en s'harmonisant avec l'intensité de son plaisir, avec un rythme si régulier qu'Elena battait la mesure d'un mouvement de la tête, jusqu'au paroxysme. Elle remarqua que ce chant cadencé irritait Leila, qui ne voulait pas l'entendre. C'était tellement explicite, tellement femelle; cela trahissait la pénétration par le mâle; chaque pous-

188

sée faisait échapper un petit cri de cette blessure symbolique. Dans tout ce que faisaient les femmes entre elles, jamais elles ne pourraient faire entendre cette chanson vaginale ni ces cris cadencés qui montent à l'infini; seul l'assaut répété de l'homme, comme autant de coups de poignard, pouvait faire naître cette extase.

Les trois femmes se laissèrent tomber sur des petits matelas, l'une à côté de l'autre. Mary voulait s'allonger près de Leila. Mais celle-ci la repoussa. Leur hôte leur offrit des pipes d'opium. Elena refusa. Elle était déjà suffisamment droguée par les lumières tamisées, l'atmosphère enfumée, les tentures exotiques, les odeurs, les sons étouffés des caresses. Son visage était tellement transporté que Leila elle-même pensa qu'elle était sous l'effet d'une autre drogue. Elle ne se rendait pas compte que le geste d'Elena dans le taxi, cette main qu'elle avait tenue dans la sienne, avait éveillé en elle des sensations qu'elle n'avait jamais connues avec Pierre.

Au lieu d'atteindre directement son ventre, la voix et le contact de Leila avaient enveloppé Elena dans un voluptueux manteau de sensations nouvelles; dans quelque chose de flottant, qui n'attendait pas une conclusion, mais une prolongation. Ces sensations correspondaient à cette pièce dont l'effet mystérieux venait des lampes étranges, des odeurs riches, des recoins sombres, des silhouettes à peine visibles, des plaisirs inconnus. Un rêve. L'opium n'aurait pas pu aiguiser davantage ses sens, n'aurait pas pu lui procurer un plaisir aussi grand.

Ses mains cherchaient celles de Leila. Mary fumait déjà, les yeux fermés. Leila était allongée sur le dos et regardait Elena. Elle lui prit bientôt la main, la garda un instant dans la sienne, puis la fit glisser sous son kimono. Elle la laissa un moment sur ses seins. Elena commença à la caresser. Leila avait ouvert la veste de son tailleur; elle ne portait pas de chemise. Mais le reste de son corps était serré dans une jupe très étroite. Alors Elena sentit les mains de Leila se glisser sous sa robe, cherchant à toucher sa chair entre le haut des bas et le slip. Elena se tourna lentement sur la gauche, pour poser sa tête sur la poitrine de Leila et l'embrasser.

Elle craignait que Mary n'ouvre les yeux et se fâche. De temps à autre, elle l'observait. Leila souriait. Alors elle se tourna vers Elena en murmurant :

« Nous pourrons nous rencontrer ailleurs, à un autre moment; tu veux bien? Peux-tu venir chez moi demain? Mary n'y sera pas. »

Elena lui sourit, acquiesça de la tête, vola encore un baiser et s'allongea. Mais Leila ne retira pas sa main. Tout en surveillant Mary, elle continuait à caresser Elena. Celle-ci se sentait fondre sous ses doigts.

Elena avait l'impression qu'elles n'étaient là que depuis très peu de temps, mais elle remarqua que le froid tombait dans la pièce et que le jour se levait. Elle se dressa d'un bond, toute surprise. Les autres semblaient s'être endormis. Même Leila était sur le dos et dormait. Elena enfila son manteau et partit. L'air du petit matin la ravigota.

Elle avait envie de parler à quelqu'un. Elle s'aperçut qu'elle était tout près de chez Miguel. Celui-ci était au lit avec Donald. Elle le réveilla et s'assit au pied du lit. Elle se mit à parler. Miguel arrivait à peine à la comprendre. Il pensait qu'elle avait bu.

« Pourquoi l'amour que j'ai pour Pierre n'est-il pas assez fort pour m'éloigner de ces tentations? répétait-elle sans arrêt. Pourquoi m'ouvre-t-il à d'autres amours? Et pourquoi une femme? Pourquoi? »

Miguel sourit.

« Pourquoi es-tu si affolée par cette petite incartade? Ce n'est rien. Ça passera. L'amour de Pierre a éveillé ta vraie nature. Tu as trop d'amour en toi; tu auras plusieurs amours.

— Mais je ne veux pas. Je veux être entière.

— Ce n'est pas une bien grande infidélité, Elena. Dans une autre femme, c'est toi-même que tu recherches. »

De chez Miguel, elle rentra chez elle, prit un bain et se rendit chez Pierre. Pierre était d'humeur tendre. Si tendre qu'il calma ses doutes et son angoisse secrète, et elle s'endormit dans ses bras.

Leila attendit Elena en vain. Pendant deux ou trois jours, Elena s'interdit de penser à elle, recherchant en Pierre de plus grandes preuves d'amour, désirant sa chaleur, sa protection pour l'empêcher de vagabonder ailleurs.

Il remarqua très vite sa détresse. Et, instinctivement, il la retenait chaque fois qu'elle voulait le quitter plus tôt. Mais un jour, avec Kay, elle rencontra un sculpteur, Jean. Jean avait un visage très doux, presque féminin, attirant. Mais c'était un coureur de jupons. Elena restait sur la défensive. Il lui demanda son adresse. Lorsqu'il vint la voir, elle parla beaucoup pour empêcher toute intimité.

Il dit :

« J'aimerais quelque chose de plus chaleureux, de plus beau. »

Ces mots lui firent peur. Elle devint encore plus impersonnelle. Tous deux étaient mal à l'aise. Elle pensa : « Tout est gâché, maintenant. Il ne reviendra pas. » Et elle le regrettait. Elle ressentait pour lui une attirance indéfinissable.

Il lui écrivit une lettre : « Après vous avoir quittée, je me suis senti renaître, comme lavé de tous les faux-semblants. Comment avez-vous pu donner naissance à ce nouveau moi, sans l'avoir cherché? Je vais vous raconter ce qui m'est arrivé un jour. Je me trouvais dans une rue de Londres, un soir, et regardais la lune. Je la regardai avec une telle insistance qu'elle m'hypnotisa. Je ne me rappelle plus comment je suis rentré chez moi, plusieurs heures après. J'ai toujours eu l'impression que pendant toutes ces heures, la lune avait pris mon âme. C'est ce que vous avez fait, quand je suis venu vous voir. »

En lisant ces mots, Elena prit une conscience plus nette du charme de Jean, de sa voix mélodieuse. Il lui envoya d'autres lettres, auxquelles il joignait des morceaux de cristal, ou un scarabée égyptien. Elle n'y répondait pas.

Elle se sentait attirée par lui, mais la nuit qu'elle avait passée avec Leila lui avait laissé un étrange sentiment d'angoisse. Lorsqu'elle était allée chez Pierre ce jour-là, elle avait eu l'impression de revenir d'un long voyage qui l'avait éloignée de lui. Il ait reconstruire les liens. C'était cette séparation

192

qu'elle craignait, cette distance que cela créait entre elle-même et l'amour profond qu'elle avait pour Pierre.

Un jour, Jean l'attendait devant chez elle et il l'arrêta au moment où elle sortait, toute tremblante et pâle de désir, après une nuit sans sommeil. Elle remarqua qu'il avait le pouvoir de la calmer, et cela l'irrita.

Par pure coïncidence, ils étaient tous deux habillés de blanc, ce qu'il fit remarquer. Le soleil les inondait. Jean avait une douceur dans le visage, et des yeux brillants qui l'envoûtaient. Un rire d'enfant, plein de candeur. Elle sentait Pierre, au fond d'elle-même, qui s'agrippait, essayant de la retenir. Elle ferma les yeux pour ne pas rencontrer ceux de Jean. Peut-être, pensa-t-elle, n'était-ce que de la contagion; il lui communiquait sa fièvre intérieure.

Ils s'assirent à la table d'un petit café. La serveuse renversa du vermouth. Très gêné, Jean lui demanda de bien vouloir l'essuyer, comme si Elena était une princesse.

Elena parla la première :

« Je me sens un peu dans le cas de la lune qui s'est emparée un moment de votre âme pour vous la rendre ensuite. Il ne faut pas m'aimer. On ne doit pas aimer la lune. Si vous vous rapprochez trop de moi, je vous ferai mal. »

Mais elle lut dans ses yeux qu'elle l'avait déjà blessé. Obstiné, il l'accompagna presque jusqu'à la porte de Pierre.

Elle trouva Pierre décomposé. Il les avait vus dans la rue et les avait suivis à leur sortie du petit café. Il avait surveillé tous leurs gestes et expressions. Il fit remarquer :

« Il y avait dans vos attitudes beaucoup de complicité. »

Il ressemblait à une bête sauvage, les cheveux sur le visage, les yeux hagards. Pendant une heure, il resta sombre, rongé par le doute et la colère. Elle demandait pardon, avec beaucoup d'amour, serrant la tête de Pierre contre sa poitrine pour le calmer. Il finit par s'endormir d'épuisement. Elle se glissa alors hors du lit et se mit à la fenêtre. Le charme du sculpteur s'était évanoui. Car tout était balayé par la terrible jalousie de Pierre. Elle pensait au corps de Pierre, à son odeur, à leur amour; en même temps, elle entendait le rire juvénile de Jean, confiant, sensible; elle repensait aussi au charme de Leila.

Elle avait peur. Elle avait peur parce qu'elle n'était plus attachée de façon sûre à Pierre mais à une femme inconnue, provocante, ouverte, généreuse.

Pierre se réveilla. Il lui tendit les bras en disant :

« C'est fini maintenant. »

Elle se mit à pleurer. Elle avait envie de le prier de la garder prisonnière, pour éviter d'être prise aux filets d'une nouvelle séduction. Ils s'embrassèrent avec passion. Il répondait à son désir en l'étreignant si fort qu'elle sentait ses os craquer. Elle lui dit en riant : « Tu m'étouffes. » Elle avait un sentiment d'abandon, né d'un désir maternel de protection; lui, au contraire, avait l'impression qu'il pourrait enfin la posséder une fois pour toutes. Sa jalousie l'avait rendu furieux. Le sperme monta en lui avec une telle vigueur qu'il ne put pas attendre Elena. Elle-même ne désirait pas jouir. Elle était comme une mère qui reçoit un enfant dans son ventre; elle l'attirait à elle pour l'apaiser, le protéger. Elle n'avait pas besoin d'orgasme, elle avait besoin de s'ouvrir, de recevoir, d'envelopper.

Les jours où elle trouvait Pierre faible, passif, indécis, avachi, incapable de faire même l'effort de s'habiller, de sortir dans la rue, alors elle se sentait elle-même active, décidée. Elle éprouvait un sentiment étrange lorsqu'ils s'endormaient ensemble. Endormi, Pierre lui paraissait vulnérable. Et, elle, elle sentait sa propre force décuplée. Elle avait envie d'entrer en lui, comme un homme, pour en prendre possession. Elle voulait le pénétrer, avec la violence d'un coup de couteau. Dans un demi-sommeil, elle s'identifiait à sa virilité, imaginant inverser les rôles et le prendre, comme il la prenait.

Mais, à d'autres moments, elle se renversait en arrière, redevenant elle-même – mer, sable et chaleur humide; alors, aucune étreinte ne semblait assez violente, assez brutale, assez bestiale.

Mais si, après les scènes de jalousie de Pierre, leur étreinte se faisait plus violente, l'atmosphère n'en était pas moins tendue; leurs sentiments étaient troublés; mêlés d'hostilité, de confusion, de souffrance. Elena ne savait pas si leur amour avait pris encore plus fortement racine ou si, au contraire, il avait absorbé un poison qui hâterait sa fin.

Y avait-il, dans cette situation, une joie secrète qu'elle ne savait pas voir, tout comme elle ne comprenait pas le goût morbide, masochiste, de certains pour la défaite, la misère, la pauvreté, l'humiliation, l'esclavage, l'échec? Pierre lui avait dit une fois : « Ce dont je me souviens le mieux, ce sont des grandes douleurs de ma vie. J'ai oublié les bons moments. »

Un jour, Kay réapparut, une Kay transformée, resplendissante. L'impression qu'elle donnait de vivre plusieurs amours à la fois était enfin une réalité. Elle était venue dire à Elena qu'elle partageait sa vie entre un amant pressé et une femme. Elles bavardèrent longtemps, assises sur le lit d'Elena, tout en fumant.

Kay lui dit :

« Tu connais la femme. C'est Leila. »

Elena ne pouvait s'empêcher de penser qu'une fois de plus, Leila s'était éprise d'une femme faible. Ne tomberait-elle jamais sur son égale? Quelqu'un d'aussi fort qu'elle? Elle se sentit jalouse et blessée. Elle désirait être à la place de Kay, être aimée de Leila.

Elle demanda :

« Comment est-ce, d'être aimée par Leila?

– C'est merveilleux. Quelque chose d'incroyable. D'abord, elle sait toujours ce que l'autre désire – connaît mon humeur, sait ce que je veux. Elle ne se trompe jamais. Quand nous sommes ensemble, elle me regarde, et elle sait. Et pour faire l'amour, elle prend tout son temps. D'abord, elle m'enferme dans un endroit merveilleux – d'après elle, il est essentiel que l'endroit soit merveilleux. Un jour, nous avons été obligées d'aller dans un hôtel car Mary se trouvait chez elle. La lumière était trop forte. Elle recouvrit la lampe avec un de ses dessous. Elle commence par aimer mes seins. Nous restons parfois des heures, simplement à nous embrasser. Elle attend que nous soyons ivres de baisers. Alors nous enlevons nos vêtements et nous nous allongeons, collées l'une à l'autre, et roulons ensemble sur le lit, sans cesser de nous embrasser. Elle s'assoit ensuite sur moi, à califourchon, et frotte son sexe contre le mien, en remuant. Elle ne me laisse pas jouir tout de suite. Elle attend que cela soit intenable. Elena, un amour si long, toujours prolongé! On en sort encore assoiffée, on en veut encore davantage. »

Après une pause, elle ajouta :

« Nous avons parlé de toi. Elle désirait en savoir plus sur ta vie amoureuse. Je lui ai dit que tu étais obsédée par Pierre.

– Qu'a-t-elle répondu?

– Elle a dit qu'elle avait toujours vu en Pierre un homme à femmes – des femmes comme Bijou, la prostituée.

– Pierre a aimé Bijou?

– Oh! quelques jours. »

L'image de Pierre faisant l'amour à la célèbre Bijou effaça tout d'un coup celle de Leila faisant l'amour à Kay. C'était le jour des jalousies. L'amour allait-il devenir une longue chaîne de jalousies?

Chaque jour, Kay ajoutait de nouveaux détails. Elena ne pouvait pas refuser de les entendre. A travers eux, elle détestait la féminité de Kay, et adorait la virilité de Leila. Elle devinait la lutte que menait Leila pour être comblée, ainsi que sa défaite. Elle imaginait Leila enfilant sa chemise d'homme en soie avec ses boutons de manchettes en argent. Elle voulait demander à Kay à quoi ressemblaient les dessous de Leila. Elle désirait la voir s'habiller.

Elena avait l'impression que, de même que les homosexuels mâles passifs devenaient des caricatures de la femme pour l'homosexuel actif, de même les femmes qui se soumettaient à l'amour dominant d'une autre femme finissaient par incarner les qualités les plus insignifiantes de la femme. Kay en était le parfait exemple, exagérant ses caprices – ne s'aimant qu'au travers de Leila; torturant Leila, comme elle n'aurait jamais osé torturer un homme. Consciente de l'indulgence de la femme en Leila.

Elena était sûre que Leila souffrait de la médiocrité des femmes auxquelles elle faisait l'amour. Jamais leurs rapports, toujours teintés d'infantilisme, ne pouvaient atteindre une réelle grandeur. Kay aimait arriver en suçant des sucres d'orge comme une écolière. Elle boudait. Au restaurant, elle hésitait avant de commander, puis changeait d'avis, pour jouer les « cabotines », la femme aux irrésistibles caprices. Aussi, Elena commença à l'éviter. Elle prenait conscience de la tragédie cachée derrière les amours de Leila. Leila avait dépassé l'homme et la femme, créant un sexe nouveau. Elena pensait à elle comme à une figure mythique, agrandie, magnifiée. Leila la hantait.

Guidée par une obscure intuition, Elena décida d'aller un jour dans un salon de thé anglais, situé au premier étage d'une librairie de la rue de Rivoli, où lesbiennes et homosexuels avaient coutume de se retrouver. Ils étaient attablés, par petits groupes.

Hommes mûrs en quête de jeunes garçons; lesbiennes rancies à l'affût de jeunes femmes. Lumières tamisées, thé parfumé, cake décadent à point.

En entrant, Elena aperçut Miguel et Donald à une table et se joignit à eux. Donald jouait son rôle de putain. Il aimait montrer à Miguel comme il lui était facile de séduire les hommes et de se faire payer ses faveurs. Il était très excité car il avait attiré l'attention d'un Anglais grisonnant très distingué, célèbre pour la générosité avec laquelle il payait son plaisir. Donald étalait ses charmes devant lui, avec des regards obliques de femme derrière un voile. Miguel était furieux. Il lui dit :

« Si seulement tu savais ce que cet homme exige de ses amants, tu cesserais ton numéro.

– Quoi? demanda Donald avec une curiosité morbide.

– Tu veux vraiment le savoir?

– Oui. Je veux savoir.

– Il les fait allonger sur le dos, puis s'accroupit à la hauteur de leur visage qu'il couvre avec – tu devines avec quoi.»

Donal fit une grimace en regardant l'homme aux cheveux gris. Il pouvait à peine le croire – cet homme, avec une allure si aristocratique, des traits si fins. Lui qui tenait son fume-cigarette avec une telle délicatesse; et cette expression si romantique, si rêveuse dans les yeux! Comment un tel homme pouvait-il en arriver là? Cela mit fin au manège de Donald.

Puis arriva Leila; elle aperçut Elena et vint s'asseoir à leur table. Elle aimait les costumes de paon de Donald – savant mélange de couleurs vives, de plumes rares; et cela sans les cheveux teints, les cils maquillés, les ongles peints d'une femme. Elle riait avec Donald, admirait la grâce de Miguel, puis elle se tourna vers Elena, plongeant son regard sombre dans ses yeux verts.

« Comment va Pierre? Pourquoi ne l'amènes-tu pas au studio un de ces jours? J'y passe tous les soirs avant de chanter. Vous n'êtes jamais venus m'entendre chanter. Je suis au cabaret tous les soirs vers onze heures. »

Au bout d'un moment, elle proposa :

« Puis-je te conduire quelque part? »

Elles partirent ensemble et s'installèrent à l'arrière de la limousine noire de Leila. Leila se pencha sur Elena et couvrit sa bouche de ses lèvres charnues en un interminable baiser qui fit presque perdre conscience à Elena. Leurs chapeaux étaient tombés lorsqu'elles avaient renversé leur tête en arrière sur le dossier. Leila se jeta sur Elena. Celle-ci fit glisser ses lèvres le long de la gorge de Leila, jusque dans le décolleté de sa robe noire. Elle n'avait qu'à repousser un peu la soie pour sentir la naissance des seins.

« Vas-tu, une fois encore, m'éviter? » demanda Leila.

Elena pressa ses doigts sur les hanches de Leila, serrées dans la soie de sa robe, et sentit, en les caressant, la rondeur de leurs formes, et la fermeté des cuisses. L'excitante douceur de la peau se confondait avec la soie de la robe. Elle sentit sous ses doigts la petite bosse d'une jarretelle. Elle avait envie d'écarter les genoux de Leila, tout de suite. La voiture changea de direction.

« C'est un enlèvement » dit Leila en riant très fort.

Sans chapeau, cheveux au vent, elles entrèrent dans l'appartement sombre, où l'on avait fermé les volets contre la chaleur de l'été. Leila conduisit Elena par la main jusqu'à sa chambre et elles tombèrent toutes deux sur le lit douillet. Encore de la soie, soie sous les doigts, soie entre les cuisses, épaules soyeuses, cou, cheveux soyeux. Lèvres de soie tremblant sous les doigts. Même sensation que l'autre soir, à la fumerie d'opium; les caresses s'éternisaient pour retenir précieusement le plaisir. Chaque fois qu'elles approchaient de l'orgasme, l'une ou l'autre, sensible à l'accélération du rythme, reprenait les baisers – dans un bain d'amour, comme on peut en avoir dans un rêve sans fin, où le miel coulait avec un petit bruit de pluie sous les lèvres. Le doigt de Leila était ferme, assuré, comme un pénis; sa langue se glissait partout, connaissant les moindres recoins où vibrent les nerfs.

Au lieu d'avoir un seul sexe, le corps d'Elena semblait avoir un million d'orifices sensuels, d'une égale sensibilité, comme si chaque cellule de sa peau avait été gratifiée de la sensibilité d'une bouche. La chair même de son bras s'ouvrait soudain et se contractait sous les doigts et les lèvres de Leila. Elle gémit, alors Leila mordit sa peau, pour qu'elle gémisse plus fort. La langue de Leila, entre ses cuisses, était comme un coup de poignard, aiguisée et adroite. Quand éclata l'orgasme, ce fut avec une telle violence que leurs corps tremblèrent de la tête aux pieds.

Elena rêva à Pierre et à Bijou. La voluptueuse Bijou, la putain, l'animal, la lionne; déesse splendide de l'abondance, dont la chair n'était qu'un lit de sensualité – chaque pore de sa peau, chaque courbe de son corps. Dans son rêve, les mains de Bijou étaient avides, sa chair palpitait, lourdement, grossièrement, comme en effervescence, saturée d'excitation, humide, pleine de replis voluptueux. Bijou était toujours couchée, inerte, ne s'éveillant que de courts instants pour l'amour. Les ondes fluides du désir s'infiltraient le long des ombres argentées de ses jambes, autour de ses hanches arrondies comme un violon, montant et descendant avec un bruit de soie humide autour de ses seins.

Elena l'imaginait partout, dans sa jupe très étroite de péripatéticienne, toujours en chasse et en attente. Pierre avait aimé sa démarche obscène, son regard naïf, son air morose, légèrement ivre, sa voix virginale. Pendant plusieurs nuits, il avait aimé ce sexe ambulant, ce ventre ouvert à tous.

Peut-être l'aimait-il de nouveau, en ce moment?

Pierre montra à Elena une photographie de sa mère, cette mère si voluptueuse. La ressemblance avec Bijou était frappante, à l'exception des yeux. Ceux de Bijou étaient auréolés de mauve. Ceux de la mère de Pierre avaient l'air plus sains. Mais le corps...

Alors Elena pensa : « Je suis perdue. » Elle ne croyait plus que Pierre puisse aujourd'hui éprouver de la répulsion pour Bijou. Elle se mit à fréquenter les cafés où Pierre et Bijou s'étaient souvent rencontrés, dans l'espoir d'une découverte qui dissiperait ses doutes. Elle ne découvrit rien, si ce n'est que Bijou aimait les hommes très jeunes, au visage frais, aux lèvres fraîches, au sang frais. Cela l'apaisa un peu.

Tandis qu'Elena cherchait à rencontrer Bijou et à démasquer l'ennemi, Leila usait de ruses pour revoir Elena.

Et les trois femmes se retrouvèrent ainsi dans le même café, un jour de pluie battante : Leila, fringante et parfumée, la tête haute, dans un élégant costume noir recouvert d'une étole en renard argenté ondulant sur ses épaules; Elena, en robe de velours lie-de-vin; et Bijou, dans sa tenue de prostituée dont elle ne pouvait se défaire, robe noire moulante et talons hauts. Leila fit un sourire à Bijou puis reconnut Elena. Tremblantes, toutes trois commandèrent un apéritif. Ce que n'avait pas prévu Elena, c'était qu'elle succomberait au charme voluptueux de Bijou. A sa droite était assise Leila, brillante, agressive, et à sa gauche Bijou, tel un lit de sensualité dans lequel elle avait envie de tomber.

Leila l'observait, blessée. Puis elle décida de faire la cour à Bijou, ce qu'elle pouvait faire tellement mieux qu'Elena. Bijou n'avait jamais rencontré de femmes comme Leila : elle ne connaissait que ses « collègues » qui, quand les hommes n'étaient pas là, se livraient entre elles à des orgies de baisers pour compenser la brutalité des hommes – s'enivrant de baisers jusqu'à l'oubli, c'était tout.

Elle était sensible aux flatteries subtiles de Leila, mais elle était, en même temps, ensorcelée par Elena. Elena était quelque chose de tout nouveau pour elle. Elle représentait, pour les hommes, le type de femme qui se situe à l'opposé de la putain, la femme qui poétise et dramatise l'amour, le lie à l'émotion, la femme qui semble faite d'une substance différente, comme un personnage de légende. Oui, Bijou connaissait assez bien les hommes pour savoir que c'était le genre de femme qu'ils aimaient initier à l'amour, qu'ils aimaient voir devenir esclaves de leur sensualité. Plus la femme était légendaire, plus ils avaient envie de la profaner, de l'éveiller à l'érotisme. Tout au fond, derrière ce voile de rêve, elle était une courtisane qui vivait aussi pour le plaisir de l'homme.

Bijou, qui était la putain des putains, aurait aimé prendre la place d'Elena. Les prostituées envient toujours les femmes qui possèdent cette faculté d'éveiller le désir et l'illusion tout autant que la passion sexuelle. Bijou, qui n'était qu'un sexe ambulant, aurait aimé ressembler à Elena. Et Elena pensait aux nombreuses fois où elle aurait aimé être Bijou, quand les hommes étaient las de faire la cour et avaient envie d'un amour bestial et direct. Elena rêvait d'être violée tous les jours, sans égard pour ses sentiments; et Bijou rêvait d'être idéalisée. Seule Leila se sentait satisfaite d'être libérée de la tyrannie masculine, d'être libérée de l'homme. Mais elle ne se rendait pas compte qu'imiter l'homme n'était pas s'en libérer.

Elle fit une cour habile, flatteuse à la reine des putains. Comme aucune des trois ne cédait sa place, elles sortirent ensemble. Leila invita Elena et Bijou à venir chez elle.

En arrivant, l'air était parfumé par l'encens qu'on brûlait. La seule lumière venait des globes de verre illuminés, remplis d'eau et de poissons irisés, de coraux et d'hippocampes de verre. Cela donnait à la pièce un aspect sous-marin et l'apparence d'un rêve – un endroit où trois femmes d'une beauté très différente dégageaient une telle aura de sensualité qu'un homme ne s'en serait jamais remis.

Bijou avait peur de bouger. Tout semblait si fragile autour d'elle. Elle était assise en tailleur, comme une Mauresque, et fumait. Elena semblait illuminer la pièce comme les globes de verre. Ses yeux étaient brillants et fiévreux dans la demi-obscurité. Leila dégageait un charme mystérieux pour les deux jeunes femmes, le charme de l'inconnu.

Toutes les trois étaient assises sur un divan très bas, dans une mer de coussins. La première à faire un geste fut Leila qui glissa sa main couverte de bijoux sous la jupe de Bijou et eut un petit cri d'étonnement en sentant la peau de Bijou là où elle s'attendait à trouver des dessous soyeux. Bijou s'allongea et chercha la bouche d'Elena, attirée par sa fragilité; pour la première fois elle avait une idée de ce qu'un homme peut ressentir lorsqu'une femme ploie sous la force d'un baiser, renversée en arrière, les cheveux défaits. Les mains de Bijou entouraient avec délice le cou frêle d'Elena. Elle tenait sa tête comme une coupe entre ses mains, afin de boire dans sa bouche de longues gorgées de nectar.

Leila fut un instant jalouse. Chaque caresse qu'elle faisait à Bijou, Bijou la transmettait à Elena – exactement la même caresse. Quand Leila embrassait la bouche sensuelle de Bijou, Bijou s'emparait ensuite des lèvres d'Elena. Quand la main de Leila s'aventurait plus loin sous la jupe de

Bijou, Bijou glissait la sienne sous la jupe d'Elena. Elena ne bougeait pas, gagnée par une agréable langueur. Alors Leila se mit à genoux et caressa Bijou de ses deux mains. Lorsqu'elle releva complètement la robe de Bijou, celle-ci s'allongea sur le dos et ferma les yeux pour mieux sentir le contact et la chaleur de ces mains assurées. Elena, voyant Bijou totalement offerte, osa enfin toucher son corps voluptueux, en suivre chaque contour et chaque courbe – un lit de chair douce, ferme, sans os, sentant le santal et le musc. Les seins d'Elena se durcirent quand elle promena ses mains sur ceux de Bijou. Et quand elle caressa les fesses de Bijou, sa main rencontra celle de Leila.

Alors Leila commença à se déshabiller, et n'eut bientôt sur elle qu'un petit corset de satin noir très souple qui retenait ses bas grâce à de minuscules jarretelles noires. Ses cuisses, minces et blanches, resplendissaient; son sexe restait dans l'ombre. Elena défit les jarretelles pour voir ces jambes lisses apparaître sous les bas. Bijou enleva sa robe par la tête, se penchant en avant pour l'ôter complètement, exposant, dans cette position, la rondeur de ses fesses, les petites fossettes qu'elle avait au bas de son dos cambré. Alors Elena enleva sa robe à son tour. Elle portait des dessous en dentelle noire, fendus devant et derrière, révélant les replis obscurs des mystères de son sexe.

Par terre, une très grande fourrure blanche. Toutes les trois s'y laissèrent tomber ensemble, frottant leurs corps l'un contre l'autre pour se retrouver seins contre seins, ventre contre ventre. Elles avaient cessé d'être trois corps. Elles devenaient bouches, doigts, langues et sens. Leurs bouches cherchaient une autre bouche, un sein, un clitoris. Corps enchevêtrés, bougeant très lentement. Elles embrassaient jusqu'à ce que le baiser devienne une torture, que le corps s'agite. Leurs mains trouvaient toujours la chair qui cédait sous leurs doigts, un orifice. La fourrure sur laquelle elles étaient allongées dégageait une odeur animale, qui se mélangeait à celle de leurs sexes.

Elena cherchait le corps plus plein de Bijou. Leila était plus agressive. Elle embrassait entre les cuisses Bijou étendue sur le dos, une jambe rejetée sur son épaule. De temps en temps, Bijou donnait des secousses en arrière, pour se soustraire aux baisers et aux vives morsures de Leila, à cette langue qui était aussi dure que le sexe d'un homme.

Quand Bijou remuait ainsi, ses fesses se retrouvaient contre le visage d'Elena. Celle-ci, qui avait aimé en caresser les formes, glissait maintenant un doigt dans le minuscule orifice. De là, elle pouvait sentir toutes les contractions de Bijou sous les baisers de Leila, comme si elle avait touché le mur contre lequel Leila remuait sa langue. Bijou, qui voulait repousser cette langue qui la cherchait, glissait sur un doigt qui lui procurait du plaisir. Plaisir qu'elle exprimait par des tremblements mélodieux dans la voix; de temps en temps, comme un sauvage outragé, elle montrait les dents et essayait de mordre son provocateur.

Au moment où Bijou allait jouir, ne pouvant plus se retenir, Leila cessa de l'embrasser, la laissant au bord d'une sensation insupportable, à demi folle. Elena s'était arrêtée en même temps.

Ayant maintenant perdu tout contrôle, avec une folie furieuse, Bijou se jeta sur le corps d'Elena, écarta ses jambes et se plaça entre elles, collant son sexe contre celui d'Elena, remuant, remuant avec désespoir. Comme un homme, elle donnait des poussées en avant, pour sentir leurs sexes se toucher, se souder. Puis, sentant monter en elle l'orgasme, elle s'arrêta soudain, pour prolonger le plaisir, se renversant en arrière pour offrir sa bouche aux seins de Leila, dont les bouts en feu étaient avides de caresses.

Maintenant Elena était, elle aussi, au bord de l'orgasme, comme folle. Elle sentait une main sous elle, une main contre laquelle elle pourrait se frotter. Elle voulait se jeter sur cette main jusqu'à ce qu'elle la fasse jouir, mais elle avait également envie de prolonger son plaisir. Alors elle cessa de bouger. La main la poursuivait. Elle se mit debout, mais la main monta jusqu'à son sexe. Elle sentit alors Bijou, debout derrière elle, haletant. Elle sentait la pointe de ses seins contre son dos, et les poils de son pubis frôler ses fesses. Bijou se frottait contre elle, lentement, de haut en bas, consciente que cette friction obligerait Elena à se retourner afin d'éprouver ces mêmes sensations devant, sur sa poitrine, sur son ventre. Mains, mains partout à la fois. Les ongles longs de Leila s'enfonçaient dans la chair d'Elena à l'endroit le plus doux de l'épaule, entre la poitrine et les aisselles, et la blessaient, provoquant une délicieuse douleur; la tigresse s'emparait de sa proie, la déchiquetant. Le corps d'Elena était si enflammé qu'elle avait peur d'exploser au plus léger contact. Leila le sentit et elles se séparèrent.

Toutes les trois retombèrent sur le divan. Elles avaient cessé leurs étreintes et se regardaient, satisfaites de leur trouble, de leurs jambes humides et luisantes de plaisir.

Mais elles ne purent pas maîtriser leurs mains très longtemps et, bientôt, Elena et Leila attaquèrent Bijou, avec l'intention d'extraire de son corps jusqu'à la dernière sensation de plaisir. Bijou fut enlacée, enveloppée, couverte, léchée, embrassée, mordue, roulée sur la fourrure, torturée par un million de mains et de langues. Elle priait maintenant pour être satisfaite, écartait ses jambes, cherchant à se faire jouir seule en se frottant contre les corps des autres. Elles ne la laissaient pas faire. Avec leurs mains, avec leur langue, elles la pénétraient, d'avant en arrière, s'arrêtant parfois pour mêler leurs langues – Elena et Leila, bouche contre bouche, langues enroulées ensemble, au-dessus des jambes écartées de Bijou. Bijou se souleva pour recevoir un baiser qui mettrait fin à sa douloureuse attente. Mais Elena et Leila l'avaient oubliée et concentraient toutes leurs sensations sur leurs langues. Bijou, impatiente, commença à se caresser, mais alors Leila et Elena repoussèrent sa main et tombèrent sur elle. L'orgasme de Bijou éclata comme une exquise torture. A chaque spasme, elle se soulevait comme si on l'avait poignardée. Elle en appelait la fin, pleurant presque.

Sur le corps de Bijou à plat ventre, Elena et Leila recommencèrent à s'embrasser, à se caresser partout, pénétrant dans tous les orifices jusqu'à ce qu'Elena pousse un cri. Les doigts de Leila avaient trouvé son rythme et Elena s'agrippa à elle, dans l'attente de l'orgasme, tandis que ses mains cherchaient à donner à Leila le même plaisir. Elles essayèrent de venir ensemble, mais Elena jouit la première, tombant comme une masse, se détachant de la main de Leila, anéantie par la violence de l'orgasme. Leila tomba à ses côtés et offrit son sexe à sa bouche. A mesure que sa jouissance se calmait, Elena, à moitié morte, donna sa langue à Leila, léchant les petites lèvres de son sexe, jusqu'à ce qu'elle se contracte et gémisse. Elle mordit alors la chair tendre de Leila. Au paroxysme de la jouissance, Leila ne sentit pas les dents qui s'étaient enfoncées en elle.

Elena comprenait maintenant pourquoi certains maris espagnols refusaient d'initier leurs femmes à toutes les subtilités de l'acte d'amour – afin d'écarter tout risque d'éveiller en elles d'insatiables passions. Au lieu d'être apaisée, comblée par l'amour de Pierre, Elena se sentait encore plus vulnérable. Plus elle désirait Pierre, plus elle avait envie d'autres amours. Il lui semblait attacher peu d'intérêt aux racines de l'amour, à sa stabilité. Ce qu'elle recherchait en chacun, c'était l'instant de passion.

Elle ne voulait même pas revoir Leila. Elle désirait voir Jean, le sculpteur, parce qu'il avait en lui la flamme qu'elle aimait. Elle voulait être consumée. Elle pensait en elle-même : « Je parle presque comme une sainte, être brûlée vive pour l'amour – mais non pour un amour mystique, pour une union sensuelle dévorante. Pierre a éveillé en moi une femme que je ne connaissais pas, une femme insatiable. »

Comme si elle avait voulu que son désir soit satisfait sur-le-champ, elle trouva Jean qui l'attendait devant sa porte. Comme toujours, il apportait un petit cadeau qu'il lui tendit avec maladresse. La façon dont son corps bougeait, la façon dont ses yeux tremblaient quand il s'approcha d'Elena, trahissaient la force de son désir. Elle était déjà possédée par lui, et il se comportait comme s'il était installé en elle.

« Vous n'êtes jamais venue me voir ? dit-il timidement. Vous n'avez jamais vu mes œuvres.

– Allons-y », répondit-elle, marchant à ses côtés d'un pas léger, dansant.

Ils arrivèrent dans un étrange quartier de Paris, désert, près de l'une des portes; rien que des hangars transformés en ateliers d'artistes, côtoyant des logements d'ouvriers. Et Jean vivait là, avec pour meubles des statues, d'imposantes statues. Lui-même, si insaisissable, si lunatique, hypersensible, avait créé, de ses mains hésitantes, une puissance et une force.

Les sculptures étaient de véritables monuments, cinq fois grandeur nature – femmes enceintes, hommes lascifs et sensuels, aux mains et aux pieds comme des racines d'arbres. Un homme et une femme étaient si moulés l'un dans l'autre qu'il était impossible de reconnaître les particularités de leurs corps. Les contours étaient soudés ensemble. Liés par leurs sexes, ils dominaient Elena et Jean.

Dans l'ombre de cette statue, ils s'approchèrent l'un de l'autre, sans un mot, sans un sourire. Même leurs mains ne bougeaient pas. Quand ils se rejoignirent, Jean pressa Elena contre la statue. Pas un baiser, pas une caresse. Seuls leurs bustes se touchaient, aussi soudés que ceux des corps de la statue au-dessus d'eux. Il pressa son sexe contre le sien, remuant doucement, comme s'il avait voulu la pénétrer ainsi.

Il se laissa glisser contre elle, comme s'il avait voulu s'agenouiller à ses pieds, mais il se releva aussitôt, soulevant, par sa pression, la robe d'Elena, qui finit par s'enrouler comme un chiffon souple sous ses bras. Il pressait son corps contre le sien, remuant de gauche à droite, puis de droite à gauche, parfois en cercle, avec une violence contenue. Elle sentait le gonflement de son désir; il se frottait contre elle comme pour allumer un feu avec deux silex, produisant des étincelles à chacun de ses mouvements, jusqu'à ce qu'elle s'effondre, comme dans un rêve. Elle tomba comme une masse, coincée entre les jambes de Jean, qui voulait maintenant garder cette position, l'éterniser, clouer ce corps au sol par la puissance de sa débordante virilité. Ils reprirent leurs mouvements, elle pour offrir les plus profonds secrets de sa féminité, lui pour se souder à elle. Elle contractait ses muscles pour mieux sentir sa présence, haletant d'un insupportable plaisir, comme si elle avait touché l'endroit le plus vulnérable de son être.

Il fermait les yeux pour mieux sentir ce prolongement de son être, où s'était concentré tout son sang, enfoui dans les profondeurs sombres et voluptueuses d'Elena. Bientôt, il ne put plus retenir sa sève et s'enfonça plus loin pour mieux envahir son territoire et emplir de son sang le ventre d'Elena, qui, au même moment, sentit le petit passage où il s'était glissé devenir plus étroit, avalant avec volupté toutes les essences qui lui étaient offertes.

La statue projeta son ombre sur leur étreinte, qu'ils ne défirent pas. Ils gisaient là, comme pétrifiés, pour sentir jusqu'à la dernière goutte de plaisir. Elle pensait déjà à Pierre. Elle savait qu'elle ne reverrait pas Jean. Elle pensait : demain, ce serait déjà moins beau. Elle éprouvait une peur un peu superstitieuse de rester avec Jean, pensant que Pierre se sentirait trahi et la punirait.

Elle s'attendait à être punie. En arrivant chez Pierre, elle pensait y trouver Bijou, sur le lit, les jambes écartées. Pourquoi Bijou? Parce que Elena attendait le châtiment de sa trahison.

Son cœur battait très fort quand elle ouvrit la porte. Pierre lui sourit, d'un air innocent. Mais alors, n'avait-elle pas l'air innocent? Pour s'en assurer, elle se regarda dans la glace. Croyait-elle voir le démon apparaître dans ses yeux verts?

Elle remarqua les plis de sa jupe, la poussière de ses sandales. Elle avait l'impression que Pierre saurait, s'il lui faisait l'amour, qu'à son propre miel se mêlait la sève de Jean. Elle évita ses caresses et lui suggéra d'aller visiter la maison de Balzac à Passy.

C'était un de ces après-midi doux et pluvieux de Paris, d'une grise mélancolie, où le ciel bas couvre la ville d'un plafond, créant une atmosphère érotique, enfermant tout dans un air lourd, comme dans une alcôve; et partout, des touches d'érotisme – un magasin, presque caché, étalant de la lingerie, des

jarretières et des bottines noires; la démarche provocante d'une Parisienne; les taxis transportant des
amants enlacés.

La maison de Balzac se trouvait au sommet de la
colline de Passy, surplombant la Seine. D'abord, ils
durent sonner à la porte d'un appartement, puis
descendre des escaliers qui semblaient conduire à
une cave mais qui, en fait, débouchaient sur un
jardin. Il fallait traverser le jardin et sonner à une
autre porte. C'était la porte de la maison de Balzac,
cachée au fond du jardin d'un immeuble, une
maison secrète et mystérieuse, invisible, isolée, tout
au cœur de Paris.

La dame qui ouvrit la porte ressemblait à un
fantôme du passé – un visage fané, des cheveux et
des vêtements fanés, d'où le sang s'en était allé. A
force de vivre au milieu des manuscrits de Balzac,
de ses photos, des portraits des femmes qu'il avait
aimées, des premières éditions, elle était imprégnée
d'un passé lointain, et tout son sang l'avait quittée.
Même sa voix était distante, d'outre-tombe. Elle
vivait dans cette maison emplie de souvenirs morts;
et elle était également morte pour le présent. C'était
comme si, chaque nuit, elle allait se coucher dans la
tombe de Balzac pour dormir avec lui.

Elle les guida à travers les différentes pièces
jusqu'à l'arrière de la maison. Là elle arriva à une
trappe qu'elle souleva de ses longs doigts osseux,
pour la montrer à Pierre et Elena. Elle donnait sur
un petit escalier.

C'était la trappe que Balzac avait aménagée pour
que les femmes qui lui rendaient visite puissent
échapper à la surveillance et aux soupçons de leurs

maris. Lui-même l'utilisait pour fuir les créanciers qui le harcelaient. Le petit escalier menait à un sentier puis à une grille qui ouvrait sur une rue isolée allant jusqu'à la Seine. On pouvait s'enfuir avant que l'intrus ait traversé la première pièce de la maison.

Cette trappe, qui évoquait toute la vie amoureuse de Balzac, eut sur Pierre et Elena un effet aphrodisiaque. Pierre lui murmura :

« J'aimerais te prendre par terre, ici même. »

La femme fantôme n'entendit pas ces mots, mais remarqua le regard qui les accompagnait. L'état d'âme des visiteurs n'était pas en harmonie avec le caractère sacré de l'endroit, et elle les mit dehors.

Cette bouffée de mort avait ravivé leurs sens. Pierre appela un taxi. Dans le taxi, il ne put plus attendre. Il fit asseoir Elena, de dos, sur ses genoux, de façon à sentir tout son corps contre le sien, disparaissant sous elle. Il souleva sa jupe.

Elena dit :

« Non, Pierre, pas ici. Attends d'être à la maison. On peut nous voir. Attends, s'il te plaît. Oh! Pierre, tu me fais mal. Regarde, l'agent de police nous fixe. Nous sommes bloqués ici et les gens peuvent nous voir du trottoir. Pierre, Pierre, arrête! »

Mais tout en se défendant faiblement, essayant de glisser sur le côté, elle devenait victime du plaisir. Ses efforts pour ne pas répondre la rendaient encore plus attentive à chaque mouvement de Pierre. Maintenant elle craignait qu'il ne hâte la fin, aidé par la vitesse du taxi et la peur d'arriver à destination trop tôt. Or, elle désirait aimer Pierre, raffermir leur lien et restaurer l'harmonie de leurs corps.

Dans la rue, on les regardait. Cependant, elle ne se retira pas, et il la tenait maintenant dans ses bras. Soudain une violente secousse du taxi les sépara. Il était trop tard pour reprendre leur étreinte. Le taxi s'était arrêté. Pierre eut juste le temps de se reboutonner. Elena pensait qu'ils devaient avoir l'air ivres, échevelés. Son corps était si langoureux qu'elle avait des difficultés à bouger.

Pierre éprouvait un plaisir pervers à cette interruption. Il aimait sentir ses os presque fondus dans sa chair, il aimait le retrait douloureux de son sang. Elena partagea son nouveau caprice, et ils s'allongèrent sur le lit, se caressant tout en parlant. Elle lui raconta l'histoire qu'elle avait entendue le matin même chez sa couturière :

Madeleine travaillait dans un grand magasin. Elle était issue d'une famille de chiffonniers, parmi les plus pauvres de Paris. Ses parents faisaient les poubelles, essayant de vendre les quelques morceaux de ferraille, de cuir ou de papier qu'ils trouvaient. Madeleine avait été placée au rayon des meubles, dans une somptueuse chambre à coucher, sous les ordres d'un inspecteur suave, imperturbable et amidonné. Elle n'avait jamais dormi dans un lit – se contentant des piles de chiffons et de papier dans une cabane. Aussi, quand on ne la regardait pas, aimait-elle sentir les couvre-lits en satin, les matelas, les oreillers de plume, qui avaient pour elle la douceur de l'hermine ou du chinchilla. Elle possédait ce don naturel des Parisiennes pour s'habiller de façon charmante avec l'argent que toute autre femme dépenserait pour ses seuls bas. Elle était séduisante, avec des yeux pétillants, des cheveux noirs bouclés, et des formes agréables. Elle avait deux petits vices : le premier de voler quelques gouttes de parfum ou d'eau de Cologne au rayon parfumerie, le second d'attendre la fermeture du magasin pour pouvoir s'allonger sur le lit le plus moelleux, comme si elle devait y passer la nuit. Ses préférés étaient les lits à baldaquin. Elle se sentait plus en sécurité sous le dais. L'inspecteur était, en général, si pressé de partir qu'elle se retrouvait seule pendant quelques minutes et pouvait satisfaire ses caprices. Elle avait l'impression, étendue sur ce lit, que ses charmes de femme étaient mille fois rehaussés, et aurait aimé qu'un de ces élégants messieurs qu'elle croisait sur les Champs-Elysées la voit ainsi et comprenne comme elle pourrait être belle dans un aussi beau lit.

Bientôt ses fantasmes devinrent plus complexes. Elle s'arrangeait pour avoir un miroir en face du lit de façon à pouvoir s'admirer. Mais, un jour où elle avait accompli tout ce cérémonial dans ses moindres détails, elle s'aperçut que l'inspecteur l'avait observée avec stupeur. Alors qu'elle s'apprêtait à sauter du lit, il l'arrêta.

« Madame, dit-il (on l'avait toujours appelée mademoiselle), je suis enchanté de faire votre connaissance. J'espère que vous êtes satisfaite du lit que j'ai fait faire spécialement pour vous, suivant vos instructions. Le trouvez-vous assez moelleux ? Pensez-vous qu'il plaira à M. le Comte ?

– M. le Comte est, heureusement, absent pour une semaine, et je pourrais profiter de mon lit avec quelqu'un d'autre », répondit-elle.

Puis elle s'assit et offrit sa main à l'inspecteur.

« Maintenant, embrassez-la comme vous embrasseriez la main d'une dame dans un salon. »

Il le fit avec une précieuse élégance, tout en lui souriant. Puis ils entendirent du bruit et disparurent dans des directions opposées.

Ainsi, chaque jour, ils volaient cinq ou dix minutes au moment de la fermeture. Faisant semblant de remettre de l'ordre, de faire le ménage, de vérifier les prix sur les étiquettes, ils préparaient leur petite scène. Il y ajouta l'élément essentiel – un rideau. Puis des draps brodés de dentelle, volés à un autre rayon. Bientôt, il fit le lit, et repliait le couvre-lit, comme pour la nuit. Après le baisemain, ils parlaient. Il l'appelait Nana. Comme elle ne connaissait pas le livre, il le lui offrit. Ce qui le préoccupait maintenant était la petite robe noire de Nana qui tranchait sur le couvre-lit pastel. Il emprunterait à un mannequin de porcelaine un négligé sophistiqué et le ferait porter à Madeleine. Même lorsque les vendeurs passaient par là, ils ne pouvaient pas voir la scène derrière le rideau.

Quand Madeleine eut assez joui du baisemain, il déposa un autre baiser plus haut, dans le creux du coude. La peau y était très sensible, et lorsqu'elle pliait le bras, il lui semblait qu'elle enfermait le baiser. Madeleine le cachait dans ce repli comme une fleur fragile, et ce n'était que plus tard, lorsqu'elle était seule, qu'elle ouvrait le bras et l'embrassait à l'endroit précis du baiser, comme pour le dévorer encore plus intimement. Ce baiser, déposé avec tant de délicatesse, était plus excitant que toutes les grossières mains aux fesses qu'elle avait reçues dans la rue en hommage à ses charmes, ou que les propos obscènes murmurés par les ouvriers : *Viens que je te suce.*[1]

Au début, il s'asseyait au pied du lit, puis il s'allongea à côté d'elle pour fumer une cigarette avec tout le rituel d'un fumeur d'opium. Des bruits de pas inquiétants, de l'autre côté du rideau, donnaient à leurs rencontres le caractère secret et dangereux d'un rendez-vous d'amour. Alors Madeleine disait : « J'aimerais que nous puissions échapper à la surveillance jalouse du Comte. Il me rend très nerveuse. » Mais son admirateur était trop sage pour dire : « Allons dans un petit hôtel. » Il savait que cela ne pourrait avoir lieu dans un endroit minable, dans un lit de fer, avec des couvertures usées et des draps gris. Il déposa un baiser dans le creux de son cou, sous les cheveux bouclés, un autre sur le lobe de l'oreille, là où Madeleine ne pourrait pas les goûter quand il serait parti, là où elle ne pourrait que les sentir sous ses doigts. Son oreille lui fit mal toute la journée après ce baiser, car il l'avait légèrement mordue.

Dès que Madeleine s'allongeait, elle était envahie par une langueur qui était peut-être due à sa conception personnelle de ce que devait être un comportement aristocratique, mais aussi aux baisers qui maintenant pleuvaient sur sa gorge comme les perles d'un collier, et descendaient jusqu'à la naissance des seins. Elle n'était pas vierge, mais la brutalité des rapports qu'elle avait eus, plaquée contre un mur dans une rue obscure, couchée à

---

1. En français dans le texte. *(N.d.T.)*

l'arrière d'un camion, ou culbutée derrière les bidonvilles où les gens s'accouplaient sans même prendre le temps de regarder les visages, ne l'avait jamais excitée autant que cette cour graduelle et cérémonieuse faite à ses sens. Il fit l'amour à ses jambes pendant trois ou quatre jours. Il lui faisait porter des pantoufles de fourrure, puis enlevait lentement ses bas avant d'embrasser ses pieds qu'il tenait entre ses mains comme s'il avait possédé tout son corps. Quand il fut prêt à relever sa jupe, il avait déjà éveillé tout le reste de son corps et elle était mûre pour l'ultime possession.

Comme leur temps était limité et qu'ils étaient censés quitter le magasin avec les autres, il dut supprimer les caresses le jour où il finit par la prendre. Et maintenant, elle ne savait plus ce qu'elle préférait. Si ses caresses traînaient trop, il n'avait plus le temps de la posséder. S'il la prenait directement, elle éprouvait moins de plaisir. Derrière le rideau se déroulaient maintenant les mêmes scènes que dans les chambres les plus luxueuses : elles se déroulaient seulement un peu plus vite, car il fallait chaque fois refaire le lit et rhabiller le mannequin. Pourtant, ils ne se rencontrèrent jamais ailleurs. Il n'avait que mépris pour les aventures minables de ses collègues dans les hôtels à quatre sous. Il se comportait comme s'il avait rendu visite à la plus courtisée des prostituées de Paris, comme s'il avait été *l'amant de cœur*[1] d'une femme entretenue par les hommes les plus fortunés.

1. En français dans le texte. *(N.d.T.)*

« Le rêve fut-il un jour détruit? demanda Pierre.

– Oui. Te rappelles-tu la grève des grands magasins. Les employés occupèrent les locaux pendant plus de deux semaines. Pendant cette période, d'autres couples découvrirent la douceur des lits de qualité, des divans, des canapés, des chaises longues, et ils découvrirent toutes les positions de l'amour que permettent les lits larges et bas, et les tissus nobles qui caressent la peau. Le rêve de Madeleine devint celui de tout le monde, et n'était plus qu'une caricature de tous les plaisirs qu'elle avait connus. Il l'appela de nouveau mademoiselle, et elle l'appela monsieur. Il finit même par trouver qu'elle faisait mal son métier et elle quitta le magasin. »

Elena loua pour l'été une vieille maison à la campagne, une maison qui avait besoin d'être repeinte. Miguel lui avait promis de l'aider. Ils commencèrent par l'attique, pittoresque et complexe, suite de petites pièces irrégulières, chambres à l'intérieur des chambres, comme rajoutées après coup.

Donald était venu aussi mais il n'avait pas envie de peindre; il sortait pour explorer l'immense jardin, le village et la forêt qui entouraient la maison. Elena et Miguel travaillaient donc seuls, se couvrant eux-mêmes de peinture tout autant que les murs. Miguel tenait son pinceau comme pour un tableau, prenant parfois du recul pour admirer son travail. Travailler ensemble les ramenait loin en arrière; ils retrouvaient l'esprit de leur jeunesse.

Pour la choquer, Miguel parlait de sa « collection de culs », prétendant que c'était de la beauté très spéciale de cette partie du corps dont il était l'esclave, car Donald la possédait au plus haut point – l'art de trouver un derrière qui ne soit pas trop rebondi, comme celui de la plupart des femmes, pas trop plat, comme celui de la plupart des hommes, qui soit quelque chose entre les deux, valait la peine qu'on s'y accroche.

Elena riait. Elle pensait que lorsque Pierre lui offrait son dos, il devenait femme, et elle aurait aimé le violer. Elle pouvait très bien imaginer les sentiments de Miguel lorsqu'il s'allongeait sur le dos de Donald.

« Si le derrière est suffisamment rond, ferme, et si le garçon ne bande pas, dit Elena, alors, il y a peu de différence avec une femme. Est-ce que tu touches dessous pour sentir la différence?

– Bien sûr. Pense au désarroi que ce serait de ne rien trouver à cet endroit, et de trouver, en revanche, plus haut, des mamelles trop développées – des seins pour le lait, qui vous coupent tout appétit sexuel.

– Certaines femmes ont de tout petits seins », dit Elena.

C'était à son tour de monter sur l'échelle pour atteindre la corniche et l'angle du toit. En levant les bras, sa jupe remonta. Elle ne portait pas de bas. Ses jambes étaient lisses et minces, sans « rondeurs exagérées », comme disait Miguel, la félicitant maintenant de ce qu'il n'y ait, pour elle, aucun espoir de rapports sexuels dans leur amitié.

Le désir d'Elena de séduire un homosexuel était

une erreur très répandue chez les femmes. Elles y mettent un point d'honneur, comme pour tester leur pouvoir face à de sérieux handicaps, avec le sentiment, peut-être, que tous ces hommes cherchaient à fuir leur nature et qu'il fallait les séduire à nouveau. Miguel souffrait en permanence de cette sorte d'assaut féminin. Il n'était pas efféminé. Son comportement était très masculin. Mais dès qu'une femme se mettait à lui faire la cour, il était pris de panique. Il prévoyait immédiatement tout le drame : l'agression de la femme, qui prendrait sa passivité pour de la simple timidité, les avances de la femme, le refus; il haïssait le moment où il serait obligé de la repousser. Il ne pouvait pas le faire avec une parfaite indifférence. Il était trop tendre, trop compatissant. Il lui arrivait de souffrir encore plus que la femme, dont la seule vanité avait été touchée. Il avait des relations tellement « familiales » avec les femmes qu'il avait toujours l'impression de faire du mal à une mère, à une sœur, ou de nouveau à Elena.

Maintenant il était conscient du mal qu'il avait fait à Elena, en créant en elle un doute sur sa capacité à aimer et à être aimée. Chaque fois qu'il repoussait l'avance d'une femme, il pensait commettre un crime mineur, en assassinant pour de bon une foi et une confiance.

Comme il était agréable d'être avec Elena, de jouir de ses charmes féminins sans danger. Pierre prenait soin de la sensualité d'Elena. En même temps, Miguel était jaloux de Pierre, comme il l'avait été de son père quand il était enfant. Sa mère le faisait toujours sortir de sa chambre dès que son père arrivait. Et son père était impatient qu'il quitte la pièce. Il détestait la façon dont tous deux s'enfermaient à clef pendant des heures. Dès que son père s'en allait, il retrouvait l'amour de sa mère, ses étreintes, ses baisers.

Chaque fois qu'Elena disait : « Je vais voir Pierre », c'était la même chose. Rien ne pouvait la retenir. Peu importait le plaisir qu'ils avaient à être ensemble, peu importait la tendresse qu'elle montrait à Miguel, quand c'était l'heure d'être avec Pierre, rien ne la retenait.

Le mystère de la virilité d'Elena le charmait également. Chaque fois qu'il était avec elle, il ressentait cet aspect vital, actif, positif de sa nature. En sa présence, il se sentait galvanisé, débarrassé de sa paresse, de son indécision, de ses remises au lendemain. Elle était le catalyseur.

Il regardait ses jambes. Les jambes de Diane, Diane chasseresse, la femme-homme. Des jambes pour courir et sauter. Il fut pris d'une irrésistible curiosité de voir le reste de son corps. Il s'approcha de l'échelle. Ses jambes parfaites disparaissaient sous une culotte bordée de dentelle. Il voulait voir plus haut.

Elle se retourna et le surprit en train de la regarder, les yeux dilatés.

« Elena, j'aimerais juste voir comment tu es faite. »

Elle lui sourit.

« Tu veux bien me laisser te regarder?

– Mais tu me regardes! »

Il releva le bord de sa jupe et l'ouvrit au-dessus de lui comme un parapluie, lui cachant ainsi sa tête.

Elle commença à descendre de l'échelle, mais les mains de Miguel l'arrêtèrent. Ses mains avaient saisi l'élastique de sa culotte et tiraient dessus pour essayer de l'enlever. Elle resta sur l'échelle, une jambe plus haute que l'autre, ce qui empêchait Miguel de faire descendre la culotte jusqu'en bas. Il attrapa alors sa jambe, de façon à tout faire descendre à la fois. Il passait doucement ses mains sur les fesses d'Elena. Comme un sculpteur, il s'assurait de leur contour exact, sensible à leur fermeté, à leur rondeur, comme si elles n'étaient qu'une partie d'une statue qu'il aurait déterrée, à laquelle le reste du corps manquerait. Il ne prêtait aucune attention à la chair tout autour, aux courbes de son corps. Il ne caressait que les fesses et, peu à peu, l'amena plus près de son visage, empêchant Elena de se retourner à mesure qu'elle descendait de l'échelle.

Elle s'abandonna à son caprice, pensant que l'orgie s'arrêterait aux yeux et aux mains. Quand elle fut sur le dernier barreau, Miguel avait une main sur chaque fesse et les massait comme on masse des seins, ramenant la caresse à son point de départ.

Maintenant Elena se trouvait à son niveau, appuyée contre l'échelle. Elle comprit qu'il essayait de la prendre. D'abord il se glissa dans le plus petit orifice, là où ça faisait mal. Elle cria. Alors, il s'avança et trouva la véritable ouverture de la femme, étonné de pouvoir la pénétrer ainsi, et elle-même très surprise de le trouver si fort, capable de rester en elle et de bouger, d'un mouvement régulier. Malgré la vigueur de son étreinte, il n'accélérait pas son rythme pour atteindre l'orgasme.

Prenait-il de plus en plus conscience qu'il se trouvait à l'intérieur d'une femme et non d'un garçon? Tout doucement, il se retira, l'abandonnant ainsi à moitié possédée, et cacha son visage pour qu'elle n'y lise pas sa désillusion.

Elle l'embrassa pour lui prouver que cet incident n'entamerait en rien leur amitié, qu'elle avait compris.

Parfois, dans la rue ou dans un café, Elena était hypnotisée par un visage de *souteneur*[1], par un ouvrier bien bâti portant des bottes jusqu'aux genoux, par une tête de criminel, brutale. Elle ressentait un frémissement sensuel de peur en même temps qu'une étrange attirance. La femelle en elle était fascinée. Pendant une seconde, elle avait l'impression d'être une putain qui allait recevoir un coup de couteau dans le dos pour quelque infidélité. Elle se sentait anxieuse. Prise au piège. Elle oubliait qu'elle était libre. Des cellules endormies s'éveillaient, un instinct primitif oublié, un désir de sentir la brutalité de l'homme, de sentir cette force capable de la briser, de la mettre en pièces. Le viol était un besoin chez la femme, un désir érotique secret. Elle devait se secouer pour empêcher l'emprise sur elle de toutes ces images.

Elle se rappelait que ce qu'elle avait d'abord aimé chez Pierre, c'était l'éclat dangereux de ses yeux, qui étaient ceux d'un homme dénué de scrupules et de tout sentiment de culpabilité, un homme qui pre-

1. En français dans le texte.

nait ce qu'il désirait, en jouissait, inconscient des risques et des conséquences.

Qu'était devenu ce sauvage égoïste et sans loi, qu'elle avait rencontré sur ce chemin de montagne, par une matinée éclatante? Il était maintenant domestiqué. Il vivait pour faire l'amour. Elena sourit à cette pensée. C'était une qualité que l'on trouvait rarement chez un homme. Mais c'était néanmoins une forte nature. Très souvent, elle lui disait : « Où est ton cheval? Tu as toujours l'air de quelqu'un qui a laissé son cheval devant la porte et s'apprête déjà à repartir au galop. »

Il dormait nu. Il détestait les pyjamas, les kimonos, les pantoufles. Il jetait ses mégots de cigarettes par terre. Se lavait à l'eau glacée comme les pionniers. Se moquait du confort. Choisissait la chaise la plus dure. Un jour, son corps était si chaud et si sale, et l'eau qu'il utilisait si glacée, qu'un phénomène d'évaporation se produisit, et de la vapeur sortit de tous ses pores. Il lui tendait ses mains fumantes en disant : « Tu es la déesse du feu. »

Il était incapable de respecter un horaire. N'avait aucune idée de ce qui pouvait ou ne pouvait pas être fait en une heure. Une moitié de lui-même était endormie à jamais, blottie dans l'amour maternel qu'elle lui donnait, blottie dans la rêverie, la paresse, parlant des voyages qu'il allait faire, des livres qu'il allait écrire.

Il était pur, aussi, à des moments inattendus. Il avait la réserve d'un chat. Il dormait nu, mais ne se serait jamais promené nu dans la maison.

Pierre ne touchait à la compréhension intellectuelle que par intuition. Mais il ne vivait pas, ne dormait pas, ne mangeait pas, dans ces sphères supérieures comme le faisait Elena. Il aimait boire, se battre, passer des soirées avec des amis tout à fait ordinaires. Elle en était incapable. Elle aimait l'exceptionnel, l'extraordinaire. Cela les séparait. Elle aurait aimé être comme lui, proche de tout le monde, de n'importe qui, mais elle ne le pouvait pas. Cela l'attristait. Et souvent, lorsqu'ils sortaient ensemble, elle le quittait au bout d'un moment.

Leur première dispute sérieuse fut au sujet de l'heure. Pierre lui téléphonait en disant : « Viens me voir à huit heures. » Elle avait sa propre clef. Elle entrait et prenait un livre. Pierre arrivait à neuf heures. Ou bien il l'appelait à l'appartement pour lui dire : « J'arrive tout de suite », et arrivait deux heures plus tard. Un jour où elle avait attendu trop longtemps (et l'attente était d'autant plus pénible qu'elle l'imaginait en train de faire l'amour à quelqu'un d'autre), il arriva et la trouva partie. C'est lui qui se mit alors en colère. Mais il ne changea pas ses habitudes. Un autre jour, elle refusa de lui ouvrir la porte. Elle l'écoutait, espérant qu'il ne s'en irait pas. Elle regrettait déjà les moments qu'ils étaient en train de gâcher. Mais elle attendit. Il sonna de nouveau, tout doucement. S'il avait appuyé sur la sonnette dans un geste de colère, elle n'aurait sans doute pas bougé, mais il sonna tout doucement, comme un coupable, et elle lui ouvrit. Elle était encore en colère. Il la désirait. Elle résista. Sa résistance l'excitait encore plus. Et elle était triste devant son désir.

Elle avait l'impression que Pierre recherchait ces scènes. Plus il s'excitait, plus elle s'éloignait. Elle se refermait sexuellement. Mais le miel s'infiltrait quand même entre ses lèvres fermées et Pierre était en extase. Sa passion redoublait; il essayait d'ouvrir ses genoux par la seule force de ses jambes, et se répandait en elle avec violence dans un orgasme d'une extrême intensité.

Alors que d'autres fois Elena feignait d'avoir joui pour ne pas faire de peine à Pierre, cette fois-ci, elle ne joua aucune comédie. Et quand Pierre lui demanda : « Es-tu venue? », elle répondit : « Non. » Cela le blessa. Il ressentait la cruauté de la froideur d'Elena. Il lui dit alors : « Je t'aime plus que tu ne m'aimes. » Cependant il savait à quel point elle l'aimait, et il était déconcerté.

Mais après, elle resta étendue, les yeux grands ouverts, pensant que son retard était certainement innocent. Il s'était déjà endormi comme un enfant, les poings fermés, les cheveux dans la bouche. Il dormait encore lorsqu'elle partit. Dans la rue, elle se sentit envahie par une telle vague de tendresse qu'elle ne put pas s'empêcher de revenir sur ses pas. En arrivant, elle se jeta sur lui en disant :

« Il fallait que je revienne; il fallait que je revienne.

– J'avais envie que tu reviennes », lui dit-il.

Il la toucha. Elle était tellement mouillée. En lui faisant l'amour, il lui murmurait : « J'aime te faire mal ici, j'aime te poignarder ici, dans la petite blessure. » Puis il la prit plus fort, pour faire éclater cet orgasme qu'elle avait retenu.

En le quittant, elle se sentit heureuse. L'amour pouvait-il devenir un feu qui ne brûle pas, comme le feu des bonzes hindous; était-elle en train d'apprendre à marcher magiquement sur les braises?

LE BASQUE ET BIJOU

C'ÉTAIT un soir de pluie, quand les rues brillent comme des miroirs. Le Basque avait trente francs en poche et se sentait riche. Les autres lui disaient que dans son genre, simple et naïf, il était un grand peintre. Ils ne se rendaient pas compte qu'il ne faisait que reproduire des cartes postales. Et on lui avait donné trente francs pour son dernier tableau. Il était dans un état euphorique et désirait fêter ça dans un de ces petits endroits dont l'enseigne lumineuse rouge était synonyme de plaisir.

Une matrone lui ouvrit la porte, mais une matrone au regard froid qui se posait tout droit sur les chaussures, d'après lesquelles, elle pouvait juger du portefeuille de ses clients. Puis, pour son propre plaisir, elle s'arrêtait un moment sur la braguette. Les visages ne l'intéressaient pas. Sa vie se limitait à cette région précise de l'anatomie masculine. Ses grands yeux, encore brillants, avaient une façon de vous déshabiller qui ne laissait aucun doute sur leur aptitude à jauger la taille et le poids des attributs masculins. C'était un regard de professionnelle. Elle aimait assortir les couples avec encore plus de subtilité que les tenancières ordinaires. Elle suggérait certaines combinaisons. Elle était aussi experte en son domaine qu'une gantière. A travers le pantalon elle était capable de mesurer le client afin de lui procurer le gant à sa taille, qui s'emboîterait à la perfection. Car il n'y avait pas de plaisir avec un gant trop grand ni avec un gant trop serré. « Maman » pensait que de nos jours les gens ne savaient plus combien il était important d'avoir une chose à sa taille. Elle aurait aimé répandre son savoir, mais les hommes et les femmes étaient de plus en plus insouciants et beaucoup moins exigeants qu'elle. Si un homme se retrouvait aujourd'hui dans un gant dix fois trop grand dans lequel il se sentait comme dans un appartement vide, il essayait d'en tirer le meilleur parti. Il laissait flotter son membre comme un drapeau à l'intérieur, et ressortait sans même avoir ressenti cette emprise totale qui réchauffe les entrailles. Ou bien, il s'aidait de sa salive et se glissait à l'intérieur avec les mêmes difficultés que sous une porte fermée, coincé dans cet étroit tunnel, et obligé de se faire plus petit pour pouvoir y rester. Et s'il arrivait parfois que la fille éclate de rire sous l'effet du plaisir – réel ou feint – il était alors immédiatement éjecté, car il n'y avait pas assez de place pour loger le rire. Les gens perdaient toute notion des bonnes mesures.

Ce ne fut qu'après avoir regardé le pantalon du Basque que Maman le reconnut et lui sourit. Il était vrai que le Basque partageait avec elle son sens des nuances et qu'il n'était pas facilement satisfait. Il avait la verge capricieuse. En face d'un vagin-boîteaux-lettres, elle se rebellait. En face d'un tuyau trop étroit, elle se retirait. Le Basque était un connaisseur, un gourmet de coffres à bijoux féminins. Il les aimait ourlés de velours et douillets, affectueux et attachants. Maman lui accorda un regard plus attentif qu'aux autres clients. Elle aimait bien le Basque, et ce n'était pas pour son petit nez, son profil parfait, ses yeux en amande, ses cheveux noirs et brillants, sa démarche souple, ses gestes nonchalants. Ce n'était pas non plus pour son foulard rouge ni pour son béret de travers qui lui donnait un air espiègle. Et pas non plus pour les manières de séducteur qu'il adoptait avec les femmes. C'était pour son *pendentif*[1] royal, pour la taille noble de ce dernier, pour sa sensibilité et son infatigable réceptivité, pour sa gentillesse, sa cordialité, sa générosité. Elle n'en avait jamais vu de pareil. Parfois, il le posait sur la table, comme il aurait déposé un sac d'or, et lui donnait des petits coups pour attirer l'attention. Il le sortait avec naturel, comme d'autres enlèvent leur manteau quand ils ont chaud. On avait l'impression qu'il ne se sentait pas à son aise enfermé, confiné, qu'il avait besoin d'être aéré, admiré.

Maman ne manquait jamais de succomber à son habitude de regarder les attributs masculins. Lorsque les hommes sortaient des urinoirs, tandis qu'ils finissaient de boutonner leur braguette, elle avait parfois la chance d'apercevoir en un éclair un membre blond, ou bien un brun, ou encore un autre finement pointu, ses préférés. Sur les boulevards, elle tombait parfois sur des braguettes mal

1. En français dans le texte. *(N.d.T.)*

boutonnées et son œil expert avait tôt fait de remarquer l'ouverture indiscrète. Le mieux était encore lorsqu'elle surprenait un vagabond en train de se soulager contre un mur en tenant pensivement sa verge dans sa main, comme si elle avait été sa dernière pièce d'argent.

On pourrait penser que Maman était frustrée du plaisir de la possession, mais il n'en était rien. Les clients de sa maison la trouvaient appétissante, et ils connaissaient ses vertus et les avantages qu'elle avait sur les autres femmes. Maman était capable de produire un jus absolument délectable pour les orgies d'amour, substance que la plupart des femmes fabriquaient artificiellement. Maman pouvait donner à un homme l'illusion totale d'un repas parfait, quelque chose de tendre sous la dent, et d'assez humide pour satisfaire le plus assoiffé.

Entre eux, ils parlaient souvent des sauces délicates dont Maman savait envelopper ses morceaux d'un rose tendre, ainsi que de la fermeté de sa chair. Il suffisait d'une ou deux tapes sur les fesses pour que Maman sécrète un miel délectable, que peu de ses filles pouvaient produire, un miel qui sentait bon les coquillages et qui rendait délicieuse la pénétration entre les cuisses jusqu'au fond de l'alcôve féminine.

Le Basque aimait y demeurer. C'était fondant, enivrant, chaud et reconnaissant – une vraie fête. Car pour Maman c'étaient des vacances et elle donnait le meilleur d'elle-même.

Le Basque savait qu'elle n'avait pas besoin de longs préliminaires. Maman s'était déjà nourrie tout le jour avec ses yeux. Ils étaient toujours au niveau de la braguette. Elle appréciait les braguettes froissées que l'on avait boutonnées à la hâte après une séance expéditive. Et aussi les bien repassées qui ne faisaient pas encore de plis. Et puis les taches, ô les taches d'amour! taches étranges qu'elle pouvait reconnaître comme si elle portait une loupe. Ici, quand on n'avait pas bien descendu son pantalon, ou là, quand le pénis avait regagné sa place au mauvais moment : alors, il y avait une tache « précieuse », car on pouvait y voir de minuscules particules luisantes comme un minéral qui aurait fondu; la marque d'un produit sucré qui raidissait le tissu. Une belle tache, celle du désir, qui ressemblait tantôt à une goutte de parfum échappée de la fontaine d'un homme, tantôt à une marque collée au tissu par une femme trop passionnée. Maman aurait aimé commencer là où il y avait eu consommation. Elle était sensible à la contagion. Cette petite tache l'excitait. Un bouton manquant à une braguette lui donnait l'impression de sentir l'homme à sa merci. Parfois, quand la foule était dense, elle avait le courage de tendre la main et de toucher. Sa main avait la même incroyable agilité que celle d'un voleur. Elle ne tâtonnait jamais, allait directement au bon endroit, sous la ceinture, là où se trouvaient les molles protubérances, ou quelquefois, tout à fait inopinément, une verge d'une raideur insolente.

Dans le métro, dans les rues sombres les soirs de pluie, sur les boulevards encombrés, dans les salles de bal, Maman prenait plaisir à faire des estimations et à attaquer. Combien de fois on répondit à son avance en présentant les armes à sa main qui passait! Elle aurait aimé voir toute une armée alignée ainsi, et qui ne présenterait que les armes capables de faire sa conquête. Elle imaginait souvent cette armée dans ses rêves. Elle en était le général qui passait les troupes en revue, décorant les soldats aux armes les plus longues, les plus belles, s'arrêtant devant chaque homme qui suscitait son admiration. Oh! être la Grande Catherine et pouvoir récompenser ce qui s'offrait à sa vue, par un baiser de sa bouche avide, un baiser juste sur le gland, pour tirer seulement la première goutte de plaisir!

La plus belle aventure de Maman avait eu lieu le jour du défilé des soldats écossais, par une matinée de printemps. Elle avait surpris, une fois, dans un bar, une conversation au sujet des Ecossais.

Un homme disait :

« Ils les prennent très jeunes et les entraînent à marcher ainsi. C'est une marche spéciale. Difficile, très difficile. Il faut donner un *coup de fesses*[1], qui permet aux hanches et au sporran de se balancer correctement. Si le sporran ne se balance pas, c'est une faute. C'est plus compliqué qu'un pas de danse. »

Maman pensait : « Chaque fois que le sporran se balance et que la jupe se balance, eh bien, le reste doit aussi se balancer. » Son cœur en était tout ému. Balance. Balance. Tous en même temps. Voilà une armée idéale. Elle aurait aimé suivre une telle armée, à n'importe quel titre. Un, deux, trois. Elle était déjà assez excitée à l'idée de ce balancement quand, soudain, l'homme ajouta :

1. En français dans le texte. *(N.d.T.)*

236

« Et vous savez, ils ne portent rien sous leur jupe! »

Ils ne portaient rien dessous! Des hommes aussi robustes, aussi solides, aussi forts! La tête haute, les jambes nues et musclées et des jupes – de quoi les rendre aussi vulnérables que des femmes. De grands hommes forts, aussi tentants qu'une femme, et nus dessous! Maman avait envie d'être transformée en pavé, foulée aux pieds, mais autorisée à regarder sous la courte jupe le « sporran » caché qui se balançait à chaque pas. Maman se sentait congestionnée. Il faisait trop chaud dans le bar. Elle avait besoin d'air.

Elle guettait le défilé. Chaque pas des soldats écossais était un pas sur son propre corps. Elle vibrait à l'unisson. Un, deux, trois. Une danse sur son abdomen, sauvage et régulière, le sporran en fourrure se balançant comme les poils du pubis. Maman avait aussi chaud qu'en plein mois de juillet. Elle ne pensait qu'à se frayer un passage dans la foule pour arriver sur eux et faire semblant de s'évanouir. Mais elle ne réussit qu'à voir disparaître quelques jambes sous des kilts écossais. Peu après, elle s'écroula aux pieds d'un agent de police, roulant des yeux comme si elle allait s'évanouir. Si seulement les soldats avaient pu faire demi-tour et la piétiner!

Ainsi la sève de Maman ne tarissait jamais. Elle était convenablement alimentée. La nuit, sa chair était aussi tendre que si elle avait mijoté tout le jour à feu doux.

Ses yeux passaient des clients aux prostituées qui travaillaient pour elle. Leurs visages ne l'intéressaient pas non plus; elle ne les regardait qu'au-dessous de la ceinture. Elle les faisait se tourner devant elle, leur donnant une petite tape pour sentir la fermeté de leur chair, avant qu'elles n'enfilent leur chemise.

Elle connaissait Mélie, qui s'enroulait autour d'un homme comme un ruban, lui donnant l'impression d'être pris par plusieurs femmes à la fois. Elle connaissait la paresseuse du groupe, celle qui faisait semblant de dormir et permettait ainsi aux timides d'avoir toutes les audaces, les laissant la toucher, la manipuler, l'explorer absolument sans danger. Son corps bien en chair dissimulait ses richesses dans des replis secrets, que sa passivité permettait néanmoins à des mains indiscrètes d'explorer.

Maman connaissait la plus mince, et la plus ardente qui attaquait les hommes et leur donnait l'impression d'être des victimes. C'était la favorite des âmes coupables. Ces hommes-là se laissaient violer. Leur conscience était en paix. Ils auraient pu dire à leur femme :

« C'est elle qui s'est jetée sur moi, qui m'a forcé », etc. Ils s'allongeaient sur le dos et elle s'asseyait sur eux, comme sur un cheval, les éperonnant pour les obliger à bouger, au pas, au trot ou au galop, serrant leur membre rigide. Elle pressait ses genoux contre les flancs de sa victime soumise et, tel un noble cavalier, se soulevait élégamment avant de retomber de tout son poids au centre, tandis que, de ses mains, elle tapait sur l'homme pour qu'il accélère sa vitesse et ses spasmes, afin de sentir, entre ses jambes, une force bestiale plus grande. Avec quelle fougue elle montait cet animal, l'éperonnant de ses jambes, poussant violemment de tout son corps dressé jusqu'à ce que la bête se mette à écumer; alors, avec force coups et cris, elle l'incitait à galoper de plus en plus vite.

Maman connaissait le feu intérieur qui animait Viviane – une fille du Sud. Sa chair n'était que braise incandescente, contagieuse, et même les plus froids se réchauffaient à son contact. Elle savait prendre son temps, faire attendre. Elle aimait tout d'abord s'asseoir sur le bidet et procéder à la cérémonie du bain. Les jambes de chaque côté du siège, elle avait des fesses rebondies, deux grosses fossettes au bas du dos, des hanches d'un brun doré, larges et fermes comme la croupe d'un cheval de cirque. Cette position accentuait ses courbes. Si l'homme se lassait de la voir par-derrière, il pouvait la regarder de face, en train d'asperger d'eau les poils de son pubis et l'entrejambe, puis d'écarter délicatement ses lèvres pour les savonner. Une mousse blanche, puis de l'eau à nouveau, et les lèvres apparaissaient, luisantes et roses. Parfois, elle les observait calmement. Quand elle avait reçu trop d'hommes dans la journée, elle remarquait qu'elles étaient légèrement gonflées. Le Basque les aimait à ce moment-là. Elle s'essuyait plus doucement de façon à ne pas les irriter davantage.

Un jour, le Basque arriva et devina qu'il pourrait bénéficier de l'irritation. D'habitude Viviane était assez apathique, passive et indifférente. Elle s'allongeait dans une de ces poses que l'on trouve chez les peintres académiques, une pose qui met en valeur le plus possible toutes les courbes du corps. Elle s'allongeait sur le côté, la tête reposant sur son bras;

sa peau cuivrée semblait à certains endroits disten-
due, comme si elle avait répondu aux caresses
érotiques d'une main invisible. Elle s'offrait ainsi,
dans toute sa splendeur, mais impossible à exciter.
La plupart des hommes n'essayaient même pas. Elle
détournait la bouche avec mépris, se contentant
d'offrir tout au plus son corps, avec le plus grand
détachement. Ils pouvaient lui écarter les jambes et
la contempler aussi longtemps qu'ils le désiraient.
Impossible de lui tirer la moindre sève. Mais une
fois pénétrée, elle se comportait comme si l'homme
l'emplissait de lave brûlante et elle se contorsion-
nait encore plus violemment que les femmes qui
prennent du plaisir, car elle exagérait toutes ses
réactions pour avoir l'air vraie. Elle se tordait
comme un python, gesticulant dans toutes les directions comme si on était en train de la brûler ou de
la battre. Ses muscles puissants donnaient à ses
mouvements une force qui éveillait le désir le plus
bestial. Les hommes cherchaient à arrêter ses contorsions, à calmer cette danse orgiaque à laquelle
elle se livrait comme si on l'avait clouée à quelque
instrument de torture. Puis soudain, suivant son
seul caprice, elle s'arrêtait. Elle le faisait de façon
perverse, en plein milieu de leur fureur, ce qui les
refroidissait et retardait leur jouissance. Elle devenait alors un amas de chair sans vie. Ensuite, elle se
mettait à sucer doucement la verge, comme un
enfant suçant son pouce avant de s'endormir. Sa
léthargie irritait l'homme. Il cherchait à l'exciter de
nouveau, en la touchant, en l'embrassant partout.
Elle se soumettait, immobile.

Le Basque prenait son temps. Il regardait longuement Viviane procéder au cérémonial des ablutions. Ce jour-là, ses lèvres étaient gonflées pour avoir subi trop d'assauts. Car, même si la somme laissée sur la table de nuit par le client était ridiculement petite, Viviane ne savait pas arrêter un homme au milieu du plaisir.

Ses lèvres charnues et épaisses, que l'on avait trop frottées, étaient un peu distendues, et une légère fièvre la brûlait à l'intérieur. Le Basque se montra très gentil. Il posa un petit cadeau sur la table. Se déshabilla. Il lui promit un véritable baume, une douceur ouatée. Tant de délicatesse lui ôta toute méfiance. Le Basque la traitait comme s'il avait été une femme. Juste une petite pression à l'endroit sensible pour calmer, pour apaiser la fièvre. La peau de Viviane était aussi mate que celle d'une gitane, lisse et sans tache, même sous la poudre. Les doigts du Basque étaient sensibles. Il se contentait de la frôler doucement, ne la touchant que par accident, et il avait posé sa verge sur son ventre pour qu'elle l'admire, comme un jouet, un jouet sensible, qui répondait lorsqu'on s'en occupait. Le ventre de Viviane vibrait sous son poids, se soulevant doucement pour mieux la sentir. Comme le Basque ne montrait aucune impatience à la glisser là où elle serait à l'abri, enfermée, elle se permit le luxe de se décontracter, de s'abandonner totalement.

La voracité des autres hommes, leur égoïsme, leur impatience à se satisfaire sans tenir compte d'elle, l'avaient rendue hostile à leur égard. Mais le Basque était galant. Il comparait sa peau à du satin, ses cheveux à de la mousse, son odeur aux parfums des bois précieux. Puis il plaça son sexe juste sur l'orifice et lui dit :

« Est-ce que je te fais mal ? Je ne pousserai pas si tu as mal. »

Viviane fut touchée par tant de délicatesse. Elle répondit :

« Ça fait un tout petit peu mal, mais essaie. »

Il glissait en elle, centimètre par centimètre, en disant : « Tu as mal ? » Il lui offrit de se retirer. Alors Viviane dut le pousser :

« Juste le bout. Essaie encore. »

Alors il s'enfonça en elle, d'un ou deux centimètres à peine, puis s'arrêta. Viviane avait ainsi tout son temps pour sentir sa présence, temps que les autres hommes ne lui laissaient jamais. Entre deux poussées, presque imperceptibles, elle avait tout loisir de jouir de sa présence entre les douces parois de sa chair, de sentir avec quelle perfection il s'emboîtait en elle – ni trop serré ni trop lâche. Il attendit encore, puis s'enfonça un peu plus loin. Comme il était agréable d'être ainsi comblée ! Plaisir de retenir quelque chose à l'intérieur, d'échanger de la chaleur, de mêler leurs sèves. Il bougea de nouveau. Attente. Conscience de son vide dès qu'il se retirait – ce qui tarissait immédiatement sa source. Elle ferma les yeux. Cette pénétration progressive émettait des ondes, des courants invisibles qui annonçaient aux profondeurs de son ventre qu'une explosion allait se produire, inondant sa chair jusqu'au tréfonds, là où les nerfs les plus sensibles attendent d'être réveillés. Elle s'abandonnait de plus en plus. Il pénétra plus loin.

« As-tu mal? »

Il se retira. Elle en fut déçue mais n'osa pas lui avouer qu'elle avait besoin de sa présence en elle pour être excitée.

Elle fut obligée de le prier :

« Glisse-le encore. »

C'était doux. Il s'enfonça à moitié, juste assez pour qu'elle puisse le sentir mais trop peu pour qu'elle le serre. On aurait dit qu'il avait l'intention de rester là pour de bon. Elle avait envie de se soulever et de l'engloutir, mais elle se retint. Elle avait envie de hurler. Cette chair qu'il ne touchait pas brûlait de le sentir si près. Tout au fond de son ventre, elle avait besoin d'être pénétrée. Les parois de son sexe se gonflaient comme des anémones de mer, essayant, par leurs contractions, de happer ce membre à l'intérieur, mais celui-ci était trop loin et se contentait de produire des ondes de plaisir insoutenables. Il remua de nouveau, observant son visage. Il vit qu'elle avait la bouche ouverte. Elle voulait maintenant se soulever, s'emparer totalement de sa verge, mais elle attendit. Grâce à ce manège adroit, il avait réussi à l'amener au bord de l'hystérie. Elle ouvrit la bouche, comme pour signifier l'ouverture de son sexe, son désir avide; alors seulement il s'enfonça en elle, jusqu'au fond, et sentit ses contractions.

Voici comment le Basque trouva Bijou.

Un jour, à son arrivée au bordel, Maman l'accueillit en lui disant que Viviane était occupée, mais elle lui offrit de le consoler, comme un mari déçu. Le

Basque répondit qu'il préférait attendre. Maman poursuivit ses taquineries et ses caresses. Au bout d'un moment, il lui demanda :

« Puis-je jeter un coup d'œil dans les chambres? »

Chaque pièce était conçue de manière à permettre aux amateurs de regarder à l'intérieur par une petite ouverture. De temps en temps, le Basque aimait voir comment Viviane se comportait avec les autres. Aussi, Maman le conduisit jusqu'à la cloison, le cachant derrière un rideau, afin qu'il puisse voir le spectacle.

Il y avait quatre personnes dans la chambre : un couple d'étrangers, élégamment vêtu, qui regardait deux femmes allongées sur un grand lit. Viviane, la plus forte, à la peau bronzée, était étalée sur le lit. A califourchon sur elle, se trouvait une magnifique créature à la peau ivoire, aux yeux verts et à la longue chevelure lourde et bouclée. La poitrine haute, la taille d'une extrême minceur faisait ressortir la rondeur de ses hanches. On l'aurait crue moulée dans un corset. Son corps était ferme et lisse comme du marbre. Rien en elle n'était flasque ou relâché; on sentait une force cachée, comme celle d'un félin, ainsi qu'une vivacité et une véhémence dans les gestes qui rappelaient celles de certaines Espagnoles. C'était Bijou.

Les deux femmes allaient très bien ensemble – ni timorées, ni sentimentales. Des femmes d'action, au sourire ironique et à l'expression perverse.

Le Basque n'aurait pu dire si elles jouaient la comédie ou si elles prenaient réellement du plaisir, tellement leurs gestes étaient parfaits. Les étrangers avaient dû demander à voir un couple faire l'amour, et c'était là le compromis proposé par Maman. Bijou s'était attaché à la taille un pénis en caoutchouc qui avait l'avantage de ne jamais débander. Peu importaient ses gestes, le pénis se dressait dans une perpétuelle érection sur sa toison pubienne.

Accroupie, Bijou faisait glisser cette virilité truquée non pas dans le ventre de Viviane, mais entre ses jambes, comme si elle fouettait du lait, tandis que Viviane resserrait ses jambes avec les mêmes contractions que si un homme l'avait mise au supplice. Mais Bijou ne faisait que commencer à l'exciter. Son intention était, semblait-il, de ne lui faire sentir le pénis que de l'extérieur. Elle s'en servait comme du marteau d'une porte, frappant doucement contre le ventre et les reins de Viviane, frôlant légèrement sa toison, puis excitant le bout de son clitoris. A cette dernière caresse, Viviane sursauta un peu; alors Bijou la renouvela et Viviane sursauta de nouveau. L'étrangère se pencha à ce moment-là en avant, comme si elle avait été myope, pour mieux comprendre le secret de cette sensibilité. Viviane se roula d'impatience et offrit son sexe à Bijou.

Derrière le rideau, le Basque s'amusait de l'excellent numéro de Viviane. Le couple était fasciné. Tous deux se tenaient debout tout près du lit, les yeux dilatés. Bijou leur dit :

« Désirez-vous voir comment nous faisons l'amour quand nous nous sentons paresseuses?... Tourne-toi », ordonna-t-elle à Viviane.

Viviane se tourna sur le côté droit. Bijou s'allongea contre elle, emmêlant leurs pieds. Viviane ferma les yeux. Alors, de ses mains, Bijou écarta les fesses brunes de Viviane de façon à pouvoir glisser en elle son pénis et pousser. Viviane ne bougeait pas. Elle la laissait pousser, cogner. Puis, soudain, elle se cabra comme un cheval qui rue. Bijou, comme pour la punir, se retira. Mais le Basque put voir le pénis en caoutchouc, tout luisant maintenant, presque comme un vrai, toujours aussi triomphant.

Bijou recommença ses taquineries. Elle touchait avec son pénis la bouche de Viviane, ses oreilles, son cou; le laissait un moment entre ses seins. Viviane rapprochait alors ses seins pour l'attraper. Elle remuait pour essayer de se coller contre le corps de Bijou, pour se frotter à lui, mais Bijou semblait maintenant lascive, juste au moment où Viviane devenait plus folle. L'homme, penché au-dessus d'elles, commença à devenir nerveux. Il avait envie de bondir sur ces deux femmes. Sa compagne ne le laissa pas faire, bien qu'elle eût également la tête en feu.

Soudain le Basque ouvrit la porte. Il salua en disant :

« Vous vouliez un homme : me voici. » Il jeta ses vêtements. Viviane le regarda avec gratitude. Il se rendit compte qu'elle était en chaleur. Deux virilités la combleraient bien mieux que ce jeu anodin. Il se jeta entre les deux femmes. Partout où se posaient les yeux du couple d'étrangers, il se passait quelque chose de captivant. Une main qui écartait des fesses pour y glisser un doigt inquisiteur. Une bouche qui se fermait sur un pénis fier et bondissant. Une autre bouche suçant un sein. Visages disparaissant sous une poitrine ou enfouis dans une toison pubienne. Jambes enserrant une main caressante. Verge luisante apparaissant soudain avant de replonger dans la chair humide. Corps entremêlés où les muscles de l'homme disparaissaient.

Il se passa alors une chose étrange. Bijou était allongée sous le Basque. Viviane était, pour un instant, délaissée. Le Basque était étendu sur cette femme qui s'ouvrait sous lui comme une fleur de serre, parfumée, humide, avec un regard lascif et des lèvres mouillées, une femme pleinement épanouie, mûre et voluptueuse; cependant, son pénis en caoutchouc se dressait entre eux deux et le Basque était pris d'une étrange sensation. Ce pénis touchait le sien et défendait, telle une lance, l'accès du ventre de Viviane. Il ordonna, presque en colère : « Enlève-le. » Elle glissa ses mains sous son dos, dénoua la ceinture et tira sur le pénis pour l'enlever. Alors le Basque se jeta sur Bijou, et elle, qui avait encore le pénis à la main, plaça ce dernier sur les fesses de l'homme qui l'avait maintenant pénétrée. Lorsqu'il se souleva pour s'enfoncer encore en elle, elle glissa le pénis en caoutchouc entre ses fesses. Il bondit, telle une bête sauvage, et l'attaqua encore plus violemment. Chaque fois qu'il se relevait, il se trouvait pris par-derrière. Il sentait les seins de Bijou s'écraser sous sa poitrine, son ventre à la peau ivoire respirer sous le sien, ses hanches contre les siennes, son vagin l'engloutir tout entier; et chaque fois qu'elle enfonçait le pénis en lui, il sentait à la fois ses propres remous intérieurs et ceux de Bijou. Il avait l'impression que cette double sensation allait le rendre fou. Viviane les regardait, haletante. Le couple de voyeurs, toujours habillés, s'était jeté sur elle et se frottait à elle frénétiquement, beaucoup trop troublés pour essayer de chercher une ouverture.

Le Basque glissait d'avant en arrière. Le lit se balançait avec eux – étroitement enlacés, emboîtés l'un dans l'autre, tandis que le corps voluptueux de Bijou sécrétait toujours plus de miel. Des ondes les traversaient de la pointe des cheveux au bout des orteils, qui s'emmêlaient. Leurs langues ressemblaient à des pistils. Les cris de Bijou montaient en spirale sans fin, ah, ah, ah, ah, de plus en plus forts, plus amples, plus sauvages. Le Basque y répondait en s'enfonçant chaque fois un peu plus profondément. Ils ne prêtaient aucune attention aux corps enroulés tout près d'eux; il fallait qu'il la possède jusqu'à l'anéantissement – Bijou, cette putain, avec son corps aux milles tentacules, tantôt sur lui, tantôt sous lui, qui semblait être partout à l'intérieur de lui, avec ses doigts, avec ses seins.

Elle poussa un cri, comme s'il venait de l'assassiner. Elle était sur le dos. Le Basque se releva, ivre, brûlant; sa verge toujours en érection, rouge, enflammée. Les habits en désordre de l'étrangère l'excitèrent. Il ne pouvait pas voir son visage qui était caché par sa jupe relevée. L'homme était couché sur Viviane et lui faisait l'amour. La femme était étendue sur eux, les jambes en l'air. Le Basque la fit descendre par les jambes pour la prendre. Mais elle cria et se releva. Elle dit : « Je voulais seulement regarder. » Elle arrangea ses vêtements. L'homme abandonna Viviane. Tout échevelés, ils saluèrent cérémonieusement, et quittèrent la pièce.

Bijou était assise et riait, ce qui rendait ses yeux plus étroits et plus allongés. Le Basque dit :

« On leur a donné un bon spectacle. Maintenant, tu t'habilles et tu viens avec moi. Je t'emmène chez moi. Je veux te peindre. Je paierai à Maman ce qu'elle voudra. »

Et il l'emmena chez lui pour vivre avec elle.

Si Bijou avait pu croire que le Basque l'avait prise chez lui pour l'avoir toute à lui, elle perdit bien vite ses illusions. Le Basque s'en servait de modèle presque toute la journée, et le soir, lorsque ses amis venaient dîner, Bijou était la cuisinière. Après le dîner, il la faisait s'allonger sur le lit, tandis qu'il continuait à bavarder avec ses amis. Il la gardait simplement à ses côtés et la cajolait. Ses amis ne pouvaient pas s'empêcher de les regarder. Machinalement, les mains du Basque se retrouvaient toujours sur les seins ou les hanches de Bijou. Elle ne bougeait pas. Elle prenait des poses langoureuses. Le Basque passait ses doigts sur le tissu de sa robe, comme si cela avait été sa peau. Elle portait toujours des robes très collantes. La main du Basque appréciait ses formes, les tâtait et les caressait, s'arrêtait sur son ventre, puis soudain la chatouillait pour la voir se tortiller dans tous les sens. Il déboutonnait sa robe et sortait un sein, en disant à ses amis : « Avez-vous déjà vu un sein pareil? Regardez! » Et ils regardaient. L'un fumait, l'autre dessinait Bijou, un troisième parlait, mais tous regardaient. Se détachant sur la robe noire, le sein, aux contours parfaits, avait la couleur ivoire d'un marbre patiné. Le Basque en pinçait le bout qui rougissait.

Puis il reboutonnait la robe. Il passait sa main le long des jambes jusqu'à ce qu'il sente la petite bosse des jarretelles. « Est-ce que ça ne te serre pas trop? Fais-moi voir. Est-ce qu'elles te laissent une marque? » Il soulevait la jupe, et très délicatement défaisait la jarretelle. Comme Bijou levait sa jambe vers lui, les autres pouvaient voir la peau lisse et luisante de ses cuisses au-dessus du bas. Puis elle baissait à nouveau sa jupe et le Basque reprenait ses cajoleries. Les yeux de Bijou brillaient, comme si elle était ivre. Mais, parce qu'elle se sentait un peu comme la femme du Basque et qu'elle se trouvait en présence de ses amis, elle prenait soin de rajuster chaque fois ses vêtements, afin de cacher tous ses secrets dans les plis noirs de sa robe.

Elle tendait les jambes. Enlevait d'un coup de pied ses chaussures. Ses yeux s'éclairaient d'une lueur érotique, que ses longs cils épais n'arrivaient pas à dissimuler et qui traversait le corps de tous ces hommes comme une flamme brûlante.

Ces soirs-là, elle savait que le Basque n'avait pas l'intention de lui faire plaisir, mais de la torturer. Il ne serait pas satisfait tant qu'il ne verrait pas le visage de ses amis complètement décomposé. Il descendait la fermeture Eclair sur le côté de la robe et glissait sa main dessous. « Tu ne portes pas de culotte aujourd'hui, Bijou. » Ils pouvaient voir cette main sous la robe, qui caressait le ventre, en direction des jambes. Parfois, il s'arrêtait et retirait sa main. Les autres la regardaient sortir des replis de la robe et refermer la fermeture Eclair.

Une fois, il demanda à l'un des peintres de lui prêter sa pipe encore chaude. L'homme la lui tendit. Le Basque la fit glisser sous la jupe de Bijou et la colla contre son sexe. « C'est chaud, dit-il. Chaud et doux. » Bijou recula pour éloigner la pipe, car elle ne voulait pas que les autres remarquent que les caresses du Basque l'avaient excitée. Mais lorsque le Basque ressortit la pipe, on aurait dit qu'elle venait d'être trempée dans du jus de pêche. Le Basque la rendit à son propriétaire à qui il offrait, en même temps, une goutte du parfum intime de Bijou. Bijou tremblait à l'idée de la prochaine fantaisie du Basque. Elle tenait ses jambes serrées. Le Basque fumait. Les trois invités étaient assis autour de lui, poursuivant leur conversation, comme si les gestes auxquels ils assistaient ne les troublaient en rien.

L'un d'eux parlait de cette femme peintre qui remplissait les galeries de fleurs géantes aux couleurs de l'arc-en-ciel.

« Ce ne sont pas des fleurs, dit le fumeur de pipe. Ce sont des sexes de femme. Cela saute aux yeux. C'est son obsession. Elle peint des sexes de la taille d'une femme. D'abord, on dirait des pétales, le cœur d'une fleur, puis on découvre les deux lèvres inégales, la petite fente centrale, le rebord ourlé des petites lèvres quand elles sont ouvertes. Quel genre de femme peut-elle être, pour exhiber ainsi un sexe géant, qui se répète à l'infini de façon très suggestive, devenant de plus en plus petit, à l'image d'un tunnel, jusqu'à n'être plus que l'ombre de lui-même, comme si l'on y pénétrait vraiment ? On a l'impression de se trouver devant ces plantes aquatiques qui ne s'ouvrent que pour s'emparer de leur nourriture, présentant les mêmes bords irréguliers. »

A ce moment-là, le Basque eut une idée. Il demanda à Bijou d'apporter son blaireau et son rasoir. Elle obéit. Elle était contente, pour une fois, de pouvoir bouger et secouer enfin cette langueur érotique qui l'avait envahie. Le Basque pensait maintenant à autre chose. Il prépara la mousse à raser. Changea la lame du rasoir. Puis il dit à Bijou :

« Etends-toi sur le lit.

– Que vas-tu faire? dit-elle. Je n'ai pas de poils aux jambes.

– Je sais que tu n'en as pas. Montre-le leur. »

Elle tendit ses jambes. Elles étaient en effet si lisses qu'on les aurait crues polies. Elles avaient un reflet pâle de bois précieux, sans le moindre duvet, sans veines apparentes, sans aspérités, sans cicatrices, sans défauts. Les trois hommes se penchèrent pour mieux les voir. Comme elle essayait de bouger, le Basque les attrapa et les plaqua contre lui. Puis il souleva sa jupe qu'elle cherchait à remettre en place.

« Que vas-tu faire? » demanda-t-elle à nouveau.

Il souleva complètement sa jupe et dévoila une si jolie touffe de poils bouclés que les trois hommes sifflèrent d'admiration. Elle tenait ses jambes très serrées, les pieds contre le pantalon du Basque, qui se sentit tout à coup envahi par une curieuse sensation, comme si cent fourmis couraient sur son sexe.

Il demanda aux trois hommes de la maintenir. Bijou commença par se débattre, mais elle se rendit bientôt compte qu'il était moins dangereux de se tenir tranquille, car le Basque était en train de raser très soigneusement les poils de son pubis, commençant par les bords où ils étaient clairsemés, luisant sur son ventre de velours, qui s'incurvait très légèrement à cet endroit. Le Basque passait de la mousse, puis rasait, essuyant ensuite les poils et le savon avec une serviette. Comme elle avait les jambes serrées, les hommes ne pouvaient voir que sa toison, mais lorsque le Basque atteignit le centre du triangle, il révéla un petit mont, une très légère bosse. Le froid de la lame à cet endroit faisaient frissonner Bijou. Elle était à la fois en colère et troublée; elle était décidée à ne pas montrer son sexe, mais le rasage laissait deviner déjà sa courbe fine. Il révélait le bourgeon de l'orifice, la chair tendre qui se refermait sur le clitoris, le bord des lèvres plus colorées que le reste. Elle voulait bouger, mais craignait d'être blessée par la lame. Les trois hommes la maintenaient, penchés en avant pour regarder. Ils pensaient que le Basque s'arrêterait là. Mais celui-ci ordonna à Bijou d'écarter les jambes. Elle essaya de lui donner des coups de pied, ce qui n'eut pour effet que de l'exciter davantage. Il répéta :

« Ecarte les jambes. Il y a encore des poils dessous. »

Elle fut forcée de le faire, et il commença à raser tout doucement les poils plus espacés de nouveau, délicatement bouclés tout autour de l'orifice.

Maintenant tout était dévoilé – la longue bouche

verticale, et puis la deuxième bouche, qui ne s'ouvrait pas comme celle du visage, mais dont les lèvres ne s'écartaient que si elle voulait bien les faire saillir. Mais Bijou ne voulait pas, et ils ne voyaient que les deux lèvres fermées, qui barraient le passage.

Le Basque dit :

« Maintenant, elle ressemble aux tableaux de cette femme, n'est-ce pas? »

Mais, sur les tableaux, les lèvres étaient ouvertes, révélant l'intérieur plus pâle, comme celui de la bouche. Cela, Bijou ne voulait pas le montrer. Une fois rasée, elle avait de nouveau serré les jambes.

Le Basque dit :

« Je réussirai à t'ouvrir, là. »

Il avait rincé le blaireau, et maintenant il le passait tout doucement sur ses petites lèvres. Au début, Bijou se contracta encore davantage. Le Basque, qui tenait les jambes de Bijou contre sa verge en érection, brossait très minutieusement l'arête des lèvres et le clitoris. Alors, les hommes s'aperçurent que Bijou ne pouvait se contracter plus longtemps, et que, à mesure que la brosse la caressait, ses fesses roulaient un peu en avant, les lèvres de son sexe s'ouvraient, d'abord imperceptiblement. Sa nudité rendait perceptible le moindre de ses mouvements. Maintenant les lèvres étaient complètement écartées, révélant une seconde corolle, plus pâle, puis une troisième; et Bijou poussait de l'intérieur, poussait comme si elle voulait s'ouvrir. Son ventre suivait le même rythme. Le Basque s'appuya plus fermement sur les jambes tremblantes de Bijou.

« Arrête, supplia Bijou. Arrête. »

Les hommes pouvaient voir le miel filtrer entre ses lèvres. Alors, le Basque s'arrêta, car il ne voulait pas qu'elle prenne son plaisir : il le réservait pour lui, plus tard.

Bijou aurait aimé que sa vie de compagne et de modèle d'un peintre soit très différente de sa vie au bordel. Mais le Basque veillait à limiter cette différence à la seule possession de fait. Il aimait la montrer à ses amis pour qu'ils se régalent de son corps. Ils les faisaient assister à son bain. Et tous aimaient voir ses seins flotter sur l'eau, son ventre se gonfler et produire de petites vagues à la surface; ils aimaient la voir se soulever pour se savonner entre les jambes. Ils aimaient sécher son corps mouillé. Mais si jamais l'un d'eux s'avisait de voir Bijou en privé et de la posséder, le Basque se changeait en dangereux démon.

En contrepartie de ces petits jeux, Bijou se sentait le droit d'aller où elle désirait. Le Basque la maintenait toujours dans un état d'extrême excitation érotique et ne se donnait pas souvent la peine de la satisfaire. C'est alors que commencèrent ses infidélités, mais elles étaient si habiles que le Basque n'arrivait pas à la surprendre. Bijou cueillait ses amants à la Grande Chaumière, où elle posait pour une classe de dessin. En hiver, elle ne se déshabillait pas aussi vite et aussi subrepticement que les autres modèles; elle se tenait le plus près possible du poêle, et devant tout le monde. Elle avait un art tout particulier pour cela.

Elle commençait par défaire ses cheveux et les secouer comme une crinière. Puis elle déboutonnait son manteau. Tout doucement, caressant le tissu. Son comportement était celui d'une femme qui désire souligner les courbes de son corps parfait, marquant sa satisfaction par de petites tapes. Sa sempiternelle robe noire collait à son corps comme une seconde peau et pouvait s'ouvrir aux endroits les plus inattendus. Un simple geste dégageait les épaules, faisant descendre la robe jusqu'à la naissance des seins, mais pas plus loin. Dans cette tenue, elle décidait soudain d'examiner un moment ses cils dans la glace. Elle faisait ensuite glisser la fermeture Eclair qui laissait entrevoir les premières rondeurs de sa poitrine, la courbe de sa taille. Tous les étudiants avaient leurs yeux sur elle derrière leur chevalet. Même les femmes s'attardaient sur les formes pleines de Bijou, qui éclataient sous sa robe, éblouissantes. La peau sans défaut, les contours parfaits, la fermeté de la chair, tout les fascinait. Bijou avait une façon à elle de se secouer, comme pour relâcher ses muscles à la manière d'un chat au moment de bondir. Cet ébrouement, qui soulevait tout son corps, agitait ses seins comme si on les avait violemment malmenés. Alors, elle attrapait sa robe par l'ourlet et la soulevait très lentement pour l'enlever par le haut. Lorsqu'elle arrivait au niveau des épaules, elle s'arrêtait toujours un instant. Quelque chose s'était coincé dans ses cheveux. Personne ne venait l'aider. Ils étaient tous pétrifiés. Le corps qui émergeait soudain – complètement nu, les cheveux encore pris dans la robe, les jambes légèrement écartées pour tenir en équilibre – les saisissait par sa sensualité, par sa plénitude et sa féminité. Elle avait encore ses jarretières noires, attachées très haut sur la jambe. Elle portait également des bas noirs, et par temps de pluie, des bottes de cuir, des bottes d'homme. Tandis qu'elle se débattait avec ses bottes, elle se trouvait tout à coup à la merci de celui qui aurait osé l'approcher. Les étudiants étaient douloureusement tentés. L'un d'eux aurait pu faire semblant de vouloir l'aider, mais elle l'aurait chassé d'un coup de pied, devinant ses intentions réelles. Elle continuait à se débattre avec sa robe, se tordant en tous sens, comme secouée par des spasmes d'amour. Enfin, elle décidait de se libérer, quand les étudiants s'étaient bien régalés du spectacle. Elle libérait ses seins lourds. Parfois, on lui demandait de garder ses bottes, d'où émergeait, comme une fleur, son corps d'ivoire.

Une fois sur l'estrade, elle devenait un modèle, et les étudiants se rappelaient qu'ils étaient des artistes. Si elle en trouvait un à son goût, elle le fixait un long moment. C'était le seul instant où elle pouvait provoquer les rencontres. L'étudiant savait ce que signifiait son regard : elle accepterait qu'il lui offre à boire au café voisin. Les initiés savaient également que ce café avait deux étages. Le premier était occupé par les joueurs de cartes le soir, mais était complètement désert pendant la journée. Seuls les amants le savaient. L'étudiant et Bijou se retrouvaient donc là, montaient le petit escalier qui indiquait les *lavabos*[1] et entraient dans cette pièce

1. En français dans le texte. *(N.d.T.)*

presque obscure, au milieu des tables, des chaises et des glaces sur les murs.

Bijou demandait au serveur de leur apporter à boire, puis ils s'allongeaient sur la banquette de cuir pour se détendre. L'étudiant tremblait d'émotion. Il émanait du corps de Bijou une chaleur qu'il n'avait encore jamais rencontrée. Alors il se jetait sur sa bouche, essayant de l'inciter à répondre à ses baisers, l'alléchant par la fraîcheur de sa peau et ses dents parfaites. Ils se caressaient sur la longue banquette étroite et l'étudiant commençait à sentir sous lui tout le corps de Bijou; il craignait à tout moment de l'entendre dire : « Arrête, quelqu'un pourrait monter. »

Les glaces reflétaient leurs caresses, le désordre de la robe et des cheveux de Bijou. Les mains de l'étudiant étaient agiles et audacieuses. Il se glissait sous la table et soulevait la jupe de Bijou. A ce moment-là, elle disait pour de bon : « Arrête, quelqu'un pourrait monter. » Il répondait : « Ça ne fait rien. Ils ne me verront pas. » Il était vrai qu'ils ne pouvaient pas le voir sous la table. Elle s'asseyait, les coudes appuyés sur la table et la tête reposant dans le creux de ses mains, comme si elle était en train de rêver, tandis que le jeune homme à genoux enfouissait sa tête sous sa jupe.

Elle s'abandonnait langoureusement à ses baisers et à ses caresses. Là où l'avait caressée le blaireau du Basque se glissait maintenant la langue de l'étudiant. Elle tombait en avant, envahie par le plaisir. Soudain ils entendaient des pas : l'étudiant se relevait précipitamment et s'asseyait à côté d'elle. Pour dissimuler sa confusion, il l'embrassait. Le serveur les trouvait enlacés et s'empressait de quitter la pièce. Maintenant, c'étaient les mains de Bijou qui se glissaient sous les vêtements du jeune homme. Il l'embrassait avec tant de fougue qu'elle tombait sur la banquette l'entraînant avec elle. Il murmurait :

« Viens chez moi. Je t'en prie, viens chez moi. Ce n'est pas loin.

– Je ne peux pas, répondait Bijou. Le Basque va bientôt arriver. »

Alors chacun prenait la main de l'autre et la plaçait là où elle pourrait procurer le plus de plaisir. Assis devant leurs verres, comme s'ils avaient eu une conversation anodine, ils se caressaient sous la table. Les miroirs reflétaient leurs traits contractés, leurs lèvres tremblantes, leurs yeux brillants, comme s'ils avaient été sur le point de sangloter. On pouvait suivre sur leurs visages les mouvements de leurs mains. Parfois, le jeune étudiant avait l'expression d'un blessé qui cherche sa respiration. Un autre couple montait alors qu'ils se caressaient encore : ils devaient une nouvelle fois faire semblant de s'embrasser comme des amants romantiques.

L'étudiant, incapable de cacher son état, devait sortir pour aller se calmer quelque part. Bijou retournait en classe, le corps en feu. Quand le Basque arrivait, à l'heure de la fermeture, elle était de nouveau apaisée.

Bijou avait entendu parler d'un voyant et alla un jour le consulter. C'était un Noir, bien bâti, qui venait d'Afrique occidentale. Toutes les femmes du quartier venaient le voir. La salle d'attente était pleine. Devant Bijou était suspendu un immense rideau chinois de soie noire brodée d'or. L'homme sortit de derrière. A part son costume classique, il avait l'air d'un magicien. Il fixa longuement Bijou de ses yeux brillants et disparut derrière le rideau avec la cliente qui la précédait. La séance dura une demi-heure. L'homme souleva le rideau noir et raccompagna poliment la femme jusqu'à la porte.

C'était le tour de Bijou. Il la fit passer sous le rideau et elle se trouva dans une pièce presque noire, très petite, tendue de tissus chinois et éclairée seulement par une boule de cristal illuminée par-dessous. Cette lumière n'éclairait que le visage et les mains du voyant, et laissait tout le reste dans l'obscurité. Les yeux de cet homme étaient chargés d'un pouvoir hypnotique.

Bijou décida de résister à l'hypnose et de garder pleine conscience de ce qui se passait. Il lui demanda de s'allonger sur le divan, et de ne pas bouger pendant quelques instants, le temps qu'il concentre toute son attention sur elle, assis à ses côtés. Il ferma les yeux; Bijou décida aussi de fermer les siens. Pendant une longue minute il resta dans cet état d'absence, puis il posa sa main sur le front de Bijou. C'était une main chaude, sèche, lourde et électrique.

Alors elle entendit sa voix comme dans un rêve :

« Vous êtes mariée à un homme qui vous fait souffrir.

– Oui, répondit Bijou qui pensait à ce que lui faisait faire le Basque devant ses amis.

– Il a des habitudes spéciales.

– Oui », dit Bijou, stupéfaite.

Les yeux fermés, elle pouvait revivre les scènes dans tous les détails. Elle avait l'impression que le voyant les imaginait tout aussi clairement.

Il ajouta :

« Vous êtes malheureuse, et par compensation, vous êtes infidèle.

– Oui », dit à nouveau Bijou.

Elle ouvrit les yeux à ce moment-là et vit le Noir qui la regardait fixement; elle les referma.

Il posa sa main sur son épaule.

« Dormez maintenant », dit-il.

Ces mots la calmèrent; elle y sentait une nuance de pitié. Mais elle n'arrivait pas à dormir. Son corps était tendu. Elle savait comment on respire en dormant, comment la poitrine se soulève. Alors elle fit semblant de dormir. Elle sentait la main de l'homme sur son épaule : sa chaleur traversait ses vêtements. Il se mit à caresser son épaule. Il le faisait si doucement qu'elle craignait de s'endormir vraiment, mais elle ne voulait pas perdre cette merveilleuse sensation dans tout le dos, que lui donnaient ses caresses. Elle se détendait complètement.

Il toucha sa gorge et attendit. Il voulait être sûr qu'elle dormait. Il toucha ses seins. Elle n'eut aucune réaction.

Très prudemment, avec adresse, il caressa le ventre de Bijou et, par une pression des doigts, déplaça la soie noire de la robe de façon que se dessine la forme des jambes et l'espace entre les cuisses. Quand cette vallée fut creusée, il continua à caresser les jambes. Il ne les avait pas encore touchées sous la robe. Alors, il se leva de sa chaise sans bruit, alla au pied du divan et se mit à genoux. Dans cette position, Bijou le savait, il pouvait voir sous sa robe qu'elle ne portait pas de slip. Il regarda longtemps.

Puis elle le sentit relever l'ourlet de la jupe pour en voir davantage. Elle s'étira, en écartant légèrement les jambes. Elle fondait sous ses doigts, sous ses yeux. Comme il était merveilleux d'être ainsi contemplée, alors qu'on vous croit endormie, de sentir l'homme totalement libre d'agir. Elle sentit la soie se soulever, et ses jambes se découvrir. Il les contemplait.

D'une main, il les caressait tout doucement, lentement, en profitant pleinement, sensible à la délicatesse de leur ligne, à la douceur soyeuse de la peau à l'intérieur des cuisses. Bijou avait des difficultés à rester complètement immobile. Elle désirait écarter un peu plus les jambes. La main la frôlait si lentement. Elle suivait les contours, s'attardant sur les courbes, sur le genou, puis continuait. Elle s'arrêta juste avant le sexe. Sans doute l'avait-il observée pour voir si elle dormait profondément. Avec deux doigts, il commença à effleurer son sexe, à le masser.

Quand il sentit le miel couler tout doucement, il glissa sa tête sous la jupe et commença à l'embrasser. Sa langue était longue, agile, pénétrante. Elle dut se retenir pour ne pas se coller contre cette bouche vorace.

L'éclairage était si faible qu'elle se risqua à entrouvrir les yeux. Il avait cessé de l'embrasser et commençait à se déshabiller. Il était debout tout près d'elle, grand, magnifique, tel un roi africain, les yeux brillants, les dents serrés, les lèvres humides.

Ne pas bouger, ne pas bouger, pour lui permettre de faire tout ce qu'il désirait. Que pouvait faire un homme avec une femme endormie qu'il n'avait besoin ni de terroriser ni de séduire?

Nu, il se pencha sur elle, et puis, l'entourant de ses bras, il la retourna avec soin. Bijou offrait maintenant son voluptueux derrière. Il souleva sa robe et dévoila ses fesses. Il s'arrêta, pour le régal des yeux. Ses doigts étaient fermes et chauds sur sa peau. Il se pencha sur elle et commença à embrasser la longue fente. Puis il glissa ses mains sous elle et la souleva contre lui, pour pouvoir la pénétrer par-derrière. Au début, il ne trouva que l'anus, trop serré et trop étroit pour être pénétré; alors, il se glissa plus loin pour entrer dans son ventre. Il donna quelques poussées en elle, puis s'arrêta.

Il la retourna de nouveau, afin de la prendre par-devant. Ses mains cherchaient ses seins sous la robe; il les massait avec brutalité. Sa verge était grosse et l'emplissait totalement. Il la pénétrait avec une telle fougue que Bijou craignait d'avoir un orgasme et de se trahir. Elle désirait prendre son plaisir sans qu'il s'en aperçoive. Mais il s'enfonçait en elle avec un rythme si régulier que lorsqu'il se retira soudain pour la câliner, elle sentit monter l'orgasme.

Elle désirait de toutes ses forces jouir de nouveau. Il essayait maintenant d'introduire sa verge dans sa bouche entrouverte. Elle se retint pour ne pas répondre, et se contenta d'écarter un peu plus les lèvres. C'était pour elle un effort terrible de ne pas le toucher, de ne pas bouger. Mais elle voulait éprouver encore une fois cet étrange plaisir d'un orgasme volé, tout comme lui-même jouissait de ces caresses volées.

La passivité de Bijou le rendait fou. Il avait maintenant caressé tout son corps et l'avait pénétré de toutes les manières. Il s'assit alors sur son ventre, plaça son sexe entre ses seins rapprochés l'un de l'autre, et remua d'avant en arrière. Elle sentait ses poils frôler sa peau.

Alors Bijou perdit le contrôle d'elle-même. Elle ouvrit en même temps sa bouche et ses yeux. L'homme, avec un cri sourd de plaisir, s'empara de sa bouche et frotta tout son corps contre le sien. La langue de Bijou pressait la bouche du Noir, tandis qu'il lui mordait les lèvres.

Soudain, marquant une pause, il dit :

« Voudriez-vous faire quelque chose pour moi ? »

Elle fit signe que oui.

« Je vais m'allonger par terre et vous viendrez sur moi ; laissez-moi regarder sous votre robe. »

Il s'étendit sur le sol. Elle s'accroupit à la hauteur de son visage ; elle tenait sa robe de façon qu'elle recouvre sa tête. De ses deux mains, il tenait les fesses de Bijou comme un fruit et il passa longtemps sa langue dans la fente, de haut en bas. Puis il lui caressa le clitoris, ce qui fit remuer Bijou d'avant en arrière. Il sentait sur sa langue toutes les réactions, toutes les contractions de Bijou. Accroupie sur lui, elle pouvait voir son pénis en érection vibrer à chaque onde de plaisir.

On frappa à la porte. Bijou se releva d'un bond, surprise, les lèvres encore humides et les cheveux décoiffés.

Le voyant répondit calmement : « Je n'ai pas encore fini », puis se tourna à nouveau vers elle et sourit.

Elle lui rendit son sourire. Il se rhabilla très vite. Apparemment, tout était de nouveau en ordre. Ils convinrent d'un rendez-vous. Bijou désirait venir avec ses amies Leila et Elena. Cela lui plairait-il? Il la pria de le faire, en ajoutant :

« La plupart des femmes qui viennent me voir ne me tentent pas. Elles ne sont pas belles. Mais vous – vous pouvez revenir quand vous voulez. Je danserai pour vous. »

Cette danse pour les trois femmes eut lieu un soir, après le départ du dernier client. Il leur fit un strip-tease, dévoilant son corps à la peau dorée et luisante. Il avait attaché autour de sa taille un faux pénis, modelé sur le vrai et de la même couleur.

Il leur dit :

« C'est une danse qui vient de mon pays; nous l'offrons aux femmes les jours de fête. »

Dans cette pièce à peine éclairée, où la lumière semblait enflammer sa peau, il se mit à danser, faisant balancer le pénis de la façon la plus suggestive. Il secouait tout son corps, imitant les mouvements de l'amour et simulant les spasmes successifs de l'homme pendant l'orgasme. Le dernier spasme était fou, comme celui d'un homme pour qui la jouissance serait une mort.

Les trois femmes regardaient. Au début, le faux pénis l'emportait, mais bientôt le vrai, éveillé par la sensualité de la danse, se mit à rivaliser avec lui en taille et en poids. Tous deux se balançaient maintenant au même rythme, suivant les gestes du voyant. Celui-ci fermait les yeux, comme si les trois femmes n'existaient pas pour lui. Cette scène eut sur Bijou un effet extraordinaire. Elle enleva sa robe et se mit à danser autour de lui, pour le séduire. Mais il la touchait à peine du bout de son sexe, lorsqu'ils se rencontraient, et continuait à tourner et à s'agiter comme un sauvage dansant contre une partenaire invisible.

Ce jeu troubla également Elena qui fit glisser sa robe par terre et se mit à genoux, tout près d'eux, pour être au niveau de leur ventre. Elle avait soudain envie d'être possédée jusqu'à en saigner, par ce gros pénis dur et ferme qui se balançait devant elle pendant cette *danse du ventre*[1] masculine, aux mouvements provocants.

Leila, qui n'aimait pas les hommes, se sentit soudain troublée par l'excitation de ces deux femmes et essaya d'étreindre Bijou qui la repoussa. Bijou était fascinée par ces deux verges tentatrices.

Leila essaya alors d'embrasser Elena. Puis elle frotta le bout de ses seins contre les deux femmes pour tenter de les exciter. Elle se pressait contre Bijou, profitant de son excitation, mais celle-ci n'avait d'yeux que pour ces deux membres virils qui dansaient devant elle. Elle avait la bouche ouverte

1. En français dans le texte. *(N.d.T.)*

et rêvait également d'être prise par ce monstre à deux sexes qui pourrait la satisfaire des deux côtés à la fois.

Lorsque l'Africain s'effondra, épuisé par la danse, Elena et Bijou se jetèrent sur lui en même temps. Bijou, d'un geste rapide, fit glisser en elle les deux pénis, un dans le vagin et l'autre par-derrière, puis, suivant un rythme frénétique et soutenu, s'agita sur le ventre de l'homme, jusqu'à ce qu'elle éclate dans un long cri de plaisir et tombe en avant. Elena la chassa aussitôt et prit sa place. Mais, remarquant que l'Africain était fatigué, elle cessa de remuer, attendant qu'il retrouve ses forces.

Sa verge restait dure en elle, et elle se mit à contracter ses muscles, tout doucement, craignant d'avoir un orgasme trop vite et de hâter la fin de son plaisir. Au bout d'un moment, il lui attrapa les fesses et la souleva de façon qu'elle puisse épouser les rapides pulsations de son sang. Il la penchait en avant, en arrière, d'un côté, de l'autre, de façon qu'elle s'adapte à son rythme jusqu'à ce qu'il hurle de plaisir; alors, elle se colla à lui et, décrivant des cercles réguliers autour de sa verge gonflée, elle s'amena doucement à l'orgasme.

Bien que Leila n'eût jamais désiré d'homme, elle éprouva un plaisir inattendu lorsqu'elle sentit la langue de l'Africain la caresser. Elle avait envie d'être prise par-derrière. Elle se tourna et lui demanda d'y introduire le faux pénis. Elle était maintenant à genoux et il fit ce qu'elle demandait.

Elena et Bijou la regardaient avec stupeur montrer ainsi ses fesses avec une excitation évidente;

l'Africain la griffait et la mordait tout en remuant le faux pénis à l'intérieur. En elle, la douleur se mêlait au plaisir, car le sexe était gros, mais elle resta à genoux, l'Africain soudé à elle, secouée de convulsions, jusqu'à ce qu'elle jouisse.

Bijou revint souvent voir l'Africain. Un jour, ils étaient étendus sur le divan; il avait blotti sa tête sous ses aisselles pour se pénétrer de son odeur, et soudain, au lieu de l'embrasser, il se mit à la flairer comme un animal, d'abord sous les bras, puis dans les cheveux, enfin entre les cuisses. Ces odeurs l'excitèrent mais il refusa de la prendre.

Il lui dit :

« Tu sais, Bijou, je t'aimerais encore davantage si tu te lavais moins souvent. J'aime l'odeur de ton corps, mais elle est si faible. Tu prends trop de bains. C'est pour cela que je désire rarement les femmes blanches. J'aime l'odeur forte de la femelle. S'il te plaît, lave-toi moins souvent. »

Pour lui faire plaisir, Bijou se lava moins souvent; il aimait tout particulièrement l'odeur de son sexe lorsqu'elle ne l'avait pas lavé, une merveilleuse odeur de coquillage, mélange de sperme et de miel.

Ensuite il lui demanda de lui laisser un de ses dessous qu'elle lui donnerait après l'avoir porté plusieurs jours.

Elle commença par une chemise de nuit noire bordée de dentelle qu'elle avait mise souvent. Allongé à côté de Bijou, l'Africain tenait la chemise de nuit sous ses narines pour se pénétrer de son odeur; il restait sur le dos, sans dire un mot, extatique. Bijou remarqua bientôt sous son pantalon le gonflement de son désir. Elle se pencha doucement sur lui et commença à déboutonner sa braguette, un bouton après l'autre. Elle désirait sortir son sexe comprimé sous un slip très serré. Elle dut défaire quelques boutons de plus.

Elle découvrit enfin sa verge, si brune et si lisse. Elle glissa furtivement sa main sous son slip, comme un voleur. L'Africain, le visage caché par la chemise de nuit, ne regardait pas Bijou. Elle tira doucement le pénis, pour le libérer. Celui-ci se dressa, raide et lisse. Mais à peine l'avait-elle frôlé de ses lèvres que l'homme se releva. Il posa la chemise de nuit toute froissée sur le lit, puis se jeta sur elle de tout son long et se mit à remuer d'un mouvement régulier, comme s'il faisait l'amour à Bijou.

Elle le regardait, fascinée, par la façon dont il s'enfonçait dans la chemise de nuit, l'ignorant totalement. Ses mouvements excitaient Bijou. Il était dans un tel état de frénésie qu'il transpirait, dégageant une odeur animale. Elle tomba sur lui. Elle pesait de tout son poids sur son dos; il continua cependant à se presser contre la chemise de nuit, sans faire attention à elle.

Elle remarqua que ses mouvements se faisaient plus rapides. Alors il s'arrêta. Il commença à déshabiller doucement Bijou. Elle pensait qu'il avait maintenant épuisé son intérêt pour la chemise de nuit et qu'il allait lui faire l'amour. Il lui enleva ses bas, lui laissant ses jarretelles sur la peau nue. Ensuite, il souleva sa robe encore toute chaude. Pour lui plaire, Bijou portait une culotte noire. Il la fit glisser très lentement, et s'arrêta à mi-chemin pour admirer la peau ivoire, à la chute des reins, juste avant les fesses. Il l'embrassa à cet endroit, passant sa langue dans la fente délicieuse tout en continuant à faire descendre la culotte. Il posa des baisers tout le long de ses cuisses et elle avait l'impression que la soie de la culotte était comme une autre main sur sa peau.

Lorsqu'elle leva une jambe pour enlever complètement sa culotte, elle dévoila entièrement son sexe. Alors il l'embrassa entre les cuisses et elle souleva l'autre jambe afin de les poser toutes deux sur les épaules du Noir.

Il tenait la culotte dans une main tout en embrassant Bijou; elle était mouillée et haletante. C'est alors qu'il se détourna et enfouit sa tête dans la culotte, dans la chemise de nuit, s'entourant la verge de ses bas, se couvrant le ventre avec sa robe. Les vêtements semblaient avoir sur lui le même effet qu'une caresse. Il avait des convulsions de désir.

Bijou essaya une nouvelle fois de prendre son sexe dans sa bouche, dans ses mains, mais il la repoussa. Elle était nue à ses côtés, affamée de désir, et le regardait prendre son plaisir. C'était provocant et cruel. Elle essaya d'embrasser le reste de son corps, mais il ne lui rendait pas ses baisers.

Il continuait à caresser, à embrasser, à respirer ses vêtements jusqu'à ce que son corps se mette à trembler. Il était sur le dos, son pénis secoué de spasmes sans rien pour l'envelopper, pour le prendre. Son corps se tordait de plaisir, de la tête aux pieds; il mordait la culotte, la mâchait, sa verge frôlant presque la bouche de Bijou, et cependant inaccessible. Enfin, son sexe fut parcouru par un frisson violent tandis que coulait l'écume blanche; Bijou se jeta sur lui pour avaler les dernières gouttes.

Un après-midi où Bijou n'avait pas réussi à attirer l'attention de l'Africain sur son corps, elle finit par lui dire, exaspérée :

« Regarde, je commence à avoir une vulve trop développée tellement tu la mords et tu l'embrasses; tu tires sur les lèvres comme sur les bouts de mes seins. Et elles s'allongent. »

Il prit alors les lèvres de Bijou entre le pouce et l'index et commença à les examiner. Il les ouvrit comme les pétales d'une fleur, et dit :

« On pourrait les percer et y suspendre une boucle d'oreille, comme nous le faisons en Afrique. Je voudrais te le faire. »

Il continua à jouer avec la vulve. Celle-ci se raidit sous ses doigts et il vit apparaître le miel sur le bord, telle l'écume délicate d'une vague minuscule. Cela l'excitait. Il la toucha avec l'extrémité de sa verge. Mais il ne la pénétra pas. Il était obsédé par l'idée de percer ces lèvres, comme si elles avaient été des lobes d'oreilles, et d'y suspendre une petite boucle d'oreille en or, comme il l'avait vu faire sur les femmes de son pays.

Bijou ne pensait pas qu'il était sérieux. Elle se réjouissait de le voir si attentionné. Mais bientôt, il alla chercher une aiguille. Bijou se débattit et s'enfuit.

Elle n'avait plus d'amant. Le Basque continuait à se moquer d'elle, ce qui lui donnait de grands désirs de vengeance. Elle n'était heureuse que lorsqu'elle le trompait.

Elle se promenait dans les rues, fréquentait les cafés, pleine de désir et de curiosité; elle voulait quelque chose de nouveau, qu'elle n'aurait pas encore connu. Au café, elle déclinait les invitations banales.

Un soir, elle descendait les escaliers qui mènent aux quais de la Seine. L'éclairage de la rue était très faible. On entendait à peine les bruits de la circulation.

Les péniches amarrées avaient éteint leurs lumières; leurs occupants dormaient à cette heure de la nuit. Elle arriva à un petit parapet en pierre et s'arrêta pour regarder le fleuve. Elle se pencha, fascinée par les lueurs qui se reflétaient dans l'eau. C'est alors qu'elle entendit la voix la plus extraordinaire dans son oreille, une voix qui l'enchanta immédiatement.

Cette voix disait :

« Je vous prie de ne pas bouger. Je ne vous ferai aucun mal. Mais restez où vous êtes. »

C'était une voix si profonde, si riche, si raffinée qu'elle obéit et se contenta de tourner seulement la tête. Derrière elle se tenait un homme grand, beau, bien habillé. Il souriait dans la pénombre, avec une expression d'une gentillesse et d'une galanterie désarmantes.

Alors il se pencha à son tour au-dessus du parapet et dit :

« Vous trouver ici, de cette manière, a été l'une des obsessions de ma vie. Vous ignorez à quel point vous êtes belle, les seins appuyés sur le parapet, et la robe relevée derrière. Vos jambes sont si belles.

– Mais vous devez avoir un tas d'amies! dit Bijou.

– Il n'y en a aucune que je n'aie désirée autant que vous. Je vous en prie, ne bougez pas! »

Bijou était intriguée. La voix de l'étranger la fascinait; elle était en extase. Elle sentait sa main lui caresser les jambes sous sa robe.

Tout en la caressant, il dit :

« Un jour, je regardais deux chiens s'amuser ensemble. L'un d'eux était occupé à manger un os qu'il avait trouvé et l'autre profita de la situation pour l'approcher par-derrière. J'avais quatorze ans. J'éprouvais une excitation des plus folles à les regarder. C'était la première fois que j'assistais à l'acte sexuel. Depuis ce jour, seules les femmes penchées en avant, comme vous, éveillent mon désir. »

Sa main continuait à la caresser. Il pressa légèrement son corps contre le sien et, la trouvant docile, il fit un mouvement comme pour la couvrir tout entière. Bijou prit soudain peur et essaya d'échapper à son étreinte. Mais l'homme avait beaucoup de force. Elle se trouvait déjà sous lui et il ne lui restait plus qu'à la pencher un peu en avant. Il appuya sa tête et ses épaules sur le parapet et souleva sa jupe.

Bijou ne portait rien sous sa robe. Il en eut le souffle coupé. Puis il commença à lui murmurer des mots d'amour qui la calmaient, tout en la tenant entièrement à sa merci. Elle le sentait contre son dos, mais il ne la prenait pas. Il se contentait de presser son corps contre le sien, le plus fort possible. Ses jambes la serraient avec force, et sa voix l'enveloppait, mais c'était tout. Soudain, elle sentit quelque chose de chaud et de doux sur sa peau, quelque chose qui ne la pénétra pas. L'instant d'après, elle était couverte de sperme. L'homme l'abandonna et s'enfuit en courant.

Leila emmena Bijou faire une promenade à cheval au Bois. Leila était très belle sur un cheval, mince, hautaine, masculine. Bijou avait l'air plus voluptueuse mais moins sûre d'elle.

Monter à cheval dans le Bois était une merveilleuse expérience. Elles croisaient des gens élégants, puis se promenaient dans des sentiers boisés et déserts. De temps en temps, elles tombaient sur un café, où l'on pouvait se reposer et prendre un repas.

C'était le printemps. Bijou avait pris plusieurs leçons d'équitation et sortait seule pour la première fois. Elles marchaient au pas, tout en bavardant. Soudain Leila se lança au galop et Bijou la suivit. Après avoir galopé quelque temps, elles s'arrêtèrent, le visage empourpré.

Bijou sentait une très agréable irritation entre les cuisses et une chaleur sur les fesses. Elle se demandait si Leila éprouvait la même chose. Après une autre demi-heure de promenade, son excitation était encore plus grande. Ses lèvres étaient humides, ses yeux brillants. Leila la regarda avec admiration.

« Le cheval te fait du bien », lui dit-elle.

Elle tenait une cravache à la main avec une belle assurance. Ses gants épousaient parfaitement ses longs doigts. Elle portait une chemise d'homme avec des boutons de manchettes. Son maintien mettait en valeur la perfection de sa taille, de sa poitrine et de ses fesses. Bijou remplissait davantage ses vêtements. Elle avait la poitrine haute et provocante. Ses cheveux lâchés volaient au vent.

Mais quelle chaleur entre les jambes, jusque sur les fesses – Bijou avait l'impression d'avoir été frottée à l'alcool, ou au vin, puis délicatement massée par une professionnelle. Chaque fois qu'elle se soulevait sur la selle et retombait, elle ressentait un fourmillement délicieux. Leila aimait rester derrière et regarder sa silhouette à cheval. Très peu entraînée, Bijou se penchait en avant sur la selle et montrait ses fesses, rondes et serrées dans son pantalon, et ses jambes parfaites.

Les chevaux avaient chaud et commençaient à suer. Ils dégageaient une odeur forte qui s'imprégnait dans leurs vêtements. Le corps de Leila semblait s'alléger. Elle maniait nerveusement sa cravache. Elles galopèrent à nouveau, côte à côte cette fois, la bouche entrouverte, le vent fouettant leur visage. Comme leurs jambes serraient très fort les flancs du cheval, cela rappela à Bijou le jour où elle était à califourchon sur le ventre du Basque; elle s'était ensuite levée, les pieds prenant appui sur la poitrine du Basque, et avait exposé son sexe juste dans l'axe de son regard; il l'avait longtemps maintenu ainsi pour se régaler du spectacle. Une autre fois, il se trouvait à genoux par terre et elle s'était mise à cheval sur lui, essayant de lui faire mal en pressant très fort ses jambes sur ses côtes. Tout en riant nerveusement, il l'avait obligée à continuer. Les genoux de Bijou avaient autant de force que ceux d'un cavalier, et cette position excitait tellement le Basque qu'il avait rampé ainsi tout autour de la pièce, le sexe érigé.

Parfois, le cheval de Leila levait la queue dans la vitesse du galop; il la rabattait ensuite vigoureusement, faisant admirer ses poils qui luisaient au soleil. Lorsqu'elles atteignirent le fond de la forêt, elles s'arrêtèrent et descendirent de cheval. Elles menèrent leurs chevaux jusqu'à un coin de mousse, et s'assirent pour se reposer. Elles fumèrent une cigarette; Leila avait toujours son fouet à la main.

Bijou dit :

« Mes fesses sont brûlantes, après tout cet exercice.

– Fais-moi voir, dit Leila. Pour une première fois, nous n'aurions pas dû monter aussi longtemps. Fais-moi voir à quoi elles ressemblent. »

Bijou défit lentement sa ceinture, déboutonna son pantalon, le fit légèrement descendre et se tourna pour montrer son derrière à Leila.

Leila attira Bijou contre ses genoux et dit :

« Fais voir. »

Elle descendit le pantalon encore plus bas de façon à dégager complètement les fesses. Elle toucha Bijou.

« Ça te fait mal? demanda-t-elle.

– Ça ne fait pas mal; ça brûle simplement, comme si on les avait fait griller. »

Leila tenait le petit derrière rond de Bijou dans le creux de ses mains.

« Le pauvre petit! dit-elle. As-tu mal ici? »

Sa main se glissa plus bas dans son pantalon, entre les jambes.

« C'est brûlant ici, dit Bijou.

– Enlève ton pantalon; ça te rafraîchira, dit Leila en tirant un peu plus sur le pantalon tout en gardant Bijou sur ses genoux, le derrière en l'air. Tu as une si belle peau, Bijou. Elle brille et reflète la lumière. L'air va te rafraîchir un peu. »

Elle continuait à caresser la peau de Bijou entre les cuisses comme un chaton. Quand le pantalon la gênait, elle le tirait un peu plus bas.

« Ça brûle toujours, dit Bijou, sans bouger.

– Si ça continue longtemps, nous essaierons autre chose.

– Fais-moi tout ce que tu veux », répondit Bijou.

Leila saisit sa cravache et la laissa retomber, pas trop fort, sur Bijou.

Bijou dit :

« Ça me donne encore plus chaud.

– C'est ce que je veux; je veux que tu sois brûlante, si brûlante que tu ne puisses plus le supporter. »

Bijou ne bougeait pas. Leila se servit de la cravache une nouvelle fois, et laissa une marque rouge.

Bijou dit :

« C'est si chaud, Leila.

– Je veux que tu brûles à cet endroit – que tu

brûles jusqu'à ne plus pouvoir le supporter. Alors, je t'embrasserai. »

Elle frappa encore; Bijou ne bougea pas. Elle frappa un peu plus fort.

Bijou dit :

« C'est brûlant maintenant. Embrasse-moi. »

Leila se pencha sur elle et lui donna un long baiser, là où les fesses vont rejoindre le sexe. Puis elle frappa de nouveau Bijou. Et de nouveau, Bijou contractait les muscles de ses fesses comme si elle avait mal, mais elle éprouvait une sensation de plaisir brûlant.

« Frappe fort », dit-elle à Leila.

Leila obéit, puis elle dit :

« Veux-tu me faire la même chose ?

– Oui », répondit Bijou, en se levant mais sans remonter son pantalon.

Elle s'assit sur la mousse fraîche, installa Leila sur ses genoux, déboutonna son pantalon, et commença à la fouetter, d'abord doucement, puis plus fort, jusqu'à ce que Leila se contracte et se dilate à chaque coup de cravache. Ses fesses étaient maintenant rouges, brûlantes.

Elle dit :

« Déshabillons-nous et montons ensemble à cheval. »

Elles ôtèrent leurs vêtements et toutes deux montèrent sur le même cheval. La selle était chaude. Elles s'emboîtaient parfaitement l'une dans l'autre; Leila, derrière, mit ses mains sur la poitrine de Bijou et embrassa son épaule. Elles marchèrent au pas dans cette position, la selle frottant contre leurs sexes à chaque mouvement du cheval. Leila mordait l'épaule de Bijou et Bijou se retournait de temps en temps pour embrasser les seins de Leila. Puis elles retournèrent sur leur lit de mousse et se rhabillèrent.

Avant que Bijou ait pu finir d'enfiler son pantalon, Leila l'arrêta pour embrasser son clitoris; mais Bijou sentait surtout ses fesses en feu et demanda à Leila de mettre fin à son irritation.

Leila caressa les fesses de Bijou, puis reprit la cravache et frappa fort; Bijou se contractait sous les coups. Leila lui écartait les fesses d'une main afin que le fouet la touche dans la fente, où c'est plus sensible – et Bijou finit par crier. Leila ne cessa pas de la frapper à cet endroit jusqu'à ce qu'elle se torde de convulsions.

Alors Bijou se retourna et frappa Leila aussi fort, tant elle était irritée de se voir si excitée et cependant insatisfaite, de se voir brûlante et en même temps incapable d'arriver à une conclusion. Chaque fois qu'elle frappait, elle ressentait des palpitations entre les cuisses, comme si elle était en train de prendre Leila, de la pénétrer. Après s'être fouettées à en devenir écarlates, elles tombèrent l'une sur l'autre, mêlant leurs langues et leurs mains jusqu'à ce qu'elles atteignent enfin le paroxysme de leur plaisir.

Il était convenu qu'ils iraient en pique-nique : Elena, Pierre son amant, Bijou et le Basque, Leila, et l'Africain.

Ils choisirent un endroit dans la banlieue de Paris. Ils déjeunèrent dans un restaurant au bord de la Seine. Puis, laissant la voiture à l'ombre, ils décidèrent de faire une promenade en forêt. Au début, ils marchaient en groupe, puis Elena traîna derrière avec l'Africain. Elle eut soudain envie de grimper à un arbre. L'Africain se moqua d'elle, pensant qu'elle n'y arriverait pas.

Mais Elena savait grimper aux arbres. Très adroitement, elle posa un pied sur la branche la plus basse et grimpa. Le Noir était au pied de l'arbre et la regardait. En levant les yeux, il pouvait voir sous sa jupe. Elle portait un slip rose coquillage, court et serré, si bien que la plus grande partie de ses jambes et de ses cuisses était nue. L'Africain riait et la taquinait, et se mit tout à coup à bander.

Elena était assise tout en haut. Il ne pouvait pas la rejoindre car il était trop lourd pour pouvoir grimper sur la première branche. Tout ce qu'il pouvait faire était de la regarder, assis là, et de sentir son sexe se gonfler de plus en plus.

Il demanda :

« Quel cadeau vas-tu me faire aujourd'hui ?

– Ceci », dit Elena en lui lançant des châtaignes.

Elle s'assit sur une branche, balançant les jambes.

A ce moment-là, Bijou et le Basque revinrent à leur rencontre. Bijou était un peu jalouse de voir les deux hommes regarder Elena, aussi se jeta-t-elle par terre et cria :

« Je sens quelque chose ramper sous mes vêtements. J'ai peur. »

Les deux hommes s'approchèrent d'elle. Elle leur désigna d'abord son dos et le Basque fit glisser sa main le long de sa robe. Puis elle dit qu'elle le sentait maintenant devant et l'Africain glissa alors sa main sous sa robe et commença à chercher sous les seins. Soudain, Bijou sentit réellement quelque chose courir sur son ventre et elle se mit à se secouer et à se rouler dans l'herbe.

Les deux hommes essayèrent de l'aider. Ils levèrent sa jupe et commencèrent à chercher. Elle portait des dessous de satin qui la cachaient complètement. Elle dégrafa un côté de la culotte pour le Basque qui, aux yeux de tous, avait plus de droit que quiconque à regarder ses endroits secrets. Cela excita l'Africain. Il retourna Bijou et se mit à lui donner des tapes légères sur tout le corps en disant : « Voilà de quoi tuer la petite bête! » Le Basque promenait également ses mains sur tout le corps de Bijou.

« Il faut que tu te déshabilles, dit-il pour finir. C'est la seule solution. »

Tous deux l'aidèrent à se déshabiller, tandis qu'elle restait étendue sur l'herbe. Elena regardait la scène du haut de son arbre, parcourue de fourmillements dans le corps, souhaitant être à la place de Bijou. Quand Bijou fut toute nue, elle chercha entre les cuisses, dans sa toison pubienne et, ne trouvant rien, commença à remettre son slip. Mais l'Africain ne voulait pas qu'elle se rhabille. Alors il ramassa un petit insecte inoffensif dans l'herbe et le posa sur le ventre de Bijou. L'insecte courut le long de ses jambes et Bijou essaya de s'en débarrasser en se roulant par terre et en se secouant, car elle ne voulait pas le toucher de ses doigts.

« Enlevez-le, enlevez-le! » criait-elle, tout en roulant son corps magnifique sur l'herbe, offrant aux regards chaque parcelle de peau choisie par l'insecte pour s'ébattre. Aucun des deux hommes ne voulut aller à son secours. Le Basque prit une branche et commença à frapper l'insecte. L'Africain l'imita. Les coups n'étaient pas douloureux; ils la chatouillaient et la picotaient un peu.

Soudain l'Africain se rappela Elena et retourna vers l'arbre.

« Descends, dit-il. Je vais t'aider. Tu peux poser ton pied sur mon épaule.

– Je ne descendrai pas. »

Le Noir la supplia. Elle commença à descendre, et au moment où elle allait atteindre la branche la plus basse, l'Africain lui attrapa la jambe et la plaça sur son épaule. Elle glissa et se retrouva les deux jambes autour de son cou, et le sexe contre son visage. L'Africain se pénétrait de son odeur, dans une douce extase, et la tenait fermement de ses mains puissantes.

A travers la robe, il pouvait respirer l'odeur et sentir la forme du sexe d'Elena; il la maintenait dans cette position, mordant ses vêtements tout en lui tenant les jambes. Elle se débattit pour lui échapper, lui donnant des coups de pied et des coups de poing dans le dos.

Alors apparut son amant, Pierre, furieux, les cheveux en bataille, en la trouvant dans cette posture. Elle essaya en vain d'expliquer que l'Africain l'avait attrapée parce qu'elle avait glissé en descendant de l'arbre. Il ne se calmait pas et voulait se venger. Quand il vit le couple sur l'herbe, il essaya de se joindre à lui. Mais le Basque ne laissait jamais personne toucher Bijou. Il continuait à la fouetter avec une branche d'arbre.

A ce moment-là, un gros chien apparut entre les arbres et s'avança vers Bijou allongée par terre. Il commença à la renifler, avec un plaisir évident. Bijou criait et essayait de se relever. Mais l'énorme chien était maintenant sur elle et cherchait à placer son museau entre ses cuisses.

Alors le Basque, avec une expression cruelle dans les yeux, fit un signe à l'amant d'Elena. Pierre comprit aussitôt. Ils empêchèrent Bijou de bouger en lui maintenant bras et jambes, et laissèrent faire le chien. Celui-ci se mit à lécher la chemise de satin avec délice, à l'endroit même où un homme aurait aimé la lécher.

Le Basque dégrafa les dessous de Bijou et laissa le chien la lécher proprement, avec application. Sa langue était rêche, beaucoup plus rêche que celle d'un homme, longue et forte. Il ne cessait pas de lécher avec vigueur : les trois hommes regardaient maintenant ce spectacle.

Elena et Leila avaient l'impression d'être, elles aussi léchées par le chien. Elles étaient nerveuses. Ils regardaient tous, se demandant si Bijou éprouvait du plaisir.

Au début, elle avait été terrifiée et s'était violemment débattue. Puis elle se rendit compte de l'inutilité de ses efforts, car les hommes tenaient trop fermement ses poignets et ses chevilles. Le chien était très beau, avec une grosse tête ébouriffée, une langue propre.

Les poils de son pubis, éclairés par le soleil, ressemblaient à du brocart. Son sexe était mouillé et luisant, mais personne ne savait si cela était miel ou salive. Quand Bijou cessa de résister, le Basque en fut jaloux, et chassa le chien d'un coup de pied.

Vint le temps où le Basque se fatigua de Bijou et l'abandonna. Bijou était tellement habituée à ses fantaisies et à ses jeux cruels – particulièrement à la façon qu'il avait de la rendre esclave et sans défense pendant que l'on s'amusait de son corps – que, pendant des mois, elle ne prit aucun plaisir à sa liberté retrouvée et ne put pas prendre un autre amant. Elle n'avait pas non plus envie des femmes.

Elle essaya de redevenir modèle, mais elle n'aimait plus exposer ainsi son corps à tous les regards, être observée ou désirée par les étudiants. Elle errait, seule, dans les rues, toute la journée.

De son côté, le Basque reprit la poursuite d'une ancienne obsession.

Fils de bonne famille, il avait dix-sept ans lorsque ses parents avaient engagé une gouvernante française pour sa plus jeune sœur. Cette femme était petite, potelée, et toujours coquette dans ses toilettes. Elle portait des bottines de cuir vernis et des bas noirs. Elle avait des petits pieds très cambrés et pointus.

Le Basque était un beau jeune homme et la gouvernante l'avait remarqué. Ils faisaient des promenades ensemble avec la petite sœur. En présence de la petite fille, ils ne pouvaient pas faire grand-chose, sinon échanger de longs regards. La gouver-

284

nante avait un petit grain de beauté au coin de la bouche, qui fascinait le Basque. Un jour il lui en fit même compliment.

Elle répondit :

« J'en ai un autre à un endroit que vous ne soupçonneriez pas et que vous ne verrez jamais. »

Le jeune homme se demandait où pouvait bien se trouver le grain de beauté. Il essayait d'imaginer la gouvernante française toute nue. Où était le grain de beauté? Il n'avait vu des femmes nues qu'en photo. Il possédait une carte postale représentant une danseuse en jupe courte faite de plumes. En soufflant dessus, la jupe se relevait et on pouvait voir le corps de la femme. Elle levait une jambe comme une ballerine et le Basque pouvait voir comment elle était faite.

En rentrant chez lui ce jour-là, il ressortit cette carte postale et souffla dessus. Il imaginait que c'était le corps de la gouvernante, avec des seins ronds et pleins. Puis, avec un crayon, il dessina un grain de beauté entre les cuisses. Cela l'excita au plus haut point et il désirait à tout prix voir la gouvernante toute nue. Mais au milieu de sa nombreuse famille, il fallait être prudent. On tombait toujours sur quelqu'un, dans l'escalier, dans toutes les chambres.

Le lendemain, pendant leur promenade, elle lui offrit un mouchoir. Au retour, il courut dans sa chambre, se jeta sur son lit et se couvrit le visage avec le mouchoir. Il était tout imprégné de son odeur. Elle l'avait tenu dans sa main pendant toute cette chaude journée et l'avait légèrement imbibé de transpiration. L'odeur était si caractéristique et l'excita tellement que, pour la deuxième fois, il sut ce qu'étaient les affres du désir. Il remarqua qu'il avait une érection, ce qui, jusqu'alors, ne lui était arrivé qu'en rêve.

Le lendemain, elle lui donna quelque chose enveloppé dans du papier. Il le glissa dans sa poche et, après la promenade, se rendit tout droit dans sa chambre pour ouvrir le paquet. Il contenait une culotte couleur chair, bordée de dentelle. Elle l'avait portée. Elle aussi était imprégnée de son odeur. Le jeune homme enfouit son visage dans le tissu et connut le plus fou des plaisirs. Il s'imaginait en train de lui enlever sa culotte. La sensation était si vive qu'il se mit à bander. Il commença à se masturber tout en continuant à sentir la culotte. Puis il frotta son pénis avec. Le contact de la soie le transporta. Il avait l'impression de toucher la peau de la gouvernante, peut-être à l'endroit même où il imaginait qu'elle avait son grain de beauté. Et soudain, il se mit à jouir, pour la première fois de sa vie, dans un spasme qui le fit rouler sur son lit.

Le jour suivant, elle lui donna un autre paquet. Il contenait un soutien-gorge. Il répéta la même scène. Il se demandait ce qu'elle pourrait lui donner maintenant pour éveiller son désir.

Ce fut cette fois un gros paquet, qui piqua la curiosité de sa petite sœur.

« Ce ne sont que des livres, dit la gouvernante, ils ne peuvent pas vous intéresser. »

Le Basque se précipita dans sa chambre. Elle lui avait offert cette fois un petit corset noir bordé de dentelle, qui avait la forme exacte de son corps. La dentelle était tout usée, car elle l'avait beaucoup porté. Le Basque fut de nouveau excité. Il se déshabilla et enfila le corset. Il tirait sur le lacet comme il l'avait vu faire à sa mère. Il se sentait comprimé; il avait mal, mais cette douleur le ravissait. Il imaginait que la gouvernante le tenait dans ses bras, le pressant contre elle jusqu'à ce qu'il suffoque. En défaisant le lacet, il avait l'impression de se libérer de son étreinte, afin de pouvoir regarder son corps à loisir. Il devint de plus en plus fébrile, poursuivi par toutes sortes d'images – la taille fine de la gouvernante, ses hanches, ses cuisses.

La nuit, il cachait sous ses draps tous les vêtements de la gouvernante et s'endormait avec, enveloppant son sexe dedans comme s'il avait été dans son ventre. Il rêvait d'elle. L'extrémité de sa verge était toujours humide. Le matin, il avait des cernes sous les yeux.

Elle lui donna une paire de bas qu'elle avait portés. Puis une paire de bottines vernies noires. Il posa les bottines sur son lit. Il s'allongea, nu, au milieu de tous ses vêtements, s'efforçant de la rendre présente, la désirant de toutes ses forces. Les bottines avaient un air si vivant. On aurait dit que la gouvernante était entrée et marchait sur son lit. Il les posa debout entre ses jambes pour les regarder. Il avait l'impression que la jeune femme allait lui marcher sur le corps et l'écraser de ses pieds fins et délicats. Cette pensée l'excita. Il se mit à trembler. Il plaça les bottines plus près de lui. L'une d'elles lui touchait l'extrémité de la verge. Cela l'excita tellement qu'il éjacula sur le cuir luisant.

C'était devenu une véritable torture. Il commença à écrire des lettres à la gouvernante, la priant de venir le rejoindre dans sa chambre la nuit. Elle les lut avec plaisir, en sa présence; le désir brillait dans ses yeux, mais elle n'aurait pas risqué sa place.

Puis, un jour, elle fut rappelée chez elle, car son père était malade. Le jeune homme ne la revit jamais. Il fut abandonné tout dévoré de désir, et les vêtements de la jeune fille le hantaient.

N'en pouvant plus, il rassembla toutes ces affaires et se rendit au bordel. Il y trouva une femme qui ressemblait physiquement à la gouvernante. Il lui fit mettre les vêtements. Il la regarda lacer le corset, qui faisait remonter sa poitrine et ressortir ses fesses; il la regarda agrafer le soutien-gorge et enfiler la culotte. Puis il lui demanda de mettre les bas et les bottines.

Son excitation était extraordinaire. Il se frottait contre la femme. Puis il s'étendit à ses pieds et lui demanda de le toucher avec l'extrémité de sa bottine. Elle commença par toucher sa poitrine, puis son ventre, puis son sexe. Ce qui lui faisait faire des bonds; il imaginait que c'était la gouvernante qui le touchait.

Il embrassa les sous-vêtements et essaya de posséder la fille, mais, dès qu'elle écarta les jambes, son désir s'évanouit aussitôt : où était le grain de beauté?

PIERRE

Quand il était jeune homme, Pierre se promenait un jour sur les quais, très tôt le matin. Il avait déjà marché un bon moment, lorsqu'il fut arrêté par la vue d'une homme qui essayait de ramener un corps sur la berge. Ce corps, entièrement nu, était pris dans la chaîne d'une ancre. Pierre courut à l'aide. Tous deux réussirent à porter le corps sur le quai.

Alors l'homme se tourna vers Pierre en disant :
« Attendez ici; je vais chercher la police », et il partit en courant. Le soleil se levait à peine et donnait à ce corps une teinte rosée. Pierre remarqua alors qu'il s'agissait d'une femme, et même d'une très belle femme. Ses longs cheveux étaient collés sur ses épaules et sur ses seins ronds et pleins. Elle avait une peau dorée et luisante. Il n'avait jamais vu un corps plus parfait, aux contours aussi harmonieux, brillant sous la transparence de l'eau.

Il la regardait, fasciné. Le soleil la séchait. Il la toucha. Elle était encore chaude; elle était morte depuis très peu de temps. Il posa la main sur son cœur. Il ne battait pas. Sa poitrine semblait s'accrocher à sa main.

Il trembla, puis se pencha et embrassa sa poitrine. La chair était élastique, douce sous les lèvres, comme vivante. Il ressentait un violent désir de ce corps. Il continua à l'embrasser. Il écarta les lèvres de la femme. De l'eau s'en échappa, qui ressemblait à de la salive. Il avait l'impression que s'il l'embrassait assez longtemps, elle reviendrait à la vie. La chaleur de ses lèvres se communiquait aux lèvres de la femme. Il couvrit de baisers sa bouche, ses seins, son cou, son ventre; puis descendit jusqu'aux poils bouclés du pubis, encore mouillés. C'était comme s'il l'avait embrassée sous l'eau.

Elle était étendue de tout son long, les jambes légèrement écartées, les bras le long du corps. Le soleil donnait maintenant à sa peau une teinte blonde, et ses cheveux mouillés ressemblaient à des algues.

Comme il aimait ce corps étendu là, sans défense. Comme il aimait ses yeux fermés et sa bouche entrouverte. Son corps avait le goût de la rosée, des fleurs mouillées, des feuilles humides, de l'herbe fraîche du matin. Sa peau était douce comme du satin sous les doigts. Il aimait sa passivité et son silence.

Il se sentait tendu, enfiévré. Il finit par se jeter sur elle et, au moment où il la pénétrait, de l'eau coula entre ses jambes, comme s'il avait fait l'amour à une naïade. Ses mouvements faisaient onduler le corps de la femme. Il donnait de violentes poussées en elle, espérant une réaction à chaque instant. Mais le corps de la femme ne faisait que suivre son rythme.

Maintenant, il craignait le retour de l'homme avec la police. Il essaya de se hâter de jouir, mais n'y parvint pas. Il n'avait jamais pris une femme aussi longtemps. La fraîcheur et l'humiditié du vagin, cette passivité, prolongeaient son plaisir – cependant, il n'arrivait pas à conclure.

Il s'agitait désespérément, pour se libérer de sa torture et répandre son liquide chaud dans ce corps froid. Oh! comme il aurait aimé jouir à ce moment précis, tandis qu'il embrassait ses seins, poussant de plus en plus fort! mais il ne pouvait pas. L'homme et la police allaient le trouver là, étendu sur le corps d'une morte.

Il finit par la prendre par la taille et par la soulever contre sa verge, la pénétrant avec violence. Au moment où des cris se faisaient entendre autour de lui, il se sentit éclater en elle. Il se retira, laissa retomber le corps et s'enfuit.

Cette femme le hanta pendant des jours. Il ne pouvait pas prendre une douche sans se rappeler le contact de cette peau mouillée et revoir l'éclat de ce corps sous les premiers rayons du soleil. Jamais de sa vie il ne reverrait un corps aussi beau! Il ne pouvait pas entendre la pluie sans se rappeler cette eau qui coulait entre ses cuisses et qui sortait de sa bouche, sans se souvenir à quel point elle était douce et lisse.

Il sentit qu'il devait quitter la ville. Il se retrouva, après quelques jours de route, dans un petit village de pêcheurs où il loua un atelier d'artiste dans un ensemble de constructions très bon marché. Les cloisons laissaient passer tous les bruits. Au milieu d'une rangée d'ateliers se trouvait un lavabo-.W-C.

commun, qui jouxtait l'atelier de Pierre. Un soir où il essayait de s'endormir, il fut tout à coup dérangé par un fin rayon de lumière à travers les planches du mur. Il colla son œil contre une fissure et vit, debout devant la cuvette des cabinets, une main appuyée au mur, un jeune garçon d'environ quinze ans.

Il avait à moitié descendu son pantalon et déboutonnait sa chemise, sa tête bouclée penchée en avant. De sa main droite, il tripotait pensivement sa verge. De temps en temps, il la pressait plus fort, et son corps était alors secoué par une convulsion. Dans la pénombre, avec ses cheveux bouclés et son corps jeune et pâle, il avait l'air d'un ange, si l'on oubliait le fait qu'il tenait son sexe dans sa main droite.

Il enleva son autre main du mur où elle était appuyée, et se mit à tenir ses testicules très fermement, tandis qu'il continuait à masser, à presser, à serrer son pénis. Celui-ci ne devenait pas très dur. Il éprouvait du plaisir mais ne réussissait pas à atteindre l'orgasme. Il semblait déçu. Il avait essayé toutes les formes de masturbation. Il tenait maintenant son sexe mou d'un air désenchanté. Il le soupesait, pensif, puis il remonta son pantalon, boutonna sa chemise et s'en alla.

Pierre était maintenant tout à fait réveillé. Le souvenir de la femme noyée le hantait à nouveau, mêlé à l'image de ce jeune garçon se masturbant. Il restait étendu, nerveux, lorsqu'un deuxième rayon de lumière traversa la pièce venant des toilettes. Pierre ne put s'empêcher de regarder. Il y avait là, assise, une femme d'environ cinquante ans, énorme, solide, avec un visage lourd, une bouche et des yeux avides.

Elle n'était là que depuis quelques minutes lorsque quelqu'un voulut entrer. Au lieu de le renvoyer, elle ouvrit la porte. Apparut le jeune homme qu'il avait vu un instant plus tôt. Il fut étonné de voir qu'on lui avait ouvert la porte. La vieille femme ne bougea pas de son siège, l'invita à entrer avec un sourire et à refermer la porte.

« Quel beau jeune homme tu es? lui dit-elle. Tu dois avoir déjà une petite amie, non? Tu as certainement dû déjà t'amuser avec des femmes?

— Non », dit le garçon, timidement.

Elle lui parlait sans la moindre gêne, comme s'ils s'étaient rencontrés dans la rue. Il avait été pris par surprise et la fixait avec étonnement. Tout ce qu'il voyait était sa bouche souriante aux lèvres pleines et ses yeux aguichants.

« Jamais connu le plaisir, mon garçon, tu ne vas pas me dire ça?

— Non, répéta le jeune homme.

— Tu ne sais pas comment on fait? demanda la femme. Tes amis, à l'école, ne t'ont jamais dit comment?

— Si, dit le jeune homme, je les ai vus faire — avec la main droite. J'ai essayé. Il ne s'est rien passé. »

La femme éclata de rire.

« Mais il y a une autre manière. Tu n'en as jamais entendu parler, vraiment? Personne ne t'a rien dit? Tu veux dire que tu ne sais le faire qu'avec la main? Eh bien, il y a une autre manière qui marche toujours. »

Le garçon lui jeta un regard méfiant. Mais elle avait un large sourire, généreux, rassurant.

Les caresses qu'il s'était faites devaient avoir laissé en lui un certain trouble, car il fit un pas vers la femme.

« Quelle est cette autre manière? » dit-il avec curiosité.

Elle rit.

« Tu veux vraiment savoir? Et que va-t-il se passer si tu aimes ça? Si tu aimes vraiment ça, il faut que tu me promettes de revenir me voir.

– Je promets.

– Bon, alors, monte sur mes genoux, comme ça, mets-toi sur moi, n'ai pas peur. Là. »

A genoux sur elle, le milieu de son corps se trouvait juste à la hauteur de la grande bouche de la femme. Elle déboutonna sa braguette avec adresse et sortit la verge. Le garçon la regarda avec stupeur lorsqu'elle le prit dans sa bouche.

Puis, à mesure que la langue de la femme remuait et que son sexe grossissait, le jeune homme fut envahi par une telle onde de plaisir qu'il tomba en avant sur elle, enfonçant son pénis encore plus profondément dans la bouche qui touchait maintenant ses poils. Ce qu'il ressentait était tellement plus excitant que lorsqu'il se caressait seul. Pierre ne pouvait voir maintenant que cette bouche aux lèvres épaisses embrasser ce pénis délicat, le laissant, de temps en temps, sortir à moitié de la caverne, puis l'avalant à nouveau jusqu'au fond.

La vieille femme était gloutonne mais patiente. Le garçon était épuisé de plaisir, congestionné et presque évanoui. Cependant, elle continuait à le masser, à le lécher jusqu'à ce qu'il se mette à trembler. Elle dut l'entourer de ses deux bras pour qu'il ne lui échappe pas. Il se mit alors à gémir doucement, tel un pigeon qui roucoule. Elle le prit encore plus violemment, et il éclata. Le jeune homme tomba presque d'épuisement sur son épaule et elle dut le repousser de ses grosses mains. Il lui sourit timidement et s'enfuit.

Etendu sur son lit, Pierre se rappelait une femme qu'il avait connue lorsqu'il avait dix-sept ans, alors qu'elle en avait cinquante. C'était une amie de sa mère. Elle était excentrique, têtue, et s'habillait avec dix ans de retard sur la mode, c'est-à-dire qu'elle portait un tas de jupons, de corsets étroits, de longues et lourdes culottes à lacets, des robes à jupe très amples et à décolleté profond, si bien que Pierre pouvait admirer la naissance de ses seins, cette ligne sombre qui disparaissait sous les dentelles et les jabots.

C'était une belle femme, avec une abondante chevelure rousse et un fin duvet sur la peau. Elle avait de délicates petites oreilles et des mains potelées. Sa bouche était particulièrement attirante – des lèvres naturellement très rouges, pleines et larges, et de toutes petites dents régulières qu'elle montrait sans cesse, comme si elle était toujours prête à mordre.

Elle rendit visite à sa mère par un après-midi pluvieux, alors que les serviteurs étaient sortis. Elle secoua son parapluie de star, enleva son grand chapeau, souleva sa voilette. Debout dans l'entrée, la robe toute mouillée, elle se mit à éternuer. La mère de Pierre était elle-même au lit avec la grippe. Sans quitter sa chambre, elle dit à son amie :

« Chérie, enlève tes vêtements s'ils sont mouillés. Pierre te les fera sécher devant le feu. Il y a un paravent dans le boudoir. Tu peux te déshabiller là et Pierre te prêtera un de mes kimonos. »

Pierre l'aida avec un empressement manifeste. Il alla chercher le kimono de sa mère et déplia le paravent. Dans le boudoir, on avait allumé un très beau feu dans la cheminée. La pièce était chaude et sentait le narcisse, le bois qui brûle et le parfum de santal de la femme.

Par-dessus le paravent, elle tendit sa robe à Pierre. Celle-ci était encore chaude et tout imprégnée de son odeur. Pierre la garda un moment dans ses mains, se laissant griser par son odeur, avant de l'étendre sur une chaise devant le feu. Puis elle lui tendit un très grand jupon dont l'ourlet était trempé et couvert de boue. Il le respira avec délice avant de le placer devant le feu.

Pendant ce temps elle parlait en riant, d'un air détaché, sans remarquer la nervosité du jeune homme. Elle lui lança un deuxième jupon, plus léger, encore chaud et qui sentait le musc. Puis, avec un petit rire timide, elle lui jeta sa culotte bordée de dentelle. Soudain, Pierre se rendit compte que celle-ci n'était pas mouillée, qu'il n'était pas nécessaire de la sécher, et qu'elle la lui avait donnée parce qu'elle le voulait ainsi; elle se trouvait donc maintenant presque nue derrière le paravent, sachant très bien que Pierre en était conscient.

Lorsqu'elle le regarda par-dessus le paravent, il

put voir ses épaules rondes et pleines, douces et satinées, comme des coussins. Elle lui cria en riant :

« Passe-moi le kimono maintenant.

– Vos bas ne sont-ils pas mouillés? demanda Pierre.

– Oui, effectivement, ils le sont. Je les enlève tout de suite. »

Elle se pencha. Il l'imaginait détachant ses jarretelles et faisant glisser ses bas. Il se demandait comment étaient ses jambes, ses pieds. Bientôt il ne put plus se contenir et donna un coup dans le paravent.

Celui-ci tomba et il la découvrit dans la position qu'il avait imaginée. Elle était penchée en avant, déroulant ses bas noirs. La peau de son corps avait la même couleur dorée et la même texture délicate que celle de son visage. Elle était bien en chair mais ferme, avec une taille très longue et une poitrine pleine.

Elle ne semblait pas troublée par la chute du paravent. Elle dit simplement :

« Regarde ce que j'ai fait en enlevant mes bas. Passe-moi le kimono. »

Il s'approcha d'elle sans la quitter des yeux – la première femme nue qu'il voyait, qui ressemblait tellement aux peintures qu'il avait étudiées au musée.

Elle souriait. Puis elle se couvrit, comme si rien ne s'était passé, et se dirigea vers le feu, les mains tendues en avant pour les réchauffer. Pierre était découragé. Il sentait en lui une réelle excitation, cependant il ne savait pas quoi faire.

Elle n'éprouvait aucune gêne à ouvrir le kimono pour mieux se chauffer. Pierre s'assit à ses pieds et fixa son visage ouvert et souriant. Ses yeux semblaient l'inviter. Il s'approcha encore d'elle, avançant sur les genoux. Soudain, elle ouvrit le kimono, prit la tête de Pierre dans ses mains et la plaça contre son sexe pour qu'il sente sa toison sous ses lèvres. Les petites boucles de ses poils le rendirent fou. Juste à ce moment-là, il entendit la voix de sa mère venant de la chambre :

« Pierre! Pierre! »

Il se redressa. L'amie de sa mère referma le kimono. Ils étaient là, tremblants, excités, insatisfaits. La femme alla voir la mère de Pierre dans sa chambre, s'assit au pied de son lit et bavarda un moment avec elle. Pierre s'assit auprès d'elles, attendant avec anxiété le moment où l'amie de sa mère serait prête à se rhabiller. L'après-midi semblait interminable. Enfin, elle se leva et dit qu'elle devait s'habiller. Mais la mère de Pierre le retint auprès d'elle. Elle désirait quelque chose à boire. Et puis qu'il tire les rideaux. Elle ne le lâcha pas avant que son amie soit complètement rhabillée. Avait-elle deviné ce qui aurait pu se passer dans le boudoir? Pierre restait insatisfait, avec le goût des poils et de la chair tendre sur ses lèvres.

Après le départ de son amie, la mère parla à son fils dans la pénombre de la chambre.

« Pauvre Marianne, dit-elle. Tu sais, il lui est arrivé une chose terrible quand elle était jeune. A l'époque où les Prussiens ont envahi l'Alsace-Lorraine. Elle fut violée par des soldats. Et depuis, elle ne laisse pas un homme l'approcher. »

L'image de Marianne violée enflamma Pierre encore davantage. Il pouvait à peine cacher son trouble. Marianne avait fait confiance à sa jeunesse et à son innocence. Grâce à lui, elle avait vaincu sa peur des hommes. Pour elle, il n'était qu'un enfant. Aussi, elle avait permis à son jeune et tendre visage de se poser entre ses cuisses.

Cette nuit-là, il rêva de soldats déchirants les habits de Marianne, lui écartant les jambes; cette image le réveilla, accompagnée d'un violent désir de ce corps. Comment pourrait-il la voir maintenant? Le laisserait-elle un jour faire plus que lui embrasser doucement le sexe, comme elle l'avait fait? Etait-elle fermée à jamais?

Il lui écrivit une lettre. Il fut très étonné de recevoir une réponse. Elle lui demandait de venir la voir. Elle le reçut dans un déshabillé vaporeux, dans une pièce à peine éclairée. Le premier mouvement de Pierre fut de s'agenouiller à ses pieds. Elle lui sourit avec indulgence. « Comme tu es gentil », lui dit-elle. Puis, elle lui désigna un large divan dans un coin de la pièce sur lequel elle s'allongea. Il s'étendit à ses côtés. Il était paralysé de timidité.

Alors, il sentit la main de Marianne s'introduire adroitement sous sa ceinture, se glissant sous son pantalon, caressant son ventre et éveillant chaque centimètre de peau sous ses doigts.

La main s'arrêta aux poils de son sexe, s'amusant avec, puis descendit autour du pénis sans le toucher. Sa verge commençait à tressaillir. Il pensa que si elle la touchait maintenant, il en mourrait de plaisir. Il ouvrit la bouche, dans cette douloureuse attente.

La main continuait à la caresser, doucement, très doucement sur les poils. Un doigt chercha le petit espace entre les poils et le pénis, là où la peau est tendre; elle recherchait tous les endroits sensibles, glissant le long de la verge, jusqu'aux testicules.

Enfin, la main se referma sur sa verge frémissante. Le plaisir fut si intense qu'il soupira. Alors Pierre tendit sa propre main, cherchant en aveugle sous les vêtements de Marianne. Lui aussi avait envie de toucher ce noyau de la sensualité. Lui aussi voulait glisser le long de son corps et pénétrer dans les endroits secrets. Il fouillait dans ses vêtements. Il trouva enfin une ouverture. Il lui caressa les poils du pubis et la petite fente entre la cuisse et le mont de Vénus, sentant sa chair tendre et humide; il glissa alors un doigt à l'intérieur.

Puis, fou de désir, il essaya de la posséder. Il revoyait les soldats sur elle, le sang lui montait à la tête. Elle le repoussa. Elle lui murmura à l'oreille : « Seulement avec les mains », s'offrant à lui sans retenue, tout en continuant à le caresser.

Lorsqu'il se retourna pour essayer une deuxième fois de la pénétrer, elle le repoussa à nouveau, avec colère. Les caresses de Marianne l'excitaient et il ne pouvait pas se calmer.

Elle lui dit :

« Je te ferai jouir de cette façon. Prends ton plaisir. »

Il se remit sur le dos, se pâmant sous ses caresses. Mais, dès qu'il ferma les yeux, il revit les soldats se pencher sur le corps dénudé de Marianne, les jambes écartées, le sexe ruisselant sous les assauts répétés; et ce qu'il ressentait ressemblait au désir furieux et haletant des soldats.

Soudain Marianne referma sa robe de chambre et se leva. Elle était complètement froide maintenant. Elle le renvoya et il n'eut plus jamais le droit de la revoir.

A quarante ans, Pierre était encore un bel homme, dont les succès auprès des femmes, et la longue liaison qu'il avait eue avec Elena, avaient alimenté les commérages du petit village où il s'était établi. Il était maintenant marié à une jeune femme charmante et délicate, dont la santé avait été gravement affectée deux ans après leur mariage, ce qui l'avait rendue pratiquement invalide. Pierre l'avait aimée avec passion, et sa passion, qui, au début, semblait lui redonner vie, était devenue très vite un danger pour le cœur de la malade. Son docteur finit par lui interdire tout rapport sexuel, et la pauvre Sylvia entra ainsi dans une longue période de chasteté. Pierre était privé, du même coup, de toute vie sexuelle.

On avait interdit à Sylvia d'avoir des enfants, aussi Pierre et elle décidèrent-ils d'en adopter deux à l'orphelinat du village. C'était un grand jour pour Sylvia, et elle s'habilla avec élégance pour l'occasion. C'était également un grand jour pour l'orphelinat, car tous les enfants savaient que Pierre et sa femme avaient une très belle maison, une grande propriété, et la réputation d'être gentils.

Ce fut Sylvia qui choisit les enfants – John, un délicat petit blond, et Martha, une brune très vive, tous deux âgés d'environ seize ans. Tous deux avaient toujours été inséparables à l'orphelinat, comme frère et sœur.

On les emmena dans la grande et belle maison; chacun avait sa chambre donnant sur le parc. Pierre et Sylvia leur témoignaient une grande tendresse, se montraient pleins d'attention et de bons conseils. De son côté, John veillait sur Martha.

Parfois, Pierre enviait leur jeunesse et leur complicité. John aimait beaucoup se battre avec Martha. Pendant longtemps, elle avait été la plus forte. Mais un jour où Pierre les regardait se battre, ce fut John qui cloua Martha au sol et réussit à s'asseoir sur sa poitrine pour crier sa victoire. Pierre remarqua que cette victoire, qui s'accompagnait d'un mélange de leurs corps échauffés par le jeu, ne déplaisait pas à Martha. « Elle est en train de devenir femme, pensa-t-il. Elle veut que l'homme soit le plus fort. »

Mais si la femme, en Martha, faisait une timide apparition, elle n'obtint pas pour autant un traitement plus galant de la part de John. Il semblait toujours vouloir la considérer comme une compagne de jeu, et même comme un garçon. Il ne lui faisait jamais de compliments sur sa toilette, ne remarquait jamais sa coquetterie. En fait, dès qu'elle faisait mine de se montrer tendre, il était d'autant plus dur avec elle, appelant son attention sur ses défauts. Il ne se montrait jamais sentimental. Et la pauvre Martha en était choquée et peinée, tout en évitant de le montrer. Pierre était le seul à s'être rendu compte de cette féminité blessée chez la jeune fille.

Il se sentait seul dans sa grande propriété. Il devait en outre, s'occuper d'une ferme voisine, et d'autres biens de Sylvia, à travers tout le pays. Il n'avait pas de compagne. Martha ne lui prêtait aucune attention, tout accaparée qu'elle était par John. Cependant, il pouvait voir que Martha avait besoin de rapports nouveaux.

Un jour où il trouva Martha en train de pleurer seule dans le parc, il se risqua à lui dire tendrement :

« Que se passe-t-il, Martha? Tu peux toujours confier à un père ce que tu ne peux pas dire à un camarade. »

Elle leva les yeux sur lui, consciente, pour la première fois, de sa gentillesse et de sa sympathie. Elle lui avoua que John lui avait dit qu'elle était laide, gauche et trop animale.

« Quel garçon stupide! dit Pierre. C'est absolument faux. Il dit cela parce qu'il est trop efféminé et ne peut pas apprécier ton type de beauté, saine et vigoureuse. C'est une vraie poule mouillée, et tu possèdes une beauté et une force qu'il est incapable de reconnaître. »

Martha le regarda avec reconnaissance.

A partir de ce jour, Pierre l'accueillit chaque matin avec un compliment : « Ce bleu convient parfaitement à ta peau »; ou : « Tu as une très jolie coiffure aujourd'hui. »

Il lui faisait la surprise de petits cadeaux : parfums, foulards et autres petites attentions. Sylvia ne quittait plus jamais sa chambre maintenant, sauf les jours exceptionnellement beaux et ensoleillés où on l'installait sur une chaise dans le parc. John était passionné par ses études scientifiques et s'occupait beaucoup moins de Martha.

Pierre avait une voiture avec laquelle il allait faire toutes les courses pour la ferme. Autrefois il les faisait toujours seul. Mais maintenant il emmenait le plus souvent Martha avec lui.

Elle avait dix-sept ans, un corps qui respirait la santé, avec une peau claire et des cheveux noirs brillants. Ses yeux vifs et ardents, aimaient s'attarder sur le corps élancé de John – trop souvent, pensait Pierre en la regardant. Elle était manifestement amoureuse de John, mais John ne s'en rendait pas compte. Pierre sentit en lui une pointe de jalousie. Il se regarda dans une glace pour se comparer à John. La comparaison était plutôt en sa faveur, car, si John était un beau jeune homme, il y avait en lui une certaine froideur, alors que les yeux verts de Pierre attiraient les femmes, et son corps dégageait beaucoup de charme et de chaleur.

Il commença à faire une cour subtile à Martha, avec force compliments et attentions délicates, devenant son confident, jusqu'à ce qu'elle finisse par lui avouer son amour pour John, en ajoutant : « Mais il est tout à fait inhumain! »

Un jour, John l'insulta ouvertement en présence de Pierre. Elle avait dansé et couru, et débordait de santé et de vie. Soudain, John la regarda et lui dit d'un air de reproche :

« Tu es un véritable petit animal. Tu ne sublimes jamais ton énergie. »

Sublimation! voilà ce qu'il voulait. Il voulait emmener Martha dans son monde de recherches livresques et théoriques, et nier la flamme qui était en elle. Martha le regarda avec colère.

La nature travaillait en faveur de Pierre et de sa gentillesse. L'été rendit Martha plus langoureuse, et plus déshabillée. Elle prenait de plus en plus conscience de son corps. Le vent frôlait son corps, telle une main. La nuit, elle s'agitait dans son lit avec une nervosité qu'elle n'arrivait pas à comprendre. Elle avait défait ses cheveux et avait l'impression qu'une main les avait étalés autour de sa gorge et les touchait.

Pierre sentit très vite ce qui se passait en elle. Il ne lui fit aucune avance. Lorsqu'il l'aidait à sortir de la voiture, il gardait sa main un moment sur son bras nu. Ou bien, lorsqu'elle était triste et lui parlait de l'indifférence de John, il lui caressait les cheveux. Mais il posait très longtemps son regard sur elle et connaissait la moindre parcelle de son corps, et tout ce qu'il pouvait deviner sous la robe. Il savait que le duvet de sa peau était d'une finesse extrême, et combien ses jambes étaient lisses, et sa poitrine ferme. Ses cheveux, épais et fous, caressaient souvent le visage de Pierre, lorsqu'elle se penchait au-dessus de lui pour étudier les rapports des fermiers. Et sa respiration se mêlait souvent à celle de Pierre. Un jour, il la prit par la taille, comme un père. Elle ne bougea pas. D'une certaine manière, ce geste répondait au besoin de chaleur qu'elle ressentait. Elle pensa qu'elle cédait à une chaleur paternelle enveloppante, et bientôt c'était elle qui cherchait à se coller à lui lorsqu'ils étaient ensemble, c'était elle qui lui prenait le bras pour le mettre autour de sa taille en voiture, et c'était elle qui appuyait sa tête sur son épaule lorsqu'ils rentraient tard le soir.

Ils revenaient de leurs tournées d'inspection avec une complicité secrète, que John remarqua. Cela le rendit encore plus morose. Mais maintenant Martha lui témoignait une franche hostilité. Plus il se montrait dur et réservé, plus elle avait envie d'affirmer sa joie de vivre, de bouger, et de montrer la flamme qui l'animait. Elle se donna tout entière à sa camaraderie avec Pierre.

A une heure de route, il y avait une ferme abandonnée, qu'ils avaient autrefois louée. Elle était maintenant délabrée et Pierre avait décidé de la faire restaurer pour le mariage de John. Avant de faire venir les ouvriers, Pierre et Martha allèrent voir ce qu'il fallait y faire comme travaux.

C'était une belle maison à un étage. Le lierre l'avait engloutie, recouvrant les fenêtres d'un rideau naturel qui assombrissait l'intérieur. Ils ouvrirent une fenêtre. Ils trouvèrent beaucoup de poussière, des meubles moisis et des pièces rongées par la pluie. Mais il y avait une pièce à peu près intacte. C'était la chambre principale. Un grand lit sombre, beaucoup de draperies, de miroirs, et un tapis usé lui donnaient, dans l'obscurité, une certaine allure. Sur le lit, on avait jeté une lourde couverture en velours.

Pierre s'assit sur le bord du lit, regardant les lieux d'un œil d'architecte. Martha était debout près de lui. La chaleur de l'été pénétrait dans la chambre et réchauffait leur sang. Martha sentit de nouveau cette main invisible la caresser. Il ne lui sembla pas étrange qu'une main de chair se glisse soudain sous ses vêtements avec la douceur et la légèreté du vent d'été sur sa peau. Cela lui semblait agréable et naturel; elle ferma les yeux.

Pierre l'attira à lui et l'étendit sur le lit. Elle gardait les yeux fermés. Cela semblait la continuation d'un rêve. Seule dans son lit, les nuits d'été, elle avait attendu cette main, et cette main faisait exactement ce qu'elle avait attendu. Elle errait doucement sur ses vêtements, les ôtant un à un comme s'ils étaient une seconde peau qu'il fallait enlever pour libérer la vraie peau, plus chaude. La main lui caressait tout le corps, à des endroits auxquels elle n'aurait jamais songé, des endroits secrets, qui frémissaient.

Puis, soudain, elle ouvrit les yeux. Elle vit le visage de Pierre juste au-dessus du sien, prêt à l'embrasser. Elle s'assit brusquement. Les yeux fermés, elle avait imaginé que c'était John qui passait ainsi sa main sur sa chair. Mais en voyant le visage de Pierre, elle fut déçue. Elle s'écarta de lui. Ils rentrèrent à la maison sans dire un mot, mais sans colère. Martha paraissait droguée. Elle ne pouvait pas oublier la sensation de la main de Pierre sur son corps. Pierre était tendre, et semblait comprendre sa résistance. Ils trouvèrent John sévère et taciturne.

Martha n'arrivait pas à s'endormir. Dès qu'elle commençait à somnoler, elle sentait à nouveau la main monter le long de sa jambe jusqu'à l'endroit secret où sa chair palpitait, comme en attente. Elle se leva et alla à la fenêtre. Tout son corps réclamait à nouveau cette main. C'était pire que la faim ou la soif, cet appel de la chair.

Le jour suivant, elle se leva, pâle et déterminée. Tout de suite après le déjeuner, elle se tourna vers Pierre en disant : « Faut-il aller à la ferme aujourd'hui ? » Il acquiesça. Et ils partirent. C'était un soulagement. Le vent fouettait le visage de Martha et elle se sentait libre. Elle regardait la main droite de Pierre sur le volant de la voiture – une très belle main, jeune, souple et tendre. Brusquement, elle se pencha en avant et y pressa ses lèvres. Pierre lui sourit avec une telle gratitude et une telle joie que le cœur de Martha se souleva d'émotion.

Ils traversèrent ensemble le jardin sauvage, le long d'une allée couverte de mousse, jusqu'à la chambre verte obscure aux rideaux de lierre. Ils se dirigèrent droit vers le lit et ce fut Martha qui s'étendit la première.

« Tes mains ! murmura-t-elle, oh ! tes mains, Pierre ! Je les ai senties sur moi toute la nuit. »

Et tout doucement, très délicatement, les mains de Pierre se mirent à parcourir son corps, comme pour trouver l'endroit où se concentraient ses sensations, ignorant si c'était autour des seins ou bien sous les seins, ou encore sur les hanches ou la chute des reins. Il guettait les réactions de sa chair, attentif au plus léger frémissement. Ses robes, ses draps, ses chemise de nuit, l'eau de son bain, le vent, la chaleur, tout cela avait rendu sa peau sensible, et maintenant les caresses la comblaient; elles ajoutaient une chaleur nouvelle et avaient le pouvoir de pénétrer dans les endroits les plus secrets.

Mais dès que Pierre se pencha sur elle pour l'embrasser, l'image de John s'interposa. Elle ferma les yeux et Pierre sentit que son corps se fermait également à lui. Aussi il eut la sagesse d'arrêter ses caresses.

Lorsqu'ils rentrèrent ce soir-là, Martha se sentit envahie par une sorte d'ivresse qui la rendit téméraire. L'appartement de Pierre et de Sylvia était relié à la chambre de Martha, qui était elle-même contiguë à la salle de bains de John. Lorsque les enfants étaient plus jeunes, on laissait toutes les portes ouvertes. Maintenant, la femme de Pierre préférait fermer la porte de sa chambre à clef, ainsi que celle qui séparait la chambre de Pierre de celle de Martha. Ce jour-là, Martha prit un bain. Allongée tranquillement dans l'eau, elle pouvait entendre John aller et venir dans sa chambre. Son corps avait été éveillé par les caresses de Pierre, mais elle continuait à désirer John. Elle voulait faire une nouvelle tentative pour éveiller le désir de John, pour le forcer à se déclarer, afin de savoir si, oui ou non, elle pouvait espérer en son amour.

En sortant du bain, elle se drapa dans un long kimono blanc, ses cheveux noirs lâchés dans le dos. Au lieu de retourner dans sa chambre, elle entra dans celle de John. Il sursauta en la voyant. Elle expliqua sa présence par ces mots :

« John, je suis très inquiète. J'ai besoin de ton avis. Je vais bientôt quitter cette maison.

– Quitter cette maison ?

– Oui, dit Martha. Il est temps que je parte. Je dois apprendre à vivre indépendante. Je veux aller à Paris.

– Mais on a tellement besoin de toi ici !

– Besoin de moi ?

– Tu es la compagne de père », dit-il amèrement.

Se pouvait-il qu'il soit jaloux? Martha attendait qu'il en dise plus, le souffle coupé. Alors, elle ajouta :

« Il faudrait que je rencontre des gens et que j'essaie de me marier. Je ne peux pas être une charge toute ma vie.

– Te marier? »

Alors, pour la première fois, il vit Martha comme une femme. Il l'avait toujours considérée comme une enfant. Il vit un corps voluptueux, dont on devinait les formes sous le kimono; il vit des cheveux humides, un visage fiévreux, une bouche tendre. Elle attendait. Son anxiété était si intense que ses bras tombèrent le long de son corps et son kimono s'ouvrit, révélant son corps nu.

Alors John vit qu'elle le voulait, qu'elle s'offrait à lui, mais au lieu d'être excité, il eut un geste de recul.

« Martha! Oh! Martha, dit-il, quel animal tu es! une vraie fille de pute! Oui, à l'orphelinat, tout le monde le disait, que tu étais la fille d'une pute. »

Martha sentit son sang lui monter au visage.

« Et toi, dit-elle, tu es un impuissant, un moine, une femmelette; tu n'es pas un homme. Ton père, lui, est un homme. »

Puis elle sortit en courant de la chambre.

L'image de John avait cessé de la tourmenter. Elle désirait l'effacer, de son corps et de son sang. Cette nuit-là, elle attendit que tout le monde dorme pour ouvrir la porte de la chambre de Pierre et se diriger vers son lit, offrant, sans un mot, son corps maintenant calmé et abandonné.

Pierre comprit, à sa façon d'entrer, qu'elle s'était libérée de John, qu'elle lui appartenait. Quelle joie de sentir ce corps jeune et doux se glisser contre lui! En été, il dormait nu. Martha avait enlevé son kimono et était également nue. Le désir de Pierre fit aussitôt sentir sa dureté contre le ventre de Martha.

Les sensations de Martha, jusque-là diffuses, se concentraient maintenant dans une seule partie de son corps. Et elle se vit faire des gestes qu'elle n'avait jamais appris : sa main entoura la verge de Pierre tandis qu'elle collait son corps contre le sien, offrant sa bouche à tous les caprices de Pierre. Elle se donna avec frénésie et Pierre fit des prouesses.

Chaque nuit fut désormais une fête de la chair. Le corps de Martha devint plus souple, plus sensible. Le lien qui les unissait était si fort qu'il était difficile pour eux de cacher leur jeu pendant le jour. Un simple regard de Martha donnait à Pierre l'impression qu'elle le touchait entre les jambes. Parfois, ils s'embrassaient dans le hall obscur. Il la pressait contre le mur. Dans l'entrée, il y avait un grand placard rempli de manteaux et de chaussures de ski. Personne ne l'ouvrait pendant l'été. Martha s'y cachait souvent et Pierre venait la rejoindre. Allongés sur les manteaux, dans cet espace clos et secret, ils s'abandonnaient l'un à l'autre.

Pierre n'avait pas eu de vie sexuelle pendant des années, et Martha semblait née pour ça, ne s'éveillant réellement qu'à ces moments-là. Elle l'accueillait toujours la bouche en attente du baiser, humide entre les cuisses. Pierre la désirait avant même de la voir; la seule pensée de Martha l'attendant dans le placard sombre. Leur assaut ressemblait à celui de deux bêtes sauvages, prêtes à se dévorer. Quand Pierre gagnait la bataille, il clouait le corps de Martha sous lui et le prenait avec une telle force qu'on aurait dit qu'il le poignardait de sa verge, de plus en plus fort, jusqu'à ce qu'il tombe d'épuisement. Ils étaient en parfaite harmonie; leur plaisir montait en même temps. Elle s'accroupissait sur lui avec l'agilité d'un animal, se frottant contre ses poils et son sexe dressé avec une telle fureur que Pierre haletait. Ce sombre placard devint une tanière.

Parfois, ils allaient jusqu'à la ferme abandonnée et y passaient l'après-midi. Ils faisaient si souvent l'amour que, si Pierre embrassait les paupières de Martha, celle-ci ressentait une chaleur entre les cuisses. Leurs corps étaient chargés d'un désir qui jamais ne tarissait.

John semblait s'effacer encore davantage. Les amants ne remarquaient pas qu'il les observait sans cesse. Le changement, chez Pierre, était évident. Son visage rayonnait, ses yeux semblaient plus ardents, son corps plus jeune. Quant à Martha! Son corps respirait la volupté. Chacun de ses mouvements était sensuel – qu'elle serve une tasse de café, prenne un livre sur une étagère, joue aux échecs, au piano, elle faisait tout comme une caresse. Son corps devint plus plein et ses seins plus durs sous ses vêtements.

John ne pouvait pas s'asseoir entre eux deux. Même lorsqu'ils ne se parlaient pas, ne se regardaient pas, un fort courant passait entre eux.

Un jour où ils étaient allés à la ferme abandonnée, John, au lieu de se plonger dans ses livres, eut envie d'aller prendre l'air. Il enfourcha sa bicyclette et commença à se promener sans but précis, sans penser à Pierre et Martha, mais se rappelant peut-être, dans une demi-conscience, la rumeur qui courait à l'orphelinat, laissant entendre que Martha serait la fille d'une prostituée bien connue. Toute sa vie, il lui avait semblé que, tout en aimant Martha, il la craignait beaucoup. Il sentait qu'elle était comme un animal, qu'elle pouvait jouir des gens comme de la nourriture, et que leurs avis divergeaient sur ce sujet. Elle dirait de quelqu'un : « Il est beau » ou « Elle est charmante »; et lui dirait : « Il est intéressant » ou « Elle a du caractère ».

Martha s'était déjà montrée sensuelle tout enfant, lorsqu'elle se battait avec John, lorsqu'elle le caressait. Elle aimait jouer à cache-cache et, lorsqu'il ne la trouvait pas, elle lui révélait sa cachette pour qu'il puisse venir l'attraper, s'agrippant à sa robe. Un jour, au cours de leurs jeux, ils avaient construit une petite tente. Dessous, ils durent se serrer l'un contre l'autre. John remarqua soudain le visage de Martha à ce moment précis : elle avait fermé les yeux pour mieux sentir la chaleur de leurs corps; John en avait éprouvé une peur terrible. Pourquoi cette peur? Toute sa vie il avait eu ce même recul devant la sensualité. Il ne pouvait pas se l'expliquer. Mais c'était un fait. Il avait très sérieusement songé à se faire moine.

Ce jour-là, avançant sans but précis, il était arrivé jusqu'à la vieille ferme. Il ne l'avait pas vue depuis longtemps. Il marcha sans bruit sur la mousse et les herbes folles. Par curiosité, il entra et commença à explorer l'intérieur. Et ainsi, il tomba sur la chambre où se trouvaient Pierre et Martha. La porte était ouverte. Il s'arrêta, pétrifié par ce spectacle. Il avait l'impression de vivre sa plus grande peur. Pierre était sur le dos, les yeux à demi ouverts, et Martha, complètement nue, était sur lui, dévorée de désir, comme possédée par le démon.

John, paralysé à la vue de cette scène, ne put cependant pas y échapper. Martha, souple voluptueuse, embrassait tantôt le sexe de Pierre, tantôt sa bouche, puis se pressait contre son corps, frottant ses seins contre la poitrine de Pierre, étendu sur le dos, au comble du ravissement, transporté par les caresses de Martha.

Au bout d'un moment John s'enfuit sans avoir été vu. Il venait d'assister à une démonstration des pires vices de l'enfer, et cette scène confirmait ses craintes : seule Martha était sensuelle, et son père adoptif ne faisait que céder à ses fantaisies. Plus il essayait de chasser cette scène de son esprit, plus elle s'ancrait en lui, indélébile, obsédante.

Lorsqu'ils rentrèrent à la maison, John regarda leurs visages et fut stupéfait de constater combien les gens lorsqu'ils font l'amour, sont différents de ce qu'ils sont dans la vie courante. Ce changement était choquant. Le visage de Martha semblait maintenant renfermé, alors qu'un instant plus tôt, il éclatait de jouissance, qui se lisait dans ses yeux, ses cheveux, sa bouche, sa langue. Et Pierre, Pierre si sérieux maintenant, n'avait rien d'un père une heure avant, mais n'était qu'un jeune corps abandonné sur un lit, cédant au désir d'une femme déchaînée.

John sentit qu'il ne pourrait plus rester à la maison sans avoir envie de livrer son secret à sa mère malade, à tout le monde. Lorsqu'il parla de s'engager dans l'armée, Martha lui lança un regard de surprise. Jusqu'alors, elle pensait que John n'était qu'un puritain, et elle était persuadée qu'il l'aimait et qu'un jour ou l'autre, il succomberait à ses charmes. Elle les voulait tous les deux. Pierre était un amant comme les femmes en rêvent. John, elle aurait pu l'initier, quitte à lutter contre sa nature. Mais voilà qu'il partait. Quelque chose restait inachevé entre eux, comme si la chaleur qu'ils ressentaient dans leurs jeux d'enfants allait manquer dans leur vie d'adultes.

Cette nuit-là, elle fit une nouvelle tentative pour le séduire. Elle se rendit dans sa chambre. Il l'accueillit avec une telle répulsion qu'elle demanda une explication, le força à avouer, et il finit par lui lancer au visage la scène dont il avait été témoin. Il ne pouvait pas croire qu'elle aimait Pierre. Il pensait que c'était l'animal qui agissait en elle. Et lorsqu'elle vit sa réaction, elle se rendit compte qu'elle ne pourrait plus jamais le posséder.

Avant de sortir, elle dit :

« John, tu es persuadé que je suis bestiale. Eh bien, je peux très bien te prouver que je ne le suis pas. Je t'ai dit que je t'aimais. Je te le prouverai. Non seulement je vais cesser mes relations avec Pierre, mais je viendrai tous les soirs te voir et nous dormirons ensemble comme des enfants, ce qui sera la preuve que je peux être chaste, libérée du désir. »

John ouvrit de grands yeux. Il était très tenté. La pensée de Martha et de son père en train de faire l'amour lui était intolérable. Il y donna une explication morale. Il ne voulait pas reconnaître qu'il était jaloux. Il ne voulait pas voir à quel point il aurait aimé être à la place de Pierre, avec toute son expérience des femmes. Il ne se demanda pas pourquoi il repoussait l'amour de Martha. Mais pourquoi abhorrait-il ces désirs naturels chez les autres ?

Il accepta l'offre de Martha. Avec habileté, Martha demanda à Pierre de cesser leurs rencontres car elle pensait que John avait des soupçons et elle désirait faire disparaître ses doutes avant son départ pour l'armée.

En attendant Martha, le soir suivant, John essayait de se rappeler tout ce qu'il pouvait sur sa vie sensuelle. Ses premières sensations étaient liées à Martha – lui et Martha, à l'orphelinat, inséparables, se protégeant l'un l'autre. Il éprouvait alors pour elle un amour ardent et naturel. Il adorait la toucher. Puis, un jour, alors que Martha avait onze ans, une femme vint lui rendre visite. John l'aperçut dans le parloir. Il n'avait jamais vu de femme pareille. Elle portait des vêtements serrés qui soulignaient les formes voluptueuses de son corps. Elle avait des cheveux roux, ondulés, et des lèvres tellement fardées que l'enfant fut fasciné. Il ne la quittait pas des yeux. Puis il vit Martha arriver et l'embrasser. C'est alors qu'on lui dit que c'était la mère de Martha : elle l'avait abandonnée enfant, et reconnue par la suite; mais elle ne pouvait pas l'élever car c'était l'une des prostituées les plus appréciées de la ville.

Depuis ce jour, quand le visage de Martha rayonnait de vie, rougissait de plaisir, quand ses cheveux brillaient, quand elle portait une robe moulante, quand elle se montrait un peu coquette, John en était troublé et très irrité. Il retrouvait en elle sa mère : son corps était trop provocant. Il lui posait des questions. Il désirait savoir à quoi elle pensait, à quoi elle rêvait, connaître ses désirs les plus secrets. Elle lui répondait avec naïveté. Ce qu'elle aimait le plus au monde, c'était John. Ce qui lui donnait le plus grand plaisir était qu'il la touche.

« Qu'est-ce que tu éprouves alors? demandait John.

– Une satisfaction, un plaisir que je ne peux pas expliquer. »

John était convaincu qu'elle aurait pu ressentir ces petits plaisirs innocents avec n'importe quel homme. Il pensait que la mère de Martha n'éprouvait pas autre chose avec tous les hommes qui la touchaient.

En se détournant de Martha et en la privant de l'affection dont elle avait besoin, il l'avait perdue. Mais il ne pouvait pas s'en rendre compte. Il éprouvait un immense plaisir à la dominer. Il lui enseignait ce qu'étaient la chasteté, l'affection, l'amour platonique, entre les êtres.

Martha arriva à minuit sans faire de bruit. Elle portait une longue chemise de nuit blanche et, par-dessus, son kimono. Ses longs cheveux noirs tombaient sur ses épaules. Ses yeux brillaient de façon anormale. Elle se montra douce et gentille, comme une sœur. Sa vivacité naturelle était contenue, maîtrisée. Dans cet état d'esprit, elle ne fit pas peur à John. Elle semblait être une autre Martha.

Le lit était très large et bas. John éteignit la lumière. Martha se glissa dans le lit, sans toucher John. Il tremblait. Cela lui rappelait l'orphelinat, où, pour pouvoir parler à Martha quelques instants de plus, il s'échappait du dortoir des garçons et bavardait un moment avec elle par la fenêtre. A l'époque, elle portait une chemise de nuit blanche et ses cheveux étaient tressés. Il lui rappela ces instants et lui demanda si elle voulait bien le laisser lui faire des tresses. Il désirait la revoir enfant. Elle accepta. Dans le noir, les mains de John touchèrent ses cheveux et les tressèrent. Puis, tous deux firent semblant de dormir.

Mais John était poursuivi par certaines images. Il voyait Martha nue, puis sa mère dans sa robe collante qui révélait ses formes, puis de nouveau Martha accroupie comme un animal sur le visage de Pierre. Ses tempes battaient et il avait envie d'étendre la main. Il le fit. Martha lui saisit la main et la posa sur son cœur, sur son sein gauche. A travers la chemise, il sentait le cœur battre. Dans cette position, ils trouvèrent enfin le sommeil.

Le matin, ils se réveillèrent ensemble. John s'aperçut que, pendant la nuit, il s'était rapproché de Martha et avait collé son corps contre le sien, en chien de fusil. Il s'éveilla en la désirant, sentant sa chaleur. Il bondit hors du lit, comme en colère, et prétendit qu'il fallait qu'il se dépêche de s'habiller.

Ainsi se passa la première nuit. Martha se montra gentille et soumise. John était torturé de désir. Mais son orgueil et sa crainte étaient encore plus grands.

Il connaissait maintenant l'origine de sa peur. Il craignait d'être impuissant. Il avait peur que son père, réputé comme don Juan, soit plus puissant et plus expert que lui. Il avait peur d'être maladroit. Il avait peur de ne pas pouvoir satisfaire le volcan brûlant qui bouillait en Martha. Une femme moins sensuelle l'aurait peut-être moins effrayé. Il avait fait tous les efforts pour maîtriser sa propre nature et ses besoins sexuels. Il avait peut-être trop bien réussi. Et maintenant il doutait de ses capacités.

Grâce à son intuition féminine, Martha avait dû deviner tout cela. Chaque soir, elle se faisait plus douce, plus gentille, plus humble. Ils s'endormaient ensemble, innocemment. Jamais elle ne laissait supposer l'excitation qui la torturait entre les cuisses lorsqu'il se collait à elle. Elle dormait vraiment. John restait parfois longtemps éveillé, obsédé par les images érotiques de Martha nue.

Une fois ou deux, au milieu de la nuit, il se réveillait, collait son corps plus près de celui de Martha et la cajolait, retenant sa respiration. Son corps endormi était docile et chaud. Il osait parfois soulever sa chemise de nuit par l'ourlet, la faire remonter jusqu'en haut des seins, et passer sa main sur son corps pour en sentir les contours. Elle ne se réveillait pas. Cela lui donnait du courage. Il se contentait de la caresser, de frôler tout doucement les courbes de son corps, jusqu'à ce qu'il sache exactement là où la peau devient plus douce, la chair plus pleine, là où sont les creux et là où naissent les poils du pubis.

Ce qu'il ne savait pas, c'était que Martha ne dormait qu'à moitié et jouissait de ses caresses, sans faire le moindre geste pour ne pas l'effaroucher. Une fois, elle fut tellement excitée par la douceur de ses mains qu'elle atteignit presque l'orgasme. Et une autre fois, il osa coller sa verge en érection contre ses fesses, mais jamais plus.

Chaque soir, il osait un peu plus, étonné de ne pas la réveiller. Son désir était toujours le même et Martha se trouvait dans un tel état d'excitation érotique qu'elle s'émerveillait de son propre pouvoir de dissimulation. John s'enhardit. Il avait appris à glisser son sexe entre les cuisses de Martha et à la frotter doucement sans la pénétrer. Son plaisir était si grand, qu'il commençait à comprendre tous les amants du monde.

Mis au supplice par tant de nuits de frustration, John oublia un soir ses précautions et prit Martha comme un voleur, étonné d'entendre des petits cris de plaisir sortir de sa gorge chaque fois qu'il entrait en elle.

Il ne s'engagea pas dans l'armée. Et Martha combla ses deux amants, Pierre le jour et John la nuit.

MANUEL

MANUEL avait cultivé une forme très spéciale de plaisir. Sa famille l'avait rejeté, et il vivait en bohème à Montparnasse. Ses déviations érotiques ne l'empêchaient pas d'être un astrologue, un excellent cuisinier, un brillant causeur et un très agréable compagnon de bistrot. Mais aucune de ses occupations n'arrivait à le délivrer de ses obsessions. Tôt ou tard, Manuel ne pouvait résister à l'envie de déboutonner son pantalon et d'exhiber sa verge, qui sortait plutôt de l'ordinaire.

Plus il y avait de monde, mieux c'était. Plus les spectateurs étaient distingués, mieux c'était. S'il se trouvait à une soirée de peintres et de modèles, il attendait que tout le monde soit un peu ivre et gai pour se dévêtir entièrement. Son visage ascétique, ses yeux rêveurs de poète, et son corps amaigri de moine, contrastaient tellement avec son comportement que la surprise était générale. Si les spectateurs détournaient leur regard, il n'avait plus aucun plaisir. S'ils le regardaient, ne fût-ce qu'une seconde, il tombait dans un état de transe, avec une expression extatique, et on le voyait bientôt se rouler par terre dans un orgasme fulgurant.

Les femmes avaient tendance à le fuir. Il devait user de prières et de ruses pour qu'elles restent avec lui. Il posait comme modèle dans les ateliers de femmes. Mais l'état dans lequel il posait sous les yeux des étudiantes lui valait aussitôt d'être congédié.

Si on l'invitait à une soirée, il essayait d'abord d'attirer une femme dans une pièce vide ou sur le balcon. Là, il descendait son pantalon. Si la femme semblait intéressée, il tombait dans une véritable extase. Sinon, il la poursuivait, son membre érigé, et rejoignait les autres dans cet état, espérant attirer leur curiosité. Le spectacle n'était pas beau, mais des plus incongrus : comme la verge ne semblait pas appartenir à ce visage et à ce corps de moine austère, elle paraissait d'autant plus volumineuse – comme un corps étranger, en quelque sorte.

Il finit par tomber sur la femme d'un pauvre agent littéraire qui mourait de faim et se tuait au travail, avec laquelle il conclut l'arrangement suivant. Il viendrait chaque matin chez elle lui faire le ménage, la vaisselle, les commissions, à condition de pouvoir s'exhiber devant elle, une fois le travail fini. Il requérait à ce moment-là, toute son attention. Il voulait qu'elle le regarde défaire sa ceinture, déboutonner sa braguette, descendre son pantalon. Il ne portait pas de slip. Il sortait alors son sexe, le soupesant devant elle, comme pour en apprécier la valeur. Il fallait qu'elle reste à côté de lui et suive ses moindres gestes. Elle devait regarder sa verge avec les mêmes yeux que s'il s'agissait d'un de ses plats favoris.

Cette femme se perfectionna dans l'art de le satisfaire. Elle se laissait totalement absorber par ce sexe, en disant : « Tu as une très belle verge, certainement la plus belle que j'ai jamais vue à Montparnasse. Elle est si lisse, si dure. Elle est magnifique. »

Tandis qu'elle prononçait ces mots, Manuel continuait à secouer son membre comme un sac d'or sous ses yeux et la salive lui montait aux lèvres. Il s'admirait lui-même. Et lorsqu'ils se penchaient tous les deux pour admirer de plus près ce membre, son plaisir devenait si intense qu'il fermait les yeux et se mettait à trembler de la tête aux pieds, tenant toujours son sexe à la main et le secouant sous le visage de la femme. Alors, le tremblement devenait convulsion et il tombait à terre, se roulant en boule en jouissant, parfois sur son propre visage.

Il lui arrivait de se poster au coin d'une rue sombre, nu sous son pardessus, et lorsqu'une femme passait, il ouvrait son manteau et secouait son pénis tout en la regardant. Mais c'était dangereux car la police punissait sévèrement de tels comportements. Le plus souvent, il aimait entrer dans un compartiment vide d'un train, défaire un ou deux boutons de sa braguette, et s'allonger à moitié sur la banquette, comme s'il était ivre ou endormi, laissant voir quelques centimètres de son sexe à travers la petite ouverture de sa braguette. Des voyageurs montaient pendant le trajet. S'il avait de la chance, ça pouvait être une femme qui s'assiérait en face de lui et le regarderait longuement. Comme on le croyait ivre, personne, en général, n'osait le réveiller. Parfois, un homme le secouait, plein d'irritation, et lui demandait de boutonner sa braguette. Les femmes ne disaient rien. Si une femme entrait avec des petites filles, il était aux anges. Il se mettait à bander et le spectacle devenait tellement indécent que la femme et les petites filles quittaient le compartiment.

Un jour, Manuel rencontra son double dans ce genre de passe-temps. Il s'était assis seul dans un compartiment et faisait semblant de dormir lorsqu'une femme entra et s'assit en face de lui. C'était une prostituée déjà mûre, comme le laissait deviner ses yeux outrageusement fardés, son visage poudré, les poches sous ses yeux, ses cheveux trop bouclés, ses chaussures éculées, son chapeau et sa robe provocante.

Les yeux à demi fermés, Manuel l'observait. Elle jeta un regard sur sa braguette à moitié ouverte, détourna la tête, puis regarda à nouveau. Elle aussi s'assit en arrière sur la banquette et fit semblant de s'endormir, les jambes très écartées. Quand le train démarra, elle leva complètement sa jupe. Elle était nue dessous. Elle étendit ses jambes écartées et montra son sexe tout en regardant le membre de Manuel qui durcissait sous le pantalon et finit par sortir par l'ouverture de la braguette. Ils se redressèrent, assis l'un en face de l'autre, sans se quitter des yeux. Manuel avait peur que la femme ne fasse un geste pour s'emparer du pénis, ce qu'il ne désirait pas du tout. Mais non, elle s'adonnait au même plaisir passif. Elle savait qu'il regardait son sexe, sous sa toison noire et abondante, et ils finirent par ouvrir les yeux complètement et se sourirent. Manuel tomba en extase, mais eut le temps de s'apercevoir qu'elle aussi prenait un plaisir immense à cette exhibition. Il pouvait voir le miel briller sur les lèvres de son sexe. Elle fit un mouvement d'avant en arrière, presque imperceptible, comme si elle voulait se bercer pour s'endormir. Le corps de Manuel se mit à trembler, parcouru d'ondes voluptueuses. Alors, elle se masturba devant lui, sans cesser de sourire.

Manuel épousa cette femme, qui n'essaya jamais de le posséder comme les autres femmes voulaient le faire.

LINDA

LINDA était debout devant son miroir et s'observait d'un œil critique en pleine lumière. Ayant dépassé la trentaine, elle commençait à sentir le poids de l'âge, bien que rien, dans son corps, ne pût trahir la moindre marque des années. Elle était mince, et paraissait très jeune. Elle pouvait tromper tout le monde, sauf elle-même. A ses propres yeux, sa chair avait un peu perdu de sa fermeté, de cette perfection de marbre lisse qu'elle avait si souvent admirée dans sa glace.

Elle n'en était pas moins aimée. Elle était même plus aimée que jamais, car maintenant, elle attirait les hommes jeunes qui sentaient qu'avec elle ils apprendraient vraiment tous les secrets de l'amour; ils n'étaient pas du tout attirés par les jeunes filles de leur âge, gauches, innocentes, inexpérimentées, et encore dominées par leur famille.

Le mari de Linda, un très bel homme de quarante ans, avait aimé sa femme avec la passion d'un amant pendant des années. Il fermait les yeux sur les jeunes admirateurs de Linda. Il pensait qu'elle ne les prenait pas au sérieux, que l'intérêt qu'elle leur portait venait de ce qu'elle n'avait pas d'enfant; elle avait besoin de répandre ses sentiments protecteurs sur des êtres qui commençaient leur vie. Lui-même, avait la réputation d'un séducteur de femmes de tout genre.

Elle se rappelait que, pour leur nuit de noces, André s'était montré un merveilleux amant, adorant chaque parcelle de son corps comme si elle avait été une œuvre d'art; il s'était émerveillé devant ses oreilles, ses pieds, son cou, ses cheveux, son nez, ses joues, ses cuisses. Les mots de son mari, sa voix, ses mains faisaient s'épanouir la chair de Linda, comme une fleur qui s'ouvre à la chaleur et à la lumière.

Il lui apprit à être un parfait objet sexuel, réagissant à toutes les formes de caresses. Un jour, il lui demanda d'endormir en quelque sorte, tout le reste de son corps afin de concentrer toutes ses sensations érotiques dans sa bouche. Ainsi, elle resta étendue, comme droguée, le corps sans réaction, sentant peu à peu sa bouche devenir un autre organe sexuel.

André avait une passion toute particulière pour la bouche. Dans la rue, il regardait la bouche des femmes. Pour lui, la bouche donnait une idée du sexe. Des lèvres minces et serrées ne présageaient rien de voluptueux. Une bouche pleine promettait un sexe ouvert et généreux. Des lèvres humides l'excitaient. Quand il rencontrait une bouche entrouverte, presque offerte au baiser, il ne pouvait s'empêcher de suivre la femme comme un chien jusqu'à ce qu'il la possède pour avoir la preuve des pouvoirs révélateurs de la bouche.

C'était la bouche de Linda qui l'avait d'abord

séduit. Elle avait une expression perverse, presque douloureuse. Linda avait une manière d'en jouer, écartant sensuellement les lèvres, qui laissait présager en elle une maîtresse de feu. Lorsqu'il vit Linda pour la première fois, il se sentit aussitôt possédé par cette bouche, comme s'il lui faisait déjà l'amour. Il en fut de même pendant leur nuit de noces. Il était obsédé par sa bouche. Il se jeta sur elle, l'embrassant jusqu'à ce qu'elle brûle, jusqu'à ce que sa langue n'en puisse plus, jusqu'à ce que les lèvres soient enflées; et ce ne fut qu'après avoir épuisé les plaisirs de cette bouche qu'il prit Linda, pressant son corps contre le sien, pressant ses lèvres sur ses seins.

Jamais il ne la traita comme une épouse. Il n'arrêtait pas de lui faire la cour, avec des cadeaux, des fleurs, de nouveaux plaisirs. Il l'emmenait dîner dans les *cabinets particuliers* [1] des restaurants parisiens, où les serveurs la prenaient pour sa maîtresse.

Il choisissait pour elle les plats les plus raffinés et les meilleurs vins. Il la faisait boire, en la berçant de mots d'amour. Il faisait l'amour à sa bouche. Il lui faisait avouer qu'elle le désirait. Alors il lui demandait : « De quelle façon me désires-tu? Quelle partie de moi veux-tu prendre cette nuit? »

Parfois, elle répondait : « Ma bouche te désire. Je veux te sentir dans ma bouche, tout au fond de ma bouche. » D'autres fois, elle lui disait : « Je mouille entre les jambes. »

Telles étaient leurs conversations dans ces petites

1. En français dans le texte. *(N.d.T.)*

salles à manger privées, conçues spécialement pour les amoureux. Les serveurs étaient toujours discrets, sachant très bien quand ils ne devaient plus revenir. La musique semblait sortir d'une source invisible. Il y avait toujours un divan. Quand le repas était servi, quand André avait longtemps pressé les genoux de Linda sous la table, quand il lui avait volé assez de baisers, alors il la prenait sur le divan, tout habillée, comme des amants qui n'ont pas le temps d'enlever leurs vêtements.

Il l'accompagnait à l'Opéra ou au théâtre, et lui faisait l'amour dans les loges sombres pendant le spectacle. Il lui faisait l'amour dans les taxis, dans une péniche ancrée au bord de la Seine en face de Notre-Dame, et où on louait des chambres pour les amoureux. Partout, sauf à la maison, sur le lit conjugal. Il l'emmenait dans des villages retirés où ils passaient la nuit dans des auberges romantiques. Il prenait une chambre pour elle dans un des plus luxueux bordels qu'il fréquentait autrefois. Alors, il la traitait comme une prostituée. Il l'obligeait à se soumettre à tous ses caprices, lui demandait de le fouetter, puis de se mettre à quatre pattes et de le lécher comme un animal.

Ces méthodes avaient éveillé sa sensualité à tel point qu'elle commençait à s'en effrayer. Elle avait peur du jour où André ne lui suffirait plus. Elle savait que sa propre sensualité était à son apogée alors que celle d'André était le dernier éclat d'un homme qui avait mené une vie d'excès et lui offrait aujourd'hui le fruit de son expérience.

Un jour, André dut laisser Linda pendant dix jours pour un voyage. Linda se sentait nerveuse et fébrile. Un ami lui téléphona, un ami d'André, le peintre le plus en vogue de Paris, favori de toutes les femmes. Il lui dit :

« Linda, est-ce que tu t'ennuies toute seule? Voudrais-tu venir avec nous à une soirée très spéciale? As-tu un masque? »

Linda comprit tout de suite ce qu'il voulait dire. Elle s'était souvent moquée, avec André, des soirées de Jacques au Bois. C'était là son passe-temps préféré : les soirs d'été, rassembler des gens de la haute en leur faisant porter des masques et les conduire au Bois chargés de bouteilles de champagne, trouver une clairière au milieu des arbres et s'y ébattre librement.

Elle était très tentée. Elle n'avait jamais participé à ce genre de soirée. André ne l'avait jamais accepté. Il disait en plaisantant que tous ces masques risquaient de le troubler et qu'il ne voulait pas se tromper de femme pour faire l'amour.

Linda accepta l'invitation. Elle enfila une de ses robes du soir, une robe en satin lourd qui moulait son corps comme un gant mouillé. Elle changea de coiffure, abandonnant sa coupe de petit page pour un chignon à la Pompadour qui mettait en valeur la forme de son visage et de son cou. Puis elle cacha son visage sous un masque noir, épinglant l'élastique qui le retenait à ses cheveux pour plus de sûreté.

A la dernière minute, elle décida de changer la couleur de ses cheveux et les fit passer du blond clair au noir bleuté. Elle refit son chignon et se trouva tellement différente que la surprise la fit sursauter devant la glace.

Il y avait environ quatre-vingts personnes rassemblées dans l'atelier de ce célèbre peintre. La lumière était tamisée, de façon à mieux préserver l'identité des invités. Quand tout le monde fut là, on expédia les convives dans des voitures qui les attendaient. Les chauffeurs savaient où il fallait aller. Au plus profond du bois, il y avait une grande clairière couverte de mousse. Ils s'assirent là, après avoir renvoyé les chauffeurs, et commencèrent à boire du champagne. Les caresses s'étaient déjà échangées dans les voitures. Les masques donnaient aux gens une liberté qui permettait aux plus raffinés de se transformer en bêtes sauvages. Des mains se glissaient sous les somptueuses robes de soirée, s'attardant aux endroits choisis, les genoux s'entremêlaient, les respirations s'accéléraient.

Linda était accaparée par deux hommes. L'un des deux essayait de l'exciter en l'embrassant sur la bouche et sur les seins tandis que l'autre, avec plus de succès, caressait ses jambes sous sa robe longue jusqu'à ce qu'elle frémisse de plaisir. Alors, il voulut la transporter dans un endroit plus sombre.

L'autre homme protesta mais il était trop ivre pour se battre. Son rival transporta Linda dans l'ombre des arbres et la coucha sur la mousse. Tout près, on entendait des cris de résistance, des grognements; une femme criait : « Vas-y, vas-y, je ne peux plus attendre, fais-le, fais-le-moi. »

L'orgie était à son comble. Les femmes se caressaient entre elles. Deux hommes s'amusaient à exciter une femme jusqu'à la folie et à la laisser ensuite pour jouir du spectacle qu'elle offrait, la robe à moitié défaite, un sein à l'air, essayant de se satisfaire seule en se pressant de façon obscène contre les hommes, se frottant à eux, les suppliant, soulevant sa jupe.

Linda était étonnée de la bestialité de son agresseur. Elle, qui n'avait connu que les voluptueuses caresses de son mari, se trouvait aux prises avec quelque chose de beaucoup plus puissant, avec un désir qui semblait vouloir tout dévorer.

Les mains de l'homme la serraient comme des griffes; il la soulevait pour rapprocher leurs sexes sans se demander s'il lui faisait mal. Il donnait des *coups de bélier* [1], comme si une corne entrait en elle, des coups que non seulement elle acceptait, mais qu'elle avait envie de rendre avec la même fureur. Quand il eut joui une fois avec une violence et une sauvagerie qui la stupéfièrent, il lui murmura à l'oreille :

« Maintenant, je veux que tu prennes ton plaisir, tu m'entends? comme jamais de ta vie. »

Il tenait son sexe dressé comme une sculpture primitive, pour qu'elle en fasse tout ce qu'elle voudrait. Il l'incita à libérer ses appétits les plus violents. Elle avait à peine conscience de mordre dans sa chair. Il lui murmurait, haletant :

« Continue, continue; je vous connais, vous les femmes, vous ne prenez jamais un homme comme vous le désirez vraiment. »

Du plus profond de son être, monta en elle une fièvre sauvage qui n'arrivait pas à se calmer, ni avec sa bouche, ni avec sa langue, ni avec sa verge, une fièvre qui ne s'apaisait pas avec un simple orgasme.

1. En français dans le texte. *(N.d.T.)*

Elle sentait les dents de l'homme plantées dans la chair de son épaule, tandis qu'elle lui mordait le cou; puis elle tomba soudain en arrière et perdit conscience.

Lorsqu'elle se réveilla, elle était sur un lit en fer, dans une chambre d'hôtel minable. Un homme dormait à côté d'elle. Elle était nue, lui aussi, à moitié couvert par un drap. Elle reconnut le corps qui l'avait broyée pendant la nuit, au Bois. C'était un corps d'athlète, brun, musclé, fort. Le visage était beau, avec des cheveux ébouriffés. Alors qu'elle le regardait, pleine d'admiration, il ouvrit les yeux et lui sourit.

« Je n'ai pas pu vous laisser repartir avec les autres. Peut-être ne vous aurais-je jamais revue, dit-il.

— Comment m'avez-vous amenée ici?

— Je vous ai volée.

— Où sommes-nous?

— Dans un hôtel bon marché où j'habite.

— Mais alors, vous n'êtes pas...

— Je ne suis pas un ami des autres, si c'est ce que vous voulez dire. Je suis un simple ouvrier. Une nuit, en me promenant dans le Bois à bicyclette, je suis tombé sur une de vos *partouzes* [1]. Je me suis déshabillé et vous ai rejoints. Les femmes semblaient m'apprécier. Je ne fus pas découvert. Quand j'avais fini de leur faire l'amour, je m'enfuyais. Hier soir, en passant, j'ai entendu des voix. Je vous ai trouvée avec cet homme qui vous embrassait, et je vous ai enlevée. Puis je vous ai amenée ici. Ça va

En français dans le texte. *(N.d.T.)*

334

peut-être vous causer des ennuis, mais je n'ai pas pu renoncer à vous. Vous êtes une vraie femme; les autres ne sont rien à côté de vous. Vous êtes une femme de feu.

– Il faut que je parte, dit Linda.

– Mais je veux que vous me promettiez de revenir. »

Il se redressa et la regarda. Sa beauté physique lui conférait une certaine grandeur et Linda se sentit troublée. Il commença à l'embrasser et elle s'abandonna. Elle mit sa main sur sa verge gonflée de désir. Les joies de la nuit précédente avaient laissé leur trace dans sa chair. Elle lui permit de la prendre, comme pour se persuader qu'elle n'avait pas rêvé. Non, cet homme capable d'enflammer tout son corps et de l'embrasser comme si c'était le dernier baiser, cet homme était réel.

Ainsi Linda retourna le voir. C'était l'endroit où elle se sentait le mieux vivre. Mais, au bout d'un an, elle le perdit. Il tomba amoureux d'une autre femme qu'il épousa. Linda s'était tellement habituée à lui que tous les autres lui semblaient trop délicats, trop raffinés, trop pâles, trop faibles. Aucun des hommes qui l'entouraient ne possédait la force primitive de son amant perdu. Elle le rechercha partout, dans les petits bars, dans les quartiers mal famés de Paris. Elle connut des champions sportifs, des vedettes de cirque, des athlètes. Elle essayait avec chacun de retrouver ses étreintes passées. Mais ils n'arrivaient pas à l'exciter.

Lorsque Linda perdit son amant ouvrier parce qu'il désirait une femme à lui, une femme qui serait à ses petits soins, elle en parla à son coiffeur. Le coiffeur joue un rôle primordial dans la vie des Parisiennes. Non seulement il coiffe leurs cheveux, ce qu'elles trouvent particulièrement fastidieux, mais il est également leur conseiller artistique. En plus, il est le confesseur et le juge de toutes leurs affaires de cœur. Les deux heures nécessaires pour laver, sécher, coiffer les cheveux suffisent amplement pour les confidences. L'intimité des petits salons protège les secrets.

Lorsque Linda arriva à Paris, venant d'un petit village du sud de la France, et qu'elle rencontra son mari, elle n'avait que vingt ans. Elle était mal habillée, timide et innocente. Elle avait de très beaux cheveux qu'elle ne savait pas arranger. Elle ne se maquillait pas du tout. En faisant les vitrines de la rue Saint-Honoré, elle se rendit compte de ses insuffisances. Elle comprit ce qu'était le chic parisien, cette recherche du détail qui faisait de chaque femme une œuvre d'art. Raffinement dont le but était de rehausser la beauté de la femme. Ce chic était avant tout l'œuvre des grands couturiers. Ce qu'aucun autre pays n'a jamais réussi à imiter, c'est la qualité érotique des vêtements français, qui mettent en valeur les charmes du corps féminin.

En France, on connaît l'effet érotique du lourd satin noir, qui possède le chatoiement d'un corps mouillé. On sait faire ressortir la forme d'une poitrine, on sait laisser deviner les courbes du corps sous la robe. On connaît le mystère des voiles, de la dentelle sur la peau, des dessous provocants, des robes audacieusement fendues.

La coupe d'un soulier, l'étroitesse d'un gant, tout cela donne à la Parisienne une élégance provocante qui dépasse de loin les pouvoirs de séduction des autres femmes. Des siècles de coquetterie ont créé une perfection que l'on rencontre non seulement chez les femmes riches, mais aussi chez les petites vendeuses. Et le coiffeur est le premier prêtre de ce culte de la perfection. Il conseille les femmes qui arrivent de province. Il donne de l'élégance aux plus vulgaires; il fait briller les plus ternes; il crée pour chaque femme une personnalité nouvelle.

Linda eut la chance de tomber sur Michel, qui tenait un salon près des Champs-Elysées. Michel était un homme de quarante ans, mince, élégant, et plutôt efféminé. Il avait un langage suave, de très bonnes manières, baisait la main des dames comme un aristocrate, et gardait toujours sa petite moustache effilée et lustrée. Sa conversation était brillante et vivante. C'était un philosophe et un créateur de femmes. Lorsque Linda entra dans son salon, il hocha la tête, comme un peintre avant de commencer un tableau.

Au bout de quelques mois, Linda en ressortit comme un produit achevé. De plus, Michel était devenu son confident et conseiller. Il n'avait pas toujours été le coiffeur des dames de la haute. Il ne cachait pas qu'il avait fait ses débuts dans un quartier pauvre où son père était lui-même coiffeur. Dans ces quartiers, les cheveux des femmes souffraient de la faim, des mauvais savons, du manque de soins, de négligence.

« Secs comme une perruque, disait-il. Trop de parfums bon marché. Il y avait une jeune fille – je ne l'ai jamais oubliée. Elle travaillait chez une couturière. Elle avait la passion des parfums mais n'avait pas les moyens de s'en acheter. Elle avait pris l'habitude de garder les fonds de flacons de parfum pour elle. Chaque fois que je faisais un rinçage à une cliente, je veillais à ce qu'il reste quelques gouttes de parfum dans le flacon. Et lorsque Gisèle arrivait, j'aimais lui verser ces quelques gouttes entre les seins. Elle était si contente qu'elle ne remarquait même pas le plaisir que j'y prenais. Je pinçais le col de sa robe entre le pouce et l'index, le tirais légèrement, et vidais le flacon à l'intérieur, en jetant un rapide coup d'œil à sa poitrine toute jeune. Après, il se dégageait de ses mouvements une immense volupté : elle fermait les yeux, inspirait très fort pour s'imprégner et se délecter de son odeur. Parfois elle criait : « Oh! Michel, tu m'as trop mouillée cette fois-ci. » Et elle frottait sa robe contre ses seins pour se sécher. Vint un jour où je ne pus plus résister. Je versai les gouttes de parfum dans son cou, et lorsqu'elle rejeta la tête en arrière en fermant les yeux, je plongeai ma main vers sa poitrine. Eh bien, Gisèle n'est jamais revenue. Mais ce n'était là que le début de ma carrière de parfumeur de ces dames. Je commençais à prendre la chose au sérieux. Je gardais du parfum dans un vaporisateur et j'aimais en asperger la poitrine de mes clientes. Elles ne refusaient jamais. Puis, je pris l'habitude de brosser légèrement leurs vêtements quand elles étaient prêtes. J'aimais beaucoup passer la brosse sur les corps des femmes bien faites. Et puis, certaines qualités de cheveux de femmes me mettent dans un état qu'il m'est difficile de vous décrire. Cela pourrait vous offenser. Mais il y a des femmes dont les cheveux ont une odeur si intime, une odeur de musc, que cela rend l'homme... eh bien, je ne peux pas toujours me maîtriser. Vous savez à quel point les femmes sont sans défense lorsqu'elles penchent la tête en arrière pour qu'on leur lave les cheveux, ou bien lorsqu'elles sont sous le séchoir, ou qu'on leur fait une permanente. »

Michel toisait une cliente en disant : « Vous pourriez facilement avoir quinze mille francs par mois », ce qui voulait dire un appartement sur les Champs-Elysées, une voiture, de belles toilettes, et un amant généreux. Ou bien elle pourrait devenir une femme de premier rang, la maîtresse d'un sénateur, d'un écrivain ou d'un acteur à la mode.

Lorsqu'il aidait une femme à atteindre la position qu'elle méritait, il gardait son secret. Il ne parlait jamais des autres si ce n'est en termes déguisés. Il connaissait la femme du président d'une grosse firme américaine. Elle était mariée depuis dix ans, mais avait toujours sa carte de prostituée et était très connue de la police et des hôpitaux où avaient lieu les visites médicales hebdomadaires des prostituées. Même après dix ans, elle n'arrivait pas à s'habituer à sa position nouvelle et oubliait parfois qu'elle avait dans sa poche l'argent destiné au pourboire des hommes qui la servaient au cours de ses croisières sur l'Océan et, à la place de ce pourboire, elle leur tendait une petite carte avec son adresse.

Ce fut Michel qui conseilla à Linda de ne jamais être jalouse, de se rappeler qu'il y avait dans le monde plus de femmes que d'hommes, tout spécialement en France, et qu'une femme doit être généreuse envers son mari – qu'elle pense au nombre de femmes qui seraient délaissées et ne connaîtraient jamais l'amour. Il parlait sérieusement. Il tenait la jalousie pour quelque chose de sordide. Les seules femmes vraiment généreuses étaient les prostituées, les actrices, qui ne refusaient pas leur corps. Pour lui, les femmes les plus viles étaient les chercheuses d'or américaines qui savaient soutirer de l'argent aux hommes sans se donner, ce qui pour Michel, était indigne.

Il pensait que toute femme devait, à un moment ou à un autre, être une putain. Il pensait que toutes les femmes, au plus profond d'elles-mêmes, souhaitaient, une fois dans leur vie, être une putain et que cela leur faisait du bien. C'était la meilleure façon pour elles de conserver leur nature de femelle.

Lorsque Linda perdit son ouvrier, il était donc naturel qu'elle en parle à son coiffeur. Il lui conseilla de se prostituer. Ainsi, lui dit-il, elle pourrait être sûre qu'elle était désirable sans amour, et elle trouverait un homme qui la traiterait avec la violence nécessaire. Dans son milieu, elle était trop adulée, trop adorée, gâtée, pour qu'on reconnaisse sa valeur de femelle, et qu'on la traite avec la brutalité qu'elle aimait.

Linda comprit que ce serait là le meilleur moyen de savoir si elle prenait de l'âge et perdait ses pouvoirs et son charme. Aussi prit-elle l'adresse que Michel lui donna et se rendit-elle en taxi dans une maison de l'avenue du Bois, hôtel particulier somptueux, où l'on sentait une atmosphère intime et aristocratique. On la reçut sans lui poser de questions.

De bonne famille [1], c'était la seule chose dont ils désiraient être certains. C'était une maison spécialisée dans les femmes *de bonne famille*. A peine entrée, la dame de la réception téléphonait : « Nous avons une nouvelle venue, une femme des plus raffinées. »

On conduisit Linda dans un spacieux boudoir orné de meubles en ivoire et de draperies de brocart. Elle avait enlevé son chapeau et sa voilette et se tenait devant un immense miroir au cadre doré, se recoiffant, lorsque la porte s'ouvrit.

L'homme qui entra avait une allure presque grotesque. Il était petit et râblé, avec une tête trop grosse pour son corps, et les traits d'un enfant grandi trop vite, beaucoup trop doux, trop imprécis, trop tendres pour son âge et sa corpulence. Il se dirigea très prestement vers elle et lui baisa la main cérémonieusement. Il dit :

« Ma chère, quelle merveille que vous ayez pu échapper à votre foyer et à votre mari ! »

Linda se préparait à protester lorsqu'elle se rendit compte que l'homme avait envie de jouer la comédie. Elle entra immédiatement dans son rôle, mais tremblait à l'idée d'avoir à céder à cet homme. Déjà ses yeux cherchaient la porte et elle se demandait s'il y avait un moyen de s'échapper. Il s'en aperçut et dit rapidement :

« N'ayez pas peur. Ce que je vous demande ne doit pas vous effrayer. Je vous suis reconnaissant de risquer votre réputation en me rencontrant ici, de quitter votre mari pour moi. Je demande peu de

1. En français dans le texte. *(N.d.T.)*

341

chose, votre seule présence ici me rend heureux. Je n'ai jamais vu de femme plus belle que vous, et plus aristocratique. Laissez-moi voir vos pieds. Quelles magnifiques chaussures! si élégantes! quelle cheville délicate vous avez! Ah! il n'arrive pas souvent qu'une femme aussi belle que vous vienne me voir! Je n'ai pas eu beaucoup de chance avec les femmes. »

Maintenant, Linda trouvait qu'il ressemblait de plus en plus à un enfant, avec cette gaucherie dans les gestes, cette douceur de ses mains. Lorsqu'il alluma une cigarette et fuma, elle eut l'impression que c'était sa première cigarette, tellement il était maladroit, regardant la fumée avec une curiosité naïve.

« Je ne peux pas rester très longtemps », dit-elle, poussée par son désir de fuite.

Ce n'était pas du tout ce à quoi elle s'était attendue.

« Je ne vous garderai pas très longtemps. Pourrais-je voir votre mouchoir? »

Elle lui tendit un fin mouchoir parfumé. Il le respira avec une expression d'extrême plaisir. Puis il dit :

« Je n'ai pas l'intention de vous posséder comme vous le pensez. Je n'aime pas prendre les femmes comme le font les autres hommes. Tout ce que je vous demande est de passer ce mouchoir entre vos cuisses et de me le rendre, c'est tout. »

Elle comprit que cela serait plus facile que ce qu'elle avait craint. Elle le fit volontiers. Il la regarda se pencher en avant, soulever sa jupe, déboutonner sa culotte en dentelle, et glisser doucement le mouchoir entre ses cuisses. Il se pencha alors sur elle, posa sa main sur la sienne, simplement pour renforcer la pression sur le sexe de Linda.

Il tremblait de la tête aux pieds. Ses yeux étaient exorbités. Linda se rendit compte qu'il se trouvait dans un état d'excitation extrême. Lorsqu'il s'empara du mouchoir, il le regarda comme si c'était une femme, un précieux joyau.

Il était trop absorbé pour parler. Il se dirigea vers le lit, étala le mouchoir sur le couvre-lit et se jeta dessus, déboutonnant son pantalon. Il poussa et frotta. Au bout d'un moment, il s'assit sur le lit, enveloppa son sexe dans le mouchoir et continua à le secouer, jusqu'à ce qu'il atteigne un orgasme qui le fit hurler de plaisir. Il avait complètement oublié Linda. Il était en extase. Le mouchoir était plein de son sperme. Il s'allongea, haletant.

Linda le quitta. En traversant les couloirs de la maison, elle rencontra la femme qui l'avait accueillie. Celle-ci était étonnée que Linda désire si vite partir :

« Je vous ai donné l'un de nos clients les plus raffinés, dit-elle, une créature inoffensive. »

Ce fut après cet incident que Linda se rendit un jour au Bois, un dimanche matin, pour admirer les toilettes printanières des Parisiennes. Elle s'enivrait de couleurs, d'élégance et de parfums lorsqu'elle sentit, tout près d'elle, une odeur particulière. Elle se retourna. A sa droite, se tenait un homme d'environ quarante ans, très bien habillé, avec des cheveux noirs brillants, peignés en arrière. Ce parfum venait-il de ses cheveux? Cela rappela à Linda son voyage à Fez, la grande beauté des indigènes. Ce souvenir eut sur elle un effet puissant. Elle regarda l'homme à nouveau. Il se retourna et lui sourit, un sourire éclatant avec de belles dents régulières, à l'exception de deux dents de lait plus petites et un peu crochues qui lui donnaient un air espiègle.

Linda lui dit :

« Vous utilisez un parfum que j'ai senti à Fez.

— C'est exact, répondit l'homme. Je suis allé à Fez et j'ai acheté ce parfum sur le marché. J'ai une passion pour les parfums. Mais depuis que j'ai trouvé celui-ci, je ne peux plus me servir d'aucun autre.

— Il a une odeur de bois précieux, dit Linda. Les hommes devraient avoir une odeur de bois précieux. J'ai toujours rêvé de me rendre dans cette région d'Amérique du Sud où l'on trouve des forêts entières de bois précieux qui exhalent de merveilleuses odeurs. Autrefois, j'aimais le patchouli, un très vieux parfum. Les gens ne l'utilisent plus. Il venait des Indes. Les châles indiens de nos grand-mères étaient toujours imprégnés de patchouli. J'aime marcher le long des quais dans les ports et sentir l'odeur des épices dans les hangars. Le faites-vous ?

— Oui. Il m'arrive de suivre des femmes seulement à cause de leur parfum, de leur odeur.

— Je voulais rester à Fez et épouser un Arabe.

— Pourquoi ne l'avez-vous pas fait ?

— Parce qu'autrefois j'étais déjà tombée amoureuse d'un Arabe. J'étais allée le voir plusieurs fois. C'était le plus bel homme que j'avais jamais vu. Il avait une peau sombre et des yeux immenses, une expression émouvante et passionnée qui me faisait perdre la tête. Il avait une voix troublante et les manières les plus exquises. Chaque fois qu'il adressait la parole à quelqu'un, même dans la rue, il prenait les mains de son interlocuteur, tendrement, comme s'il avait voulu toucher chaque être avec la même bonté, la même gentillesse. J'étais séduite mais...

— Que s'est-il passé?

— Un jour de très grande chaleur, nous étions assis dans le jardin et buvions du thé à la menthe lorsqu'il enleva son turban. Son crâne était complètement rasé. C'est la tradition chez les Arabes. Je m'imaginais toutes ces têtes complètement rasées. Cela me guérit, en quelque sorte. »

L'étranger se mit à rire.

Ils se levèrent ensemble, sans un mot, et commencèrent à marcher côte à côte. Linda se sentait aussi troublée par le parfum qui se dégageait des cheveux de cet homme que si elle avait bu un verre de vin. Elle tenait mal sur ses jambes et son esprit semblait embué. Ses seins se soulevaient à chacune de ses respirations. L'étranger regardait sa poitrine se gonfler, puis retomber, comme s'il avait regardé la mer danser à ses pieds.

Quand ils arrivèrent en bordure du Bois, il dit, en montrant du bout de sa canne un appartement qui avait plusieurs balcons :

« J'habite là-haut. Accepteriez-vous de venir prendre un apéritif sur ma terrasse? »

Linda accepta. Elle avait l'impression que, si elle se privait maintenant de ce parfum qui l'enchantait, elle allait suffoquer.

Ils s'assirent sur la terrasse, buvant tranquillement. Linda se laissait aller en arrière, très langoureuse. L'étranger ne cessait pas de regarder ses seins. Puis il ferma les yeux. Aucun d'eux ne faisait un geste. Ils rêvaient.

Ce fut lui qui bougea le premier. Il embrassa Linda, qui eut l'impression d'être transportée à Fez, dans le jardin du bel Arabe. Elle se rappelait les sensations qu'elle avait éprouvées ce jour-là, son désir de se blottir dans le grand burnous blanc de l'Arabe, son désir d'entendre sa voix puissante et de voir ses yeux de feu. Le sourire de l'étranger était éclatant, comme celui de l'Arabe. L'étranger *était* cet Arabe, cet Arabe avec ses épais cheveux noirs, parfumés comme la ville de Fez. Deux hommes lui faisaient l'amour. Elle gardait les yeux fermés. L'Arabe la déshabillait. L'Arabe la touchait avec ses mains passionnées. Des vagues de parfum dilataient son corps, l'ouvraient, le préparaient à céder. Ses nerfs étaient prêts pour le plaisir, pour une apothéose.

Elle ouvrit à moitié les yeux et remarqua les dents étincelantes de l'homme, prêtes à la mordre. Puis elle sentit sa verge sur sa chair et il la pénétra. Chacun de ses coups ressemblait à une décharge électrique qui envoyait des ondes à travers tout le corps de Linda.

Il écarta les jambes de Linda, comme s'il avait voulu les séparer. Elle sentait ses cheveux parfumés sur son visage. A cette odeur, elle sentit l'orgasme monter en elle et elle lui demanda d'accélérer son rythme de façon qu'ils jouissent ensemble. Au moment de l'orgasme, il se mit à mugir comme un tigre, dans un cri de joie et d'extase tel qu'elle n'en avait encore jamais entendu. C'était le cri qu'aurait eu l'Arabe, dans son imagination, un cri sauvage, comme celui d'un animal devant sa proie, un rugissement de plaisir. Elle ouvrit les yeux. Son visage était couvert de cheveux noirs. Elle en prit quelques-uns dans sa bouche.

Leurs corps étaient complètement emmêlés. Sa culotte avait été tellement vite enlevée qu'elle était encore accrochée à ses chevilles, et l'un des pieds de l'homme s'était glissé dans l'un des trous. On aurait dit que leurs jambes étaient attachées avec ce morceau de chiffon noir, et ils en rirent.

Elle retourna souvent à son appartement. Elle commençait à le désirer bien avant de le voir, dès le moment où elle s'habillait pour lui. A n'importe quelle heure du jour, son parfum jaillissait soudain d'une source mystérieuse et la poursuivait. Parfois, en traversant la rue, elle se rappelait cette odeur avec une telle violence que le feu qui la brûlait alors entre les jambes l'empêchait d'avancer et la laissait sans défense. Il en restait toujours un peu, collé à son corps, ce qui la torturait les nuits où elle dormait seule. Elle n'avait jamais été aussi facilement excitée. Elle avait toujours eu besoin de temps et de caresses, mais avec l'Arabe, comme elle l'appelait elle-même, elle avait l'impression d'être toujours éveillée, bien avant qu'il ne la touche, et ce qu'elle craignait le plus était de jouir dès qu'il poserait un doigt sur son sexe.

Cela se produisit une fois. Elle était arrivée à son appartement tremblante et mouillée. Les lèvres de son sexe étaient aussi dures que si on les avait caressées, de même que la pointe de ses seins, et tout son corps frémissait; en l'embrassant, il sentit son trouble et glissa sa main directement sur son sexe. La sensation fut si vive qu'elle eut un orgasme.

Et puis, un jour, environ deux mois après le début de leur liaison, elle n'éprouva soudain aucun désir lorsqu'il la prit dans ses bras. Il ne semblait plus le même homme. Debout devant lui, elle observait froidement son élégance et son air ordinaire. Il ressemblait à n'importe quel Français bien habillé qu'on pouvait rencontrer sur les Champs-Elysées, lors d'une soirée, ou bien aux courses.

Mais, qu'est-ce qui l'avait soudain transformé aux yeux de Linda? Pourquoi ne sentait-elle plus ce trouble qu'elle éprouvait en sa présence? Il y avait quelque chose de tout à fait commun en lui. Il ressemblait à tout le monde. Si différent de l'Arabe. Son sourire semblait moins étincelant, sa voix avait moins de caractère. Soudain, elle se jeta dans ses bras et voulut sentir ses cheveux. Elle cria :

« Ton parfum, tu n'as pas ton parfum!

– Je n'en ai plus, répondit le Français-Arabe. Il est impossible d'en trouver ici. Mais pourquoi cela te met-il dans tous tes états? »

Linda essaya de retrouver ses sensations passées. Mais son corps était froid. Elle fit semblant. Elle ferma les yeux et se mit à rêver. Elle était à Fez, assise dans un jardin. L'Arabe était assis à côté d'elle, sur un divan bas et moelleux. Il l'avait allongée sur le dos et l'embrassait tandis qu'à ses oreilles se poursuivait le chant de la petite fontaine et qu'on faisait brûler autour d'elle son parfum familier. Mais non. Le charme était rompu. Il n'y avait pas d'encens. L'odeur était celle d'un appartement français. L'homme à ses côtés était un étranger. Il avait perdu le pouvoir magique qui éveillait son désir. Elle ne le revit jamais.

Bien que Linda n'eût pas beaucoup apprécié l'aventure du mouchoir, elle commençait à nouveau à se sentir nerveuse après quelques mois sans fantaisie.

Elle était hantée par certains souvenirs, par des histoires qu'on lui avait racontées; elle avait l'impression qu'autour d'elle, les hommes et les femmes se livraient à toutes sortes de plaisirs des sens. Elle avait peur de ne plus prendre de plaisir avec son mari : son corps se mourait.

Elle se rappelait son premier éveil sensuel, alors qu'elle était encore très jeune. Sa mère lui avait acheté une culotte trop petite pour elle et qui la serrait entre les cuisses. Elle avait irrité sa peau, et la nuit, avant de s'endormir, il fallait qu'elle se gratte. A mesure que le sommeil la gagnait, ses doigts se faisaient plus doux, et elle se rendit compte que c'était là une sensation agréable. Elle continua à se caresser et découvrit que plus ses doigts se rapprochaient du petit trou, au centre, plus le plaisir augmentait. Sous ses doigts, elle sentit quelque chose se durcir, qui devint encore plus sensible que le reste.

Quelques jours plus tard, elle devait se confesser. Le prêtre était assis sur sa chaise et elle dut s'agenouiller à ses pieds. C'était un dominicain et il portait une longue corde avec un pompon qui pendait sur son côté droit. Lorsque Linda se pencha au-dessus des genoux du prêtre, elle sentit le pompon la toucher. Le prêtre avait une voix chaude qui l'enveloppait; il se penchait en avant pour lui parler. Quand elle eut confessé ses péchés ordinaires – colères, mensonges, etc. – elle s'arrêta. Remarquant son hésitation, le prêtre lui murmura à l'oreille :

« As-tu fait des rêves impurs?

– Quels rêves, mon père? » demanda-t-elle.

Le pompon dur, qu'elle sentait juste à l'endroit sensible entre ses cuisses, avait sur elle le même effet que ses caresses de la nuit précédente. Elle essaya de s'en rapprocher. Elle désirait entendre la voix du prêtre, chaude et suggestive, lui parler de rêves impurs. Il dit :

« Rêves-tu qu'on t'embrasse ou que tu embrasses quelqu'un?

– Non, mon père. »

Maintenant, elle sentait que le pompon était beaucoup plus efficace que ses doigts, car d'une façon plus ou moins mystérieuse, il faisait partie de la voix chaude du prêtre, de ses mots comme « embrasser ». Elle se pressa encore plus près du prêtre et le regarda.

Il sentit qu'elle avait quelque chose à confesser et demanda :

« T'es-tu déjà caressée?

– Caressée comment? »

Le prêtre était prêt à retirer sa question, croyant que son intuition avait été mauvaise, mais l'expression de Linda confirma ses doutes.

« Te touches-tu quelquefois avec la main? »

Ce fut à ce moment précis que Linda eut envie de faire un mouvement de friction contre le pompon pour atteindre cet extrême bien-être une nouvelle fois, ce plaisir envahissant qu'elle avait découvert quelques nuits auparavant. Mais elle avait peur que le prêtre ne s'en aperçoive et la repousse : elle perdrait alors complètement la sensation. Elle était décidée à retenir l'attention du prêtre et commença :

« Mon père, c'est vrai. J'ai quelque chose de terrible à confesser. Une fois je me suis grattée, puis je me suis caressée, et...

– Mon enfant, mon enfant, dit le prêtre, il ne faut jamais recommencer. C'est impur. Cela gâchera ta vie.

– Pourquoi est-ce impur? » demanda Linda, pressant son sexe contre le pompon.

Son excitation grandissait. Le prêtre se pencha vers elle si près que son menton touchait presque le front de Linda. Elle éprouvait une sorte de vertige. Il lui dit :

« Ces caresses-là, seul un mari pourra te les donner. Si tu le fais toi-même, trop souvent, tu vas t'affaiblir et personne ne t'aimera. Combien de fois l'as-tu fait?

– Pendant trois nuits, mon père. Et j'ai aussi rêvé.

– Quelle sorte de rêves?

– J'ai rêvé que quelqu'un me touchait à cet endroit. »

Chacun des mots qu'elle prononçait l'excitait encore davantage, et simulant le remords et la honte, elle se jeta contre les genoux du prêtre, penchant la tête en avant comme pour pleurer, mais c'était, en réalité, parce que le contact du pompon l'avait fait jouir, et elle tremblait de plaisir. Le prêtre, croyant qu'il s'agissait d'un repentir, la prit dans ses bras et la consola.

MARCEL

Un jour, Marcel vint à la péniche, ses yeux bleus pleins de surprise et d'émerveillement, brillants de mille reflets, comme le fleuve. Au-dessus de ce regard innocent, attirant, se dessinaient des sourcils épais, broussailleux comme ceux d'un homme des bois. Ce caractère sauvage était adouci par un front dégagé et des cheveux soyeux. Sa peau était fine, son nez et sa bouche délicats, imprécis, mais il avait des mains de paysan qui, comme ses sourcils, témoignaient de sa force.

Dans sa conversation, c'était la folie qui prédominait, sous la forme d'une manie de l'analyse. Le moindre événement de la journée devait être commenté, disséqué. Il était incapable d'embrasser, de désirer, de posséder, de jouir, sans analyser immédiatement son comportement. Il prévoyait ses actions à l'avance, en s'aidant de l'astrologie; il se rencontrait souvent avec le merveilleux; il avait le don de l'évoquer. Mais, dès qu'il entrait en contact avec le merveilleux, il s'en emparait avec la véhémence d'un homme qui n'est pas sûr de l'avoir vu, de l'avoir vécu, et qui aspire à le rendre bien réel.

J'aimais cette personnalité prenante, sensible, comme poreuse, qu'il montrait juste avant de parler, lorsqu'il ressemblait à un animal très doux, ou très sensuel, lorsque sa manie ne s'était pas encore fait jour. Alors, il me paraissait sans blessures, évoluant au milieu de mille découvertes, notes, nouveaux livres, nouveaux talismans, nouveaux parfums, photographies. On aurait dit alors qu'il flottait comme la péniche, sans amarres. Il se promenait, vagabondait, se perdait dans les lieux sordides, faisait des horoscopes, accumulait les connaissances ésotériques, collectionnait les plantes et les pierres.

« Il y a une perfection dans toute chose que l'on ne peut pas posséder, disait-il. Je le vois dans des morceaux de marbre, je le vois dans des morceaux de bois patinés. Il y a une perfection dans un corps de femme que l'on ne pourra jamais posséder, connaître entièrement, même en faisant l'amour. »

Il portait la lavallière des gens de la bohème d'il y a cent ans, une cape d'aventurier, et un pantalon rayé de bourgeois français. Ou bien, il revêtait un grand manteau noir de moine, portait un nœud papillon comme un petit acteur de province, ou une écharpe de souteneur, enroulée autour de la gorge, une écharpe jaune ou rouge sang. Ou encore il mettait un costume donné par un homme d'affaires, avec une cravate de gangster parisien ou un chapeau usé de père de famille nombreuse. Il portait la chemise noire d'un conspirateur, ou la chemise à

354

carreaux d'un paysan de Bourgogne, ou encore un bleu de travail aux jambes très larges. Parfois, il laissait pousser sa barbe et ressemblait au Christ. D'autres fois, il se rasait de près et avait l'air du violoniste tzigane d'un cirque ambulant.

Je ne savais jamais dans quel accoutrement il arriverait. S'il avait une identité, c'était celle du changement, de la transformation en n'importe quoi; c'était l'identité de l'acteur perpétuellement en représentation.

Il me disait :

« Je viendrai un de ces jours. »

Il était maintenant étendu sur le lit, regardant le plafond peint de la péniche. Il palpait le tissu du couvre-lit. Il regardait le fleuve par la fenêtre.

« J'aime venir ici, sur la péniche, dit-il. Ça me berce. Le fleuve me fait l'effet d'une drogue. Toutes mes souffrances me semblent irréelles quand je suis ici. »

La pluie crépitait sur le toit de la péniche. A cinq heures de l'après-midi, l'air de Paris semble imprégné d'érotisme. Est-ce l'heure à laquelle les amants se retrouvent, le cinq-à-sept des romans français? Jamais la nuit, semble-t-il, car toutes les femmes sont mariées et ne sont libres qu'à l'« l'heure du thé », le grand alibi. A cinq heures, je sentais en moi des frissons de sensualité que je partageais avec Paris. Dès que la lumière déclinait, j'avais l'impression que toutes les femmes couraient retrouver leur amant, que tous les hommes couraient vers leur maîtresse.

Quand il me quitte Marcel m'embrasse sur la joue. Sa barbe me frôle comme une caresse. Ce baiser sur la joue, qui veut être celui d'un frère, est chargé d'intensité.

Un jour, après avoir dîné avec lui, je proposais d'aller danser. Nous sommes partis au Bal Nègre. Marcel fut tout de suite paralysé. Il avait peur de danser. Il avait peur de me toucher. Je l'attirai sur la piste. Il était gauche. Il avait peur. Lorsqu'il finit par me prendre dans ses bras, il tremblait, et je me réjouis des ravages que je causais. Je me sentais bien tout contre lui. J'aimais la minceur de son corps.

Je lui dis :

« Tu es triste? Tu veux partir?

– Je ne suis pas triste. Je suis bloqué. Tout mon passé semble me paralyser. La musique est tellement primitive. J'ai l'impression de pouvoir inspirer, mais pas expirer. Je me sens contraint, pas naturel. »

Je ne lui demandai plus de danser. Je dansai avec un Noir.

Quand nous sommes sortis, l'air était frais; Marcel parlait de ses blocages, de ses craintes, de sa paralysie. Je sentis que le miracle ne s'était pas produit. Je réussirai, me dis-je, à le libérer par un miracle, et non avec des mots, des mots dont je me sers pour les malades. Je sais ce dont il souffre. J'en ai souffert autrefois. Mais je connais Marcel libre; et c'est libre que je le veux.

Mais lorsqu'il arriva à la péniche et vit Hans, lorsqu'il vit Gustave arriver à minuit et rester après son départ, Marcel commença à être jaloux. Je vis ses yeux bleus s'assombrir. En me disant bonsoir, il regarda Gustave, furieux.

Il me dit :

« Sors un instant avec moi. »

Je quittai la péniche et nous marchâmes le long des quais. Une fois seuls, il se pencha sur moi et m'embrassa avec passion, avec frénésie, sa bouche pleine et grande buvant la mienne. Je lui offris une nouvelle fois mes lèvres.

« Quand viendras-tu me voir ? demanda-t-il.

– Demain, Marcel, demain. Je viendrai demain. »

Quand j'arrivai chez lui, je le trouvai habillé en Esquimau, pour me faire une surprise. Cela ressemblait à un costume russe ; il portait aussi une toque de fourrure et des bottes en feutre très hautes, qui montaient presque jusqu'aux hanches.

Sa chambre ressemblait à l'antre d'un grand voyageur, remplie d'objets du monde entier. Les murs étaient tendus de tapis rouges, et le lit couvert de peaux de bêtes. L'endroit était petit, intime, voluptueux comme une fumerie d'opium. Les fourrures, les murs d'un rouge profond, les objets, comme les fétiches d'un prêtre africain – l'atmosphère était chargée d'érotisme. J'avais envie de m'étendre nue sur la fourrure, d'être prise comme un animal, enivrée par cette odeur de fauve.

J'étais debout dans cette chambre rouge, et Marcel me déshabilla. Il mit ses mains autour de ma taille nue, explorant mon corps avec anxiété. Il sentait sous ses doigts la rondeur de mes hanches.

« Pour la première fois, une vraie femme, dit-il. Tellement de femmes sont venues ici, mais pour la première fois, voici une vraie femme, une femme que je peux adorer. »

En m'allongeant sur le lit, j'eus l'impression que l'odeur et le contact de la fourrure se mêlaient à la bestialité de Marcel. La jalousie avait vaincu sa timidité. Il ressemblait à un animal, avide de sensations. Il baisa mes lèvres avec fureur, les mordant. Il se coucha sur la fourrure, embrassant mes seins, caressant mes jambes, mon sexe, mes fesses. Puis, dans la pénombre, il vint sur moi, enfonçant sa verge dans ma bouche. Je sentis mes dents frotter sa chair tandis qu'il poussait d'avant en arrière, mais il semblait aimer ça. Il me regardait et me caressait, passant ses mains sur tout mon corps, cherchant à me connaître dans les moindres détails, à me tenir.

Je jetai mes jambes par-dessus ses épaules, très haut, pour qu'il puisse plonger en moi et me voir en même temps. Il voulait tout voir. Il voulait voir son sexe entrer, puis ressortir, luisant, gros et ferme. Je m'appuyais sur mes poings, afin de mieux offrir mon sexe à ses assauts. Puis, il me retourna et s'allongea sur moi comme un chien, enfonçant son membre par-derrière, les mains sous mes seins, me caressant et poussant en même temps. Il était infatigable. Il ne jouissait jamais. J'attendais pour atteindre l'orgasme avec lui, mais il retardait toujours le moment. Il voulait prendre son temps, sentir tout mon corps, à l'infini, toujours plus excité. Je commençai à être fatiguée et criai : « Viens maintenant, Marcel, viens. » Alors il se mit à pousser plus violemment, sentant monter avec moi la fureur de l'orgasme; je criai et il jouit presque en même temps. Nous nous sommes laissés tomber sur les fourrures, délivrés.

Nous sommes restés étendus dans la pénombre, entourés de formes étranges – traîneau, bottes, cuillères de Russie, cristaux, coquillages. Il y avait des peintures chinoises érotiques sur les murs. Mais tout, même un morceau de lave de Krakatoa, même une bouteille de sable de la mer Morte, avait un pouvoir érotique.

« Tu as le rythme qui me convient, dit Marcel. Les femmes sont en général trop rapides pour moi. Cela me panique. Elles prennent leur plaisir, et ensuite j'ai peur de continuer. Elles ne me donnent pas le temps de les sentir, de les connaître, de les atteindre, et je suis comme fou quand elles s'en vont, en pensant à leur corps nu dont je n'ai pas su jouir. Mais toi, tu es lente. Tu es comme moi. »

Je me rhabillai devant la cheminée, tout en bavardant. Marcel glissa sa main sous ma jupe et recommença à me caresser. Nous étions de nouveau fous de désir. J'étais là, les yeux fermés, sentant sa main sur moi. Il m'attrapa les fesses d'une main assurée, comme un paysan, et je pensais que nous allions de nouveau nous rouler sur le lit, mais il dit :

« Soulève ta jupe. »

Je m'appuyai contre le mur, pressant mon corps contre le sien. Il mit sa main entre mes cuisses, pétrissant mes fesses, suçant et léchant mon sexe jusqu'à ce que je sois à nouveau mouillée. Puis il sortit sa verge, dure et raide, et poussa, poussa, dans de violentes étreintes, tandis que, trempée de désir, je fondais sous sa passion.

J'aime mieux faire l'amour avec Gustave qu'avec Marcel, car il n'est ni timide, ni craintif, ni nerveux. Il se laisse aller dans un rêve, et nous nous hypnotisons par nos caresses. J'aime toucher son cou, passer mes doigts dans ses cheveux noirs. Je caresse son ventre, ses jambes, ses hanches. Lorsque je lui caresse le dos, de la nuque aux fesses, son corps se met à frémir de plaisir. Comme une femme, il aime les caresses. Son sexe réagit. Je ne le touche pas avant qu'il commence à se soulever. Alors, il halète de plaisir. Je prends sa verge dans ma main, la tient avec fermeté et la presse de haut en bas. Ou bien je passe le bout de ma langue sur l'extrémité, et c'est lui qui la glisse dans ma bouche. Parfois, il jouit dans ma bouche et j'avale son sperme. D'autres fois, c'est lui qui commence les caresses. Mon désir monte rapidement sous ses doigts si chauds et si experts. Il m'arrive d'être tellement excitée que l'orgasme me surprend dès qu'il pose ses doigts sur moi. Lorsqu'il me sent palpiter et trembler, cela l'excite. Il n'attend pas que j'aie fini de jouir; il me pénètre aussitôt, comme pour sentir les dernières contractions de l'orgasme. Son membre m'emplit totalement; il est juste fait pour moi, aussi peut-il glisser facilement. Je serre mes petites lèvres autour de son pénis, et le suce à l'intérieur. Certains jours, son sexe est plus gros que d'autres et semble chargé d'électricité : alors, le plaisir est encore plus intense, prolongé. L'orgasme n'en finit pas.

Beaucoup de femmes le recherchent, mais il est comme une femme et a besoin de croire lui-même à l'amour. Même si une femme très belle l'excite, il ne peut la posséder s'il n'éprouve pour elle une sorte d'amour.

C'est étrange de voir comme le caractère de quelqu'un se reflète dans sa façon de faire l'amour. Quelqu'un de nerveux, de timide, de maladroit, de craintif, fera l'amour à son image. Avec quelqu'un de détendu, l'acte d'amour est agréable. Le sexe de Hans reste toujours dur, c'est pourquoi il prend son temps, avec une belle assurance. Il s'installe dans le plaisir, tout comme il s'installe dans le moment présent, pour en jouir calmement, complètement, jusqu'à la dernière goutte. Marcel est plus mal à l'aise. Même lorsque son membre est dur, je sens qu'il est anxieux de montrer sa puissance.

La nuit dernière, après avoir lu quelques pages érotiques que Hans avait écrites, je levai les bras pour m'étirer. Je sentis sa culotte de satin glisser autour de ma taille. Mon ventre et mon sexe étaient si vivants. Dans le noir, Hans et moi nous nous sommes jetés dans une étreinte passionnée. Je sentais que j'étais toutes les femmes qu'il avait possédées, tous les corps que ses doigts avaient touchés, toutes les langues qu'il avait embrassées, tous les sexes qu'il avait sentis, tous les mots d'amour qu'il avait prononcés : tout cela, il me l'offrait et je le pris en moi, comme une orgie de tous ses souvenirs, un monde entier d'orgasmes et de fièvres.

Marcel et moi étions allongés sur un divan. Dans la pénombre, il me parlait de ses fantasmes érotiques, de la difficulté de les faire vivre. Il avait toujours rêvé d'une femme qui porterait un tas de jupons et de se mettre dessous pour regarder. Il se rappelait que c'est ce qu'il avait fait avec sa première gouvernante : faisant semblant de jouer, il en avait profité pour regarder sous sa jupe. Il n'avait jamais oublié ce premier éveil érotique.

Je lui dis alors :

« Mais je le ferai. Nous allons faire tout ce que nous avons rêvé de faire ou que nous avons déjà fait. Nous avons toute la nuit. Il y a ici tant d'objets que nous pouvons utiliser. Nous pouvons aussi nous déguiser. Je le ferai pour toi.

– Oh! tu veux bien? dit Marcel. Je ferai tout ce que tu voudras, tout ce que tu m'ordonneras de faire.

– Commence par aller chercher les costumes. Tu as des chemises de paysan que je peux mettre. Nous allons commencer par tes fantasmes. Nous ne nous arrêterons que lorsque nous aurons tout épuisé. Maintenant, laisse-moi m'habiller. »

J'allai dans l'autre pièce, enfilai l'une sur l'autre différentes jupes qu'il avait rapportées de Grèce et d'Espagne. Marcel s'était allongé par terre dans sa chambre. Lorsque j'arrivai, il rougit de plaisir. Je m'assis sur le bord du lit.

« Maintenant, lève-toi », dit Marcel.

Je me levai. Allongé par terre, il regarda entre mes jambes, sous les jupes. Il les écarta un peu de ses mains. J'étais debout, les jambes écartées. Le regard de Marcel m'excitait, si bien que je me mis à danser comme j'avais vu le faire les femmes arabes, balançant mes hanches doucement, pour qu'il puisse voir mon sexe remuer sous les jupes. Je dansais, tournais, tournais, et lui ne me quittait pas des yeux, haletant de plaisir. Soudain, il ne put plus se maîtriser, il m'attira sur sa bouche et commença à me mordre et à m'embrasser. Au bout d'un moment, je l'arrêtai :

« Ne me fais pas jouir encore, garde-moi. »

Je le laissais et, pour satisfaire son deuxième fantasme, je revins toute nue, portant seulement ses bottes noires en feutre, Marcel me voulait cruelle maintenant.

« Je t'en prie, sois cruelle », demanda-t-il.

Dans cette tenue, je commençai à lui ordonner de faire des choses humiliantes. Je lui dis :

« Sors et ramène-moi un bel homme. Je veux qu'il me prenne devant toi.

– Je ne ferai jamais ça.

– Je te l'ordonne. Tu m'as dit que tu ferais tout ce que je t'ordonnerais de faire. »

Marcel se leva et sortit. Il revint environ une demi-heure après avec un de ses voisins, un Russe très beau, Marcel était pâle; il voyait bien que le Russe me plaisait. Il lui avait dit ce que nous étions en train de faire. Le Russe me regarda et sourit. Je n'avais pas besoin de l'exciter. En s'avançant vers moi, il était déjà excité par mes bottes sur ma nudité. Non seulement je m'offris à lui, mais je lui murmurai à l'oreille :

« Fais-le durer, s'il te plaît, fais-le durer longtemps. »

Marcel souffrait. Je prenais un grand plaisir avec le Russe, qui était grand et vigoureux et pouvait tenir longtemps en moi. Tout en nous regardant, Marcel sortit sa verge; elle était en érection. Lorsque je sentis venir l'orgasme, en même temps que le Russe, Marcel voulut mettre son sexe dans ma bouche, mais je ne le laissai pas faire. Je lui dis :

« Garde-toi pour plus tard. J'ai d'autres choses à te demander. Je ne te laisserai pas jouir! »

Le Russe prenait son plaisir. Après l'orgasme, il voulut rester en moi et recommencer, mais je m'écartai. Il dit :

« J'aimerais que vous me laissiez regarder. »

Marcel refusa. Nous le congédiâmes. Il me remercia, ironique et tremblant. Il aurait aimé rester avec nous.

Marcel se jeta à mes pieds :

« C'était cruel. Tu sais que je t'aime. C'était très cruel.

— Mais ça t'a rendu encore plus passionné, n'est-ce pas?

— Oui, mais ça m'a fait du mal; je ne t'aurais jamais fait une chose pareille.

— Je te t'ai pas demandé d'être cruel avec moi. Lorsque les gens sont cruels avec moi, cela me rend froide : mais toi, tu le voulais, alors ça t'a excité.

— Que veux-tu maintenant?

— J'aime qu'on me fasse l'amour pendant que je regarde par la fenêtre, dis-je, et que les gens me regardent. Je veux que tu me prennes par-derrière et que personne ne puisse voir ce que nous sommes en train de faire. J'aime le mystère que cela cache. »

Je me mis debout devant la fenêtre. Les gens pouvaient voir dans la chambre, de leurs fenêtres; Marcel me prit là, debout. Je ne montrai pas le moindre signe d'excitation, mais il me faisait du bien. Il haletait et pouvait à peine se contrôler; je lui disais sans arrêt : « Doucement, Marcel, tout doucement : que personne ne s'en doute. » Les gens nous voyaient, mais pensaient que nous nous tenions simplement près de la fenêtre pour regarder dans la rue. Et pendant ce temps, nous étions en train de jouir, comme le font les couples sous les portes cochères et sous les ponts de Paris la nuit.

Nous étions épuisés. Nous avons fermé la fenêtre. Nous nous sommes reposés un instant, tout en bavardant dans le noir, échangeant rêves et souvenirs.

« Tout à l'heure, Marcel, j'ai pris le métro à l'heure de pointe, ce que je fais rarement. J'étais poussée par une marée humaine, comprimée, debout, coincée. Cela me rappela une histoire de métro qu'Alraune m'avait racontée : elle était persuadée que Hans avait profité de la foule pour caresser une femme. Au moment même où j'évoquais ce souvenir, je sentis une main toucher doucement ma robe, comme par hasard. Mon manteau était ouvert, et ma robe très légère : je sentais cette main me caresser doucement, juste au-dessus de mon sexe. Je ne m'écartai pas. L'homme qui était devant moi était si grand que je ne pouvais pas voir son visage. Je ne voulais pas lever les yeux. Je ne voulais pas savoir qui c'était. La main caressait la robe, puis, presque imperceptiblement, augmenta sa pression, sentant bien le sexe. Je fis un léger mouvement pour soulever mon sexe à la hauteur des doigts. Les doigts se firent alors plus assurés, suivant la forme de mes lèvres, adroitement, lentement. Une onde de plaisir m'envahit. Une secousse du métro nous poussa l'un contre l'autre et je me pressai plus fort contre sa main; alors, il s'enhardit et saisit entre ses doigts les lèvres de mon sexe. J'étais folle de plaisir, sentant monter l'orgasme. Je me frottai sur la main, imperceptiblement. La main semblait ressentir ce que j'éprouvais et ne cessa de me caresser jusqu'à ce que je jouisse. L'orgasme secoua tout mon corps. Le métro s'arrêta et un flot de gens sortit. L'homme disparut. »

La guerre est déclarée. Des femmes pleurent dans les rues. La toute première nuit, il y a eu un black-out. On avait déjà fait des répétitions, mais le vrai black-out était différent. Les répétitions étaient gaies. Maintenant Paris était grave. Les rues étaient absolument noires. Par-ci, par-là, une minuscule lumière bleue, verte ou rouge, très faible, comme les petites lumières des icônes dans les églises russes. Toutes les fenêtres étaient tendues de tissu noir. Les vitrines des cafés étaient couvertes de tissu ou peintes en bleu foncé. C'était une douce nuit de septembre. L'obscurité la rendait encore plus douce. Il y avait dans l'air comme une attente.

Je remontai le boulevard Raspail, me sentant très seule, dans la direction du Dôme, pour y trouver de la compagnie. Il y avait un monde fou : des soldats, des modèles, et les prostituées habituelles; mais, la plupart des artistes étaient partis. Ils avaient presque tous été rappelés dans leur pays. Plus un Américain, plus un Espagnol, plus de réfugiés allemands. On retrouvait l'atmosphère française. Je m'assis et fus très vite rejointe par Gisèle, une jeune femme avec qui j'avais parlé quelquefois. Elle était contente de me voir. Elle me dit qu'elle ne pouvait pas rester chez elle. Son frère avait été mobilisé et sa mère était triste. Puis, un autre ami, Roger, vint s'asseoir à notre table. Bientôt, nous fûmes cinq. Nous étions tous venus au café pour voir du monde. Nous nous sentions tous seuls. L'obscurité créait un vide autour de chacun : elle rendait les sorties difficiles. On était forcé de rester chez soi – pour éviter la solitude du dehors. Aussi tentions-nous de nous regrouper. Nous aimions les lumières du café, les boissons que l'on buvait. Les soldats étaient très gais, tout le monde était aimable. Plus de barrière entre nous. On n'attendait plus d'être présenté à quelqu'un. On partageait tous le même danger, le même besoin de camaraderie, d'affection et de chaleur.

Un peu plus tard, je dis à Roger : « Sortons. » Je voulais me retrouver dans les rues sombres. Nous avancions lentement, d'une marche prudente. Nous sommes arrivés devant un restaurant arabe que j'aimais bien et y sommes entrés. Une Arabe bien en chair dansait. Les hommes lui donnaient des pièces de monnaie qu'elle posait sur ses seins tout en continuant à danser. Ce soir-là, l'endroit était plein de soldats, ivres d'avoir trop bu de vin lourd d'Afrique du Nord. La danseuse était également ivre. Elle n'avait, d'habitude, presque rien sur elle : une jupe transparente très floue et une ceinture, mais ce jour-là, la jupe s'était ouverte et, lorsqu'elle faisait la danse du ventre, elle montrait sa toison pubienne et la chair molle qui tremblait tout autour.

L'un des officiers lui offrit une pièce de dix francs en lui disant : « Ramasse-la avec ton con. » Fatima ne fut pas troublée le moins du monde. Elle s'approcha de la table, plaça la pièce sur le bord, écarta légèrement les jambes pour que ses lèvres touchent la pièce. Tout d'abord, elle ne réussit pas à l'attraper. En essayant de saisir la pièce, son sexe faisait un bruit de succion et les soldats riaient et s'excitaient. Ses lèvres finirent par se durcir suffisamment autour de la pièce et elle la saisit.

La danse reprit. Un jeune Arabe qui jouait de la flûte me lançait des regards pleins d'intentions. Roger était assis à côté de moi, subjugué par la danse, souriant gentiment. Les yeux de l'Arabe continuaient à me traverser de leur flamme. Ils me faisaient l'effet d'un baiser, d'une brûlure sur la peau. Tout le monde était ivre, riait et chantait. Lorsque je me levai, le jeune Arabe se leva aussi. Je n'étais pas très sûre de ce que je faisais. A l'entrée, il y avait un petit vestiaire sombre pour les manteaux et les chapeaux. La jeune fille qui s'en occupait était dans la salle, assise avec les soldats. Je m'introduisis dans le petit réduit.

L'Arabe comprit. J'attendis au milieu des manteaux. L'Arabe en étala un par terre et m'allongea dessus. Dans la pénombre, je le vis sortir un magnifique pénis, lisse et parfait. Il était si beau que j'eus envie de le prendre dans ma bouche, mais il ne me laisse pas faire. Il l'enfonça immédiatement en moi. Il était si dur, et si chaud. J'avais peur qu'on nous surprenne et je voulais qu'il se dépêche. J'étais si excitée que j'aurais joui tout de suite, mais lui continuait toujours, me massant, tout au fond de moi. Il était infatigable.

Un soldat, à moitié ivre, vint chercher son manteau. Nous n'avons pas bougé. Il attrapa son manteau sans pénétrer dans le vestiaire où nous étions allongés. L'Arabe mettait du temps à jouir. Il avait une telle force dans son sexe, dans ses mains, dans sa langue. Tout en lui était ferme, résistant. Je sentais son pénis devenir plus gros, et plus chaud, jusqu'à ce que les bords frottent si fort contre mon ventre que cela m'irrita, presque comme une égratignure. Il me prenait toujours au même rythme, sans jamais l'accélérer. J'avais complètement oublié où nous nous trouvions. Je ne pensais qu'à ce membre dur qui bougeait en moi, à une cadence régulière, une cadence obsessionnelle. Sans le moindre avertissement ni la moindre accélération, il jouit soudain, comme jaillit une fontaine. Puis il resta en moi. Il était resté dur. Il voulait que je jouisse une deuxième fois. Mais les clients quittaient le restaurant. Heureusement des manteaux étaient tombés et nous cachaient. Nous étions comme sous une tente. Je ne voulais pas bouger. L'Arabe dit :

« Pourrai-je te revoir ? Tu es si douce, si belle. Nous reverrons-nous ? »

Roger me cherchait. Je m'assis et arrangeai ma tenue. L'Arabe disparut. Presque tout le monde quittait le restaurant. Il y avait un couvre-feu à onze heures. Les clients pensaient que je m'occupais du vestiaire. Je n'étais plus ivre. Roger me retrouva. Il voulait me raccompagner chez moi. Il dit :

« J'ai vu cet Arabe te fixer. Il faut que tu sois prudente. »

Marcel et moi nous promenions dans les rues sombres, entrant dans différents cafés : il fallait tirer de lourds rideaux noirs pour entrer, ce qui nous donnait l'impression de pénétrer dans un monde souterrain, dans quelque cité du diable. Noir, comme les sous-vêtements noirs des putains parisiennes, comme les bas des danseuses de french cancan, comme les larges jarretelles des femmes créées pour satisfaire les fantaisies des hommes, comme les petits corsets serrés qui faisaient ressortir la poitrine et la rapprochaient des lèvres des hommes, comme les bottes que l'on porte dans les scènes de flagellation des romans français. Marcel frémissait dans cette atmosphère voluptueuse. Je lui demandai :

« Crois-tu que certains endroits puissent donner envie de faire l'amour?

— Je le crois certainement, dit Marcel. Du moins, je le sens. Tout comme tu as envie de faire l'amour sur mes peaux de bêtes, moi-même j'ai toujours envie de faire l'amour là où les murs sont tendus de tissus, recouverts de rideaux; on a l'impression d'être dans un ventre de femme. J'ai toujours envie de faire l'amour là où il a beaucoup de rouge. Et aussi là où il y a des miroirs. Mais la chambre qui m'a le plus excité dans ma vie est une chambre que j'ai vue un jour près du boulevard de Clichy. Comme tu le sais, à l'angle de ce boulevard, il y a une célèbre prostituée avec une jambe de bois qui a beaucoup d'admirateurs. Elle m'avait toujours fasciné parce que j'avais l'impression qu'il me serait impossible de lui faire l'amour. J'étais sûr que la seule vue de la jambe de bois me paralyserait d'horreur. C'était une jeune femme très avenante, toujours souriante et de bonne humeur. Elle avait teint ses cheveux en blond. Mais ses sourcils étaient noirs et aussi épais que ceux d'un homme. Elle avait un tout petit duvet au-dessus des lèvres. Ce devait être une fille du Sud, brune et poilue, avant qu'elle ne se teigne en blond. Sa bonne jambe était robuste et ferme. Elle avait un très beau corps. Mais je ne pouvais me résoudre à lui parler. En la voyant, je me rappelais un tableau de Courbet que j'avais vu. C'était une peinture commandée par un homme très riche de l'époque, qui désirait que Courbet représente une femme pendant l'acte d'amour. Courbet, qui était un grand réaliste, peignit un sexe de femme, et rien d'autre autour. Pas de tête, pas de bras, pas de jambes. Il peignit un torse, avec un sexe très bien dessiné, dans les contorsions du plaisir, pénétré par un pénis qui sortait d'un buisson de poils noirs. C'était tout. J'avais l'impression qu'avec cette putain, ce serait la même chose : on ne penserait qu'au sexe, évitant de regarder les jambes ou le reste du corps. Et peut-être était-ce excitant ? Et tandis que je restais là, au coin de la rue, à me poser toutes ces questions, une autre putain s'approcha, une très jeune femme. Une jeune prostituée, c'est très rare à Paris. Elle parla avec la fille à la jambe de bois. Il pleuvait. La plus jeune dit : « Ça « fait deux heures que je marche sous la pluie. Mes « chaussures sont fichues. Et pas un seul client. » J'étais désolé pour elle. Je lui dis : « Accepteriez- « vous un café ? » Elle accepta avec joie. « Qu'est-ce « que vous êtes ? Peintre ? – Je ne suis pas un peintre, dis-je, mais je pensais justement à un tableau que j'avais vu. « Il y a de très beaux tableaux au café « Wepler, dit-elle. Et regardez ceci. » De son portefeuille, elle sortit quelque chose qui ressemblait à un fin mouchoir. Elle l'ouvrit. Dessus, on avait peint un derrière de femme, dans une position qui permettait de voir parfaitement le sexe et, à côté, un pénis de même proportion. Elle tira sur le mouchoir, qui était élastique, et on avait alors l'impression que le derrière remuait ainsi que le pénis. Puis elle retourna le mouchoir : le pénis continuait à se soulever, mais, cette fois, il semblait pénétrer le sexe. Elle donna vie à cette image, par un mouvement régulier de ses mains. Je ris, mais cette vue m'excita et nous ne sommes jamais allés au café Wepler; la fille m'emmena chez elle. Sa chambre se trouvait dans une maison délabrée de Montmartre, où logeaient des gens de cirque et des acteurs de vaudeville. Il fallut monter cinq étages. Elle dit : « Il faudra que tu excuses la saleté. Je viens juste « d'arriver à Paris. Je suis ici depuis un mois. Avant, « je travaillais dans un bordel de province. et c'était « tellement ennuyeux de revoir les mêmes hommes « chaque semaine. C'était presque comme si j'avais « été mariée! Je savais quand ils venaient me voir, « le jour, l'heure – réglés comme des montres. Je « connaissais leurs habitudes. Il n'y avait plus de « surprises. Alors je suis venue à Paris. » Tout en parlant, nous sommes entrés dans sa chambre. C'était une toute petite chambre – juste assez de place pour un grand lit de fer sur lequel je la poussai et qui se mit à craquer comme si nous faisions déjà l'amour comme deux singes. Mais la seule chose à laquelle je ne pouvais m'habituer, c'était l'absence de fenêtre – pas la moindre fenêtre. J'avais l'impression d'être dans un tombeau, une prison, une cellule. Je ne peux pas très bien te décrire cette impression. Mais en même temps cela me donnait un sentiment de sécurité. C'était merveilleux d'être ainsi enfermé avec une jeune femme. C'était presque aussi merveilleux que de se trouver à l'intérieur de son con. C'était la chambre la plus merveilleuse dans laquelle j'ai jamais fait l'amour, si coupée du reste du monde, si étroite, si intime et, lorsque je la pénétrai, j'eus l'impression que tout le reste du monde disparaissait. J'étais là, dans le plus agréable endroit du monde, un ventre, chaud et doux, qui me coupait de tout le reste, me protégeait, me cachait. J'aurais aimé vivre là avec cette fille – sans jamais sortir. Et je le fis pendant deux jours. Pendant deux jours et deux nuits, nous n'avons fait que dormir, puis nous caresser, puis nous rendormir, et nous recaresser, et nous rendormir jusqu'à ce que tout cela devienne un rêve. Chaque fois que je m'éveillais, j'avais mon sexe en elle, humide, sombre, ouverte : je remuais un peu, puis me calmais; cela dura jusqu'à ce que nous ayons terriblement faim. Je sortis pour aller chercher du vin et de la viande froide, et me remis au lit. Pas de lumière du jour. Nous ne savions jamais quelle heure il était, si c'était le jour ou la nuit. Nous étions étendus là, sentant nos corps presque perpétuellement l'un dans l'autre, nous parlant à l'oreille. Yvonne me disait quelque chose pour me faire rire. Je répondais : « Yvonne, ne me fais pas rire si fort, « ça va me faire sortir de toi. » Mon sexe ne pouvait rester en elle lorsque je riais et je devais le glisser à nouveau dans son ventre. « Yvonne, tu n'en as pas « assez de cette vie? » demandai-je. « Ah non! dit « Yvonne, c'est la première fois que je suis heureu- « se. Quand les clients sont toujours pressés, tu sais, « ça me fait comme mal au cœur, tu sais, alors je « laisse faire, mais j'aime pas. En plus, c'est mauvais « pour le boulot. On vieillit plus vite et on est trop « vite fatiguée. Et j'ai toujours l'impression qu'ils ne « font pas attention à moi, alors je me renferme, « quelque part en moi. Tu comprends ça? »

Alors Marcel me demanda s'il avait été un bon amant avec moi, la première fois, chez lui.

« Tu as été un bon amant, Marcel. J'ai aimé la façon dont tu as tenu mes fesses dans tes mains. Tu les serrais fort, comme si tu allais les manger. J'ai aimé la façon dont tu as pris mon sexe entre tes mains. D'une façon si décidée, si mâle. J'aime ce quelque chose de l'homme des cavernes.

– Pourquoi les femmes ne disent-elles jamais ça aux hommes? Pourquoi les femmes en font-elles un tel mystère? Elles pensent que ça détruiraient leur propre mystère, mais c'est faux. Et toi, tu dis tout ce que tu penses. C'est merveilleux.

– Je crois qu'il vaut mieux le dire. Il y a déjà assez de mystères, et ces cachotteries n'augmentent en rien le plaisir. Maintenant la guerre est déclarée, et des tas de gens vont mourir, sans rien connaître parce qu'ils refusent de parler de sexe. C'est ridicule!

– Je me souviens de Saint-Tropez, dit Marcel. Le plus bel été que nous ayons connu... »

Ces mots réveillèrent en moi les souvenirs de ce voyage avec une extrême précision. Une colonie d'artistes, autour de laquelle se groupait tout un monde : gens de la haute société, acteurs et actrices qui avaient leur yacht sur le port. Petits cafés au bord de l'eau, gaieté, exubérance, liberté. Tous en maillot de bain. Une fraternité généreuse – entre les propriétaires de yacht et les artistes, les artistes et le jeune facteur, le jeune agent de police, les jeunes pêcheurs, les jeunes gens du Sud à la peau basanée.

On dansait à ciel ouvert dans un patio. L'orchestre venait de la Martinique; il était encore plus chaud que la nuit d'été. Un soir, Marcel et moi étions assis dans un coin lorsqu'on annonça qu'on allait éteindre toutes les lumières pendant cinq minutes, puis pendant dix minutes, puis quinze, au milieu de chaque danse.

Un homme cria :

« Choisissez bien votre partenaire pour le *quart d'heure de passion* [1]. Choisissez bien vos partenaires. »

Emoi et agitation suivirent. Alors, la danse commença et on éteignit les lumières. Quelques femmes poussèrent des cris hystériques. Un homme dit : « C'est outrageant; je ne le supporterai pas. » Un autre hurla : « Rallumez! »

La danse continua dans le noir. On avait l'impression que les corps étaient en rut.

Marcel était en extase, me serrant jusqu'à me rompre, se penchant sur moi, ses genoux entre les miens, sa verge en érection. En cinq minutes les danseurs avaient à peine le temps de se frotter un peu. Lorsque les lumières se rallumèrent, tout le

---

1. En français dans le texte. *N.d.T.)*

monde semblait troublé. Certains visages étaient pâles, d'autres apoplectiques. Les cheveux de Marcel étaient tout ébouriffés. Le short de coton d'une femme était tout froissé. L'atmosphère était lourde, sensuelle, électrique. En même temps, il fallait respecter certaines règles de bienséance, de raffinement et d'élégance. Certains étaient choqués et partaient. D'autres attendaient, comme si une tempête allait éclater. D'autres avaient les yeux brillants.

« Crois-tu qu'il y en a qui vont hurler, perdre le contrôle d'eux-mêmes, se transformer en bêtes sauvages ? demandai-je.

– Moi, peut-être », dit Marcel.

La deuxième danse commença. Les lumières s'éteignirent. On entendit la voix du chef d'orchestre :

« Et maintenant le *quart d'heure de passion*. Messieurs, Mesdames, pendant dix minutes. Pendant la prochaine danse vous en aurez quinze. »

Petits cris étouffés dans l'assistance, protestations des femmes. Marcel et moi étions serrés l'un contre l'autre comme des danseurs de tango, et à chaque minute, j'avais l'impression d'être au bord de l'orgasme. Quand les lumières se rallumèrent, le trouble et l'émotion étaient encore plus visibles.

« Ça va se transformer en orgie », dit Marcel.

Les danseurs s'étaient assis par terre, comme surpris soudain par la lumière. Surpris, en réalité, par le bouillonnement de leur sang et l'excitation nerveuse.

On ne pouvait plus faire la différence entre les putains, les femmes du monde, les bohèmes, les filles du village. Les filles du village étaient très belles, de cette beauté méridionale sauvage. Toutes les femmes étaient bronzées et s'étaient parées de colliers de coquillages et de fleurs comme les Tahitiennes. Dans l'étreinte de la danse, des coquillages s'étaient cassés et jonchaient maintenant le sol.

Marcel dit :

« Je ne crois pas pouvoir tenir la prochaine danse. Je vais te violer. »

Sa main se glissait sous mon short pour me sentir. Ses yeux brûlaient de désir.

Corps. Jambes, tant de jambes, toutes brunes et luisantes, certaines poilues comme des renards. L'un des hommes avait une poitrine si poilue qu'il portait un tricot ajouré pour la mettre en valeur. Il ressemblait à un gorille. Ses longs bras encerclaient sa partenaire comme s'il allait la dévorer.

La dernière danse. Lumières éteintes. Une femme émit un petit cri d'oiseau. Une autre essayait de se défendre.

Marcel posa sa tête sur mon épaule et commença à la mordre, très fort. Nous étions pressés l'un contre l'autre, en dansant. Je fermais les yeux. Je chancelais de plaisir. J'étais transportée par des vagues de désir, qui provenaient des autres danseurs, de la nuit, de la musique. Marcel continuait à me mordre et j'avais peur que nous ne tombions au sol. Mais l'ivresse nous sauva, l'ivresse nous permit de sublimer l'acte d'amour et de jouir de ses effets.

Lorsque les lumières se rallumèrent, tout le monde était ivre, titubant d'excitation. Marcel me dit :

« Ils préfèrent ça à l'acte lui-même. La plupart y prennent plus de plaisir. Ça le fait durer plus longtemps. Mais moi, je ne peux plus le supporter. Laissons-les ici jouir de leurs sensations; ils aiment être chatouillés, ils aiment rester assis là, les hommes avec leur verge raide et les femmes ouvertes et trempées de désir, mais moi, je veux en finir; je ne peux plus attendre. Allons sur la plage. »

Sur la plage, l'air frais nous calma. Nous nous sommes étendus sur le sable; on entendait au loin les rythmes de la musique, comme un cœur qui bat, comme un pénis qui bat à l'intérieur d'une femme; et, tandis que les vagues de la mer venaient s'échouer à nos pieds, nos vagues intérieures roulaient l'une après l'autre jusqu'à ce que l'orgasme nous surprenne ensemble et nous fasse rouler sur le sable, au rythme de la musique de jazz.

Marcel pensait à la même chose. Il me dit : « Quel merveilleux été! Je crois que chacun savait que ce serait la dernière goutte de plaisir. »

TABLE DES MATIÈRES

Préface 7
Post-scriptum 17
L'aventurier hongrois 19
Mathilde 29
L'internat 47
L'anneau 51
Majorque 57
Artistes et modèles 63
Lilith 97
Marianne 107
La femme voilée 123
Elena 135
Le Basque et Bijou 231
Pierre 289
Manuel 321
Linda 327
Marcel 353

DU MÊME AUTEUR

Aux Éditions Stock :

JOURNAL
I (1931-1934).
II (1934-1939).
III (1939-1944).
IV (1944-1947).
V (1947-1955).
VI (1955-1966).
LES MIROIRS DANS LE JARDIN, roman.
UNE ESPIONNE DANS LA MAISON DE L'AMOUR, roman.
LE ROMAN DE L'AVENIR, essai.
LA SÉDUCTION DU MINOTAURE, *suivi de* COLLAGES, romans.
ÊTRE UNE FEMME, essais.
LES PETITS OISEAUX.

IMPRIMÉ EN FRANCE PAR BRODARD ET TAUPIN
Usine de La Flèche (Sarthe).
LIBRAIRIE GÉNÉRALE FRANÇAISE - 6, rue Pierre-Sarrazin - 75006 Paris.
ISBN : 2 - 253 - 02521 - 6